HEYNE <

Carla Berling

Sonntags Tod

Kriminalroman

WILHELM HEYNE VERLAG
MÜNCHEN

Der Verlag weist ausdrücklich darauf hin, dass im Text enthaltene externe Links vom Verlag nur bis zum Zeitpunkt der Buchveröffentlichung eingesehen werden konnten. Auf spätere Veränderungen hat der Verlag keinerlei Einfluss. Eine Haftung des Verlags ist daher ausgeschlossen.

Dieses Buch ist auch als E-Book erhältlich.

MIX
Papier aus verantwortungsvollen Quellen
FSC® C014496

Verlagsgruppe Random House FSC® N001967

Vollständig überarbeitete Neuausgabe 12/2017

Wilhelm Heyne Verlag, München
in der Verlagsgruppe Random House GmbH,
Neumarkter Str. 28, 81673 München
Redaktion: Angelika Lieke
Printed in Germany
Umschlaggestaltung: © Bürosüd unter Verwendung einer Abbildung von Drunaa / Trevillion Images
Satz: KompetenzCenter, Mönchengladbach
Druck und Bindung: GGP Media GmbH, Pößneck
ISBN: 978-3-453-41993-3

www.heyne.de

Für Charly.
Und für Hans, Gerd, Sylwester und Achim.

Prolog

Ich bin schon oft gestorben, aber heute wird es das letzte Mal sein. Es gibt diesen Ort, an dem auch der Schmerz stirbt, wenn alle Last abfällt und die Masken sich auflösen. Solche Qual, so viele Enttäuschungen, so viele Tränen.

Du hast genug gelitten. Dich zurückzulassen wäre ein schlimmeres Verbrechen, als dich mitzunehmen.

Du würdest das Leben nicht überleben, nicht ohne mich, du würdest dich endgültig verlieren in deinen zerstörenden Fluchten, darin ertrinken, alle mitreißen, und nicht mal an deinem Hass könntest du dich noch festhalten, wenn ich nicht mehr da bin. Er ist alles, was dir geblieben ist.

Nein, ich kann dich damit nicht zurücklassen.

Früher war deine Liebe mein Geländer, an das ich mich klammern konnte in schwarzen Zeiten. Weißt du noch?

Wie schön du warst.

Wie abstoßend du sein kannst.

Ich habe dieses hässliche Tier in dir geweckt, ich war es, ich habe dich erstickt, wieder und wieder, gefesselt, fester und fester. Nicht nur dich habe ich enttäuscht, alle habe ich enttäuscht, aber jetzt bekommt das Wort seinen Sinn, verstehst du? Wenn die Täuschung zu Ende ist, folgt die Enttäuschung.

Und was bliebe mir, wenn ich jetzt doch noch zurückschreckte?

Hoffnung? Dass jemand, der mir den Boden unter den Füßen wegreißen will, doch noch innehalten wird?

So viele Fehler habe ich gemacht, mich hilflos verlaufen, wo ich nur hätte geradeaus gehen müssen. Alles holt mich ein, jetzt gibt es keinen Weg mehr, nur diesen einen Ausweg, den letzten.

Unsere Familien und alle, die wir lieben, werden glücklicher sein ohne uns. Auch du wirst überall glücklicher sein als hier, ich weiß es.

Vielleicht wird man mich noch mehr hassen, mich einen Feigling nennen, aber es ist mir egal. Endlich ist es mir egal.

Vielleicht habe ich nie gelernt, den geraden Weg zu gehen, vielleicht liegt die Wurzel meines Leids in dieser schrecklichen Kindheit, in der mich jeder lehrte, bei Gefahr zu fliehen.

Ich sehne mich nach dem Tod.

Warum hat nie jemand bemerkt, dass ich nicht in der Lage bin, etwas zu Ende zu bringen? Dass jede Herausforderung in einer Flucht endete und jeder Tag in einer Lüge?

Ich habe immer gelogen, und ich bin in den Jahren sehr überzeugend geworden. Mein Lügenballon droht zu platzen. Das ertrage ich nicht.

Diesen Schritt werde ich schaffen.

Es gibt kein Zurück mehr, du bist schon dort.

Ich folge dir.

Gleich.

1

Die kalte Januarluft wehte Ira ins Gesicht. Sie wickelte sich in ihren roten Schal und reihte sich in die Trauergemeinde ein. Mehr als hundert Menschen waren zur Beerdigung gekommen.

Warum gab es auf diesem Friedhof keine asphaltierten Wege? Sie würde sich mit dem Kies die Absätze ruinieren. Langsam bewegte sich der Trauerzug, die knirschenden Schritte übertönten sogar das Rauschen des Verkehrs auf der nahen Autobahn. Ira hatte nicht damit gerechnet, dass so viele Leute da sein würden. Es waren sicher mehr Neugierige als Trauernde. Sie ging fast am Ende der Menschenschlange, die Särge konnte sie nicht sehen.

Unglaublich, dass an einem solchen Tag die Sonne schien. Doch es war eine kalte Wintersonne.

Die Prozession schritt langsam voran. Es war weit bis zur Grabstelle, sie mussten das ganze Gelände überqueren, und der Friedhof war in den letzten Jahren größer geworden.

Ob jemand von der Polizei hier war? Nein, die Sachlage war eindeutig gewesen. Mord mit anschließender Selbsttötung, also ein »erweiterter Suizid«. O Mann, sie konnte offensichtlich selbst jetzt nicht aufhören, in ihrem Journalistenjargon zu denken. Aber sie war nicht als Reporterin hier. Und die Menschen, die da zu Grabe getragen wurden, waren keine Fremden.

So viele Jahre war sie schon nicht mehr in dieser Gegend gewesen, und wer weiß, ob sie überhaupt jemals wieder nach Rehme gekommen wäre, wenn diese schreckliche Geschichte sie nicht dazu gezwungen hätte.

Verena war tot. Und Richard.

Ihre Gedanken wanderten zu Patrick, der seine Eltern verloren hatte. Für ihn war es sicher am schlimmsten.

In diesem Moment war Ira froh, kein Kind zu haben. Natürlich war die Wahrscheinlichkeit, vom Blitz getroffen zu werden, sehr viel höher, als auf solche Weise ums Leben zu kommen und einen jungen Menschen allein zurückzulassen. Aber die Särge da vorne bewiesen, dass es Tragödien gab, die niemand vorhersehen konnte. Sie hatte Verena in den letzten Jahren kaum noch gesehen. Und obwohl sie selbst nach der Trennung von Alex vor einem guten halben Jahr von Köln nach Bielefeld gezogen war, hatte sie es nicht geschafft, ihrer alten Freundin in dem nur knapp vierzig Kilometer entfernten Bad Oeynhausen einen Besuch abzustatten. Mit fast fünfzig lösen sich die letzten alten Freundschaften allmählich auf.

Sie kamen an Karmanns Gruft vorbei, und Ira wurde von Erinnerungen überflutet. Als Kinder hatten Verena und sie hier gespielt. Es war eine Mutprobe gewesen, das schmiedeeiserne Türchen mit den stilisierten Pfeilspitzen zu öffnen und die Stufen hinunterzugehen. Zu wissen, dass dicht unter den blanken Marmorplatten echte Leichen lagen, war viel unheimlicher gewesen als der Gedanke an die Skelette draußen in den Gräbern. Ira hatte zuerst geglaubt, dass die

Toten sie beobachten könnten, irgendwie, von irgendwoher. Aber als sie den Blumenstrauß mitnahm, der von den Angehörigen in die steinerne Vase gestellt worden war, und trotzdem nicht auf der Stelle tot umfiel, erkannte sie, dass die Toten nicht wirklich gefährlich waren. Es gab keinerlei Konsequenzen, als sie ihrer Mutter die geklauten Grabblumen zum Geburtstag überreicht hatte.

Aus einem Seitenweg kamen schwarz gekleidete Leute auf sie zu und reihten sich in die Prozession ein. Ira erkannte Elsa Weyer. Die Bäuerin hatte ihre zierliche Statur im Alter bewahrt, sie trug das Haar immer noch raspelkurz geschnitten, und das schmale Gesicht wirkte trotz der Falten jung. Kaum zu glauben, dass eine zarte Person wie sie vier Söhne großgezogen und jahrzehntelang all die schwere Arbeit auf Hof Eskendor verrichtet hatte. Der korpulente Riese mit der Halbglatze musste Thomas sein, der zweitjüngste der Brüder. Seine Mutter reichte ihm nur bis zur Schulter, und er schien mehr als doppelt so breit zu sein wie sie. Ira vermutete, dass die unscheinbare Frau im Patchworkmantel neben ihm seine Frau Gundis war. Hinter ihnen schlurften die beiden alten Schwestern Friedchen und Sophie, die auf Hof Eskendor lebten, seit Ira denken konnte. Sie waren ihr schon immer alt vorgekommen, mussten jetzt über achtzig sein, schienen sich aber erstaunlicherweise in all den Jahren gar nicht allzu sehr verändert zu haben. Mit ihren riesigen Brillen und den in altmodischen Dutts zusammengefassten weißen Haaren hätten sie glatt als Zwillinge durchgehen können. Als Kind hatte sie sich oft darüber lustig gemacht, wenn die beiden Schwägerinnen von Elsa Weyer abends vor dem Haus saßen, Schnaps tranken und Zigarrenstumpen rauchten.

Ira murmelte einen Gruß, bemerkte das Erkennen in ihren Augen, sah das angedeutete freundliche Lächeln.

Die Trauergäste stellten sich im Halbkreis um die mit Kunstrasen ausgelegte Grube. Langsam setzten die Träger beide Särge ab.

Iras Magen krampfte sich zusammen, als sie sich Verena und Richard im Dunkel der Kisten vorstellte. Gestecke aus gelben Rosen lagen auf den Särgen. Verena hatte schon als kleines Mädchen gelbe Blumen geliebt.

»Sie sind golden, nicht gelb«, hatte sie immer behauptet, wenn sie sich Kränze aus Butterblumen oder Löwenzahn flochten. Und jetzt war sie tot. Mit ihrem Mörder – ja, so musste man ihn doch nennen – würde sie die letzte Ruhestätte hier am Rande des Rehmer Dorffriedhofs teilen und gemeinsam mit ihm im Schatten der riesigen Zeder verfaulen. Ira sah ein Eichhörnchen am rissigen Stamm hinaufhuschen und im Geäst verschwinden.

Offenbar hatte sich der halbe Ort hier versammelt. Der Bad Oeynhausener Stadtteil Rehme hatte knapp achttausend Einwohner, und gerade solche Tragödien sprachen sich natürlich schnell herum. Das war schon früher so gewesen. Durch die dunklen Gläser ihrer Sonnenbrille konnte Ira die Umstehenden unbemerkt beobachten. Sie erkannte Verenas Sohn sofort: Patrick hatte das gleiche blonde Haar wie seine Mutter, blasse Haut und helle Augen, die jetzt gerötet waren. Er war lang und schlaksig und hatte nichts vom mediterran anmutenden Äußeren seines Vaters geerbt. Nun stand er mit gebeugten Schultern und hängendem Kopf neben einem Paar: Amelie und Alois Schäfer, Hotelbesitzer, Richards Eltern. Besser gesagt, Adoptiveltern. Obwohl sie sicher auch schon Ende siebzig war, trug Amelie Pumps mit hohen Absätzen und einen auffälligen, modernen Mantel. Die hennagefärbte Dauerwelle war perfekt gelegt, aber ihr Gesicht war grau und eingefallen, zwischen tiefen Falten wirkte ihre Mimik wie versteinert.

Wer hatte eigentlich entschieden, dass beide gemeinsam in einem Grab bestattet wurden? Weiß der Teufel, ob Verena das wirklich gewollt hätte.

Der Trauerredner ordnete mit fahrigen Bewegungen die Blätter seines Manuskripts. Plötzlich erklangen Saxofontöne, und die Umstehenden blickten wie auf ein Kommando in eine Richtung. Jetzt erst bemerkte Ira die beiden Geiger und den Saxofonisten, die abseits hinter dem Pulk der Trauergäste standen. Sie spielten »Freiheit« von Marius Müller-Westernhagen. Ira seufzte. Das war ihr entschieden zu theatralisch. Wer konnte schon wirklich wissen, ob Verena und Richard jetzt frei waren. Warum hatte Richard das getan? Patrick schluchzte. Amelie Schäfer presste sich ein Taschentuch auf den Mund.

Ein Paar um die fünfzig stand in der ersten Reihe. Die Frau biss sich auf ihre schmale Unterlippe und hatte die Augen zusammengekniffen. War das etwa Linda? Sie war schon als Kind dünn gewesen, aber jetzt sah sie aus wie ein Skelett im schwarzen Kaschmirmantel. Dennoch strahlte sie eine spröde Eleganz aus. Wenn Ira sich richtig erinnerte, hatte Linda Markus Weyer geheiratet, früh ein Kind bekommen und dennoch Karriere gemacht. Der Mann an ihrer Seite war also Markus. Wie seine Frau war auch er elegant gekleidet, das dunkle Haar trug er seitlich gescheitelt und exakt geschnitten. Seine gerade Nase und der sinnlich geschwungene Mund ließen ihn beinahe wie ein Model aussehen.

Die Musiker spielten jetzt »Mackie Messer«. Ira sprach den Text in Gedanken mit: *Und man sieht nur die im Lichte, die im Dunkeln sieht man nicht …*

Das Lied passt irgendwie immer, dachte sie. Man sieht uns, die im Lichte, und euch in eurer zugenagelten Kiste sieht man nicht. Die Melodie war schön, selbst hier auf dem Rehmer Friedhof. An diesem sonnigen Freitag, dem 9. Januar, hatte das Lied einen Zauber, eine weise Leichtigkeit, ganz anders als im Theater.

Wo war eigentlich Verenas Vater? Günter Friese hatte sie letzte Woche angerufen. Wahrscheinlich hatte Verena ihm irgendwann erzählt, dass Ira wieder bei *Tag 7* in Bielefeld arbeitete. Er hatte so verzweifelt geklungen, als er ihr vom Tod der beiden berichtete. Wahrscheinlich wäre sie sonst heute gar nicht hier. Ira sah sich suchend um. So viele graue Dauerwellen und Hüte, so viele schwarze Wollmützen und Filzkappen. Dann entdeckte sie ihn. Verenas Vater stand auf der anderen Seite des Grabes und starrte auf die Särge hinab. Sie hatte sich als Kind vor dem Dorfsheriff, Schutzmann Friese, wie er damals genannt wurde, immer ein wenig gefürchtet. Heute wusste sie nicht mehr, warum eigentlich. Der alte Mann wirkte apathisch, gebrochen, überhaupt nicht beängstigend. Vielleicht lag es auch mit daran, dass seine buschigen Augenbrauen und das dichte Haar inzwischen nicht rabenschwarz, sondern grau waren, und dass seine dunklen Augen glasig und starr wirkten und nicht mehr furchterregend funkelten.

Ein eisiger Wind fuhr Ira in ihre störrischen Locken, und sie zog die Schultern hoch. Sie hatte schon viele Beerdigungen erlebt, und sie hatte schon oft getrauert. Das hier war anders. Es war eher ein Akt des Respekts, der alten Kinderfreundschaft zu Verena geschuldet; dazu kamen ein wenig Sentimentalität und Mitgefühl mit dem alten Friese. Und ja – auch eine gehörige Portion journalistische Neugierde angesichts der ungewöhnlichen Todesumstände. Zu ihrem Leben hatte Verena schon lange nicht mehr gehört.

Die Musiker stellten ihre Instrumente ab. Irgendjemand klatschte spontan. Zweimal. Alle wandten sich in die Richtung des peinlichen Beifalls, schauten böse oder missbilligend. Ira musste grinsen, bemühte sich aber rasch wieder um einen angemesseneren Gesichtsausdruck.

Sie ging nicht ans Grab, wollte keine Erde hineinwerfen. Dieses Geräusch, wenn die Klumpen auf den Sarg fallen, gehörte zu den schlimmsten Geräuschen, die sie kannte. Kein schöner Brauch. Sie glaubte nicht an den ganzen Quatsch von der Wiederauferstehung. Für sie war es, als würde sie dem Toten, der da in seiner Kiste lag, zum Abschied Dreck ins Gesicht werfen. Als die Trauergäste sich anstellten, um dieses Ritual auszuführen, drehte Ira sich um und rempelte dabei jemanden an. »Entschuldigung!«, sagte sie und blickte in sehr blaue Augen. Der Mann starrte sie kurz an. Ira stand wie festgenagelt. Der Typ war groß, breitschultrig, hatte eine hohe Stirn, zerzaustes, schon ein wenig schütteres Haar mit grauen Schläfen. Er trug ein dunkles Flanellhemd unter einer derben Lederjacke.

»Darf ich?«, murmelte er, und Ira trat zur Seite. Sie sah ihm nach. Er ging mit festen Schritten zum Grab, stellte sich in die Reihe derer, die mit der Handvoll Erde Abschied nahmen. »Andy Weyer«, murmelte Ira, »du bist ja ein cooler Typ geworden.«

Der Festsaal des Rehmer Eck konnte mit einer Falttür von der Gaststube abgetrennt werden. Jetzt war die Tür offen, Gastraum und Saal gingen ineinander über. Die Rehmer kannten ihn von Hochzeiten, Taufen, Konfirmationen und runden Geburtstagen. Hier kochte der Chef selbst, ein Holzbrett mit entsprechender Aufschrift hing über der Küchentür. Heute trafen sich etwa fünfzig Menschen zur Trauerfeier von Verena und Richard Schäfer.

Es war festlich eingedeckt: Tischbänder aus schwarzem Tüll wiesen die Tafel als Trauertisch aus. Die Nelken in den schmalen Messingvasen passten farblich zu den fahlgelben Papierservietten. Auf großen Tellern waren Stücke von Platenkuchen aufgeschichtet, ein Blechkuchen mit Zuckerstreuseln und Butterflocken, im Volksmund auch »Beerdigungskuchen« genannt. Wenn die Schwingtür zur Küche sich öffnete, wehte der Duft von Kaffee, Suppe und Schinkenbroten herein.

Ira hatte nach dem Begräbnis zuerst Tante Erna aus dem Auto geholt und war mit ihr Gassi gegangen. Jetzt lag sie unter dem kleinen Tisch am Fenster des Gasthofs Rehmer Eck und hatte alles im Blick.

Ein kalter Luftzug kündigte an, dass sich die Eingangstür vor dem dicken Filzvorhang geöffnet hatte.

Andy Weyer blieb in der Tür stehen, grüßte mit einem Kopfnicken in die Runde, entdeckte Ira und ging auf sie zu. Er lächelte, hielt ihr die Hand hin und sagte: »Ira Wittekind von gegenüber! Fast hätte ich dich vorhin nicht erkannt. Ist hier noch frei?«

Ira erwiderte sein Lächeln und gab ihm die Hand:

»Hier ist noch frei, wenn dich Tante Erna nicht stört.«

Ira zeigte auf die Hündin. Andy ließ sie an seinem Handrücken schnüffeln und streichelte dann ihr schwarzes Fell. »Komischer Name für eine Promenadenmischung.«

»Keine Mischung!«, protestierte Ira. »Sie ist eine reinrassige Königspudeldame, aber das erkennt man nicht auf den ersten Blick, weil ich sie nicht pudelig trimmen lasse.«

»Na, zum Glück lässt du dich auch nicht trimmen«, sagte Andy grinsend und griff ihr ganz kurz in die schulterlangen aschblonden Locken. »Deine Haare sind noch genauso wild wie früher.«

Ira war ein wenig verlegen und wies mit dem Kopf hinüber zum offenen Saal. »Willst du dich nicht zu deiner Mutter und deinen Brüdern setzen?«

»Später.«

Andy zog seine Lederjacke aus und hängte sie über die Stuhllehne, setzte sich und bestellte Kaffee. Er lehnte sich zurück und sah sie an. »Ich hatte schon fast vergessen, wie hübsch du bist. Immer noch diese blitzenden grünen Augen. Das Alter steht dir wirklich gut.«

»Alter? Ich weiß gar nicht, wovon du sprichst, Andy Weyer.«

Er grinste. »Wie lange ist es her?«

»Dass wir uns das letzte Mal gesehen haben? Das war auf der Hochzeit von Verena und Richard, muss so ungefähr zwölf Jahre her sein, aber da haben wir kaum miteinander gesprochen, wenn ich mich recht erinnere.«

Andy überlegte. »Ja. Wer hätte damals gedacht, dass die beiden einmal so enden würden. Verena und du, ward ihr eigentlich noch befreundet?«

»Wir haben nur noch ab und zu mal telefoniert, mehr nicht. Wir führten so unterschiedliche Leben, da gab es irgendwann nicht mehr viele Gemeinsamkeiten.«

Die Kellnerin verteilte Schnäpse. Ira nahm das beschlagene Glas entgegen, schnupperte an der klaren Flüssigkeit und schüttelte sich. Was für eine Tradition, mit kaltem Wacholder auf die Toten anzustoßen. Jeder Gast hielt nun ein »Pinnchen« in der erhobenen Hand und nickte stumm in die Runde. Auch Ira und Andy prosteten sich zu. »Auf Verena und Richard«, sagte Andy. Alle kippten den Klaren mit einem Schluck hinunter.

»Weißt du eigentlich Näheres?«, fragte Ira. »Verenas Vater hat mich angerufen, war aber natürlich total durch den Wind und hat mir eine ziemlich wilde Geschichte erzählt.«

»Es heißt, Amelie Schäfer sei am Neujahrsmorgen in die Wohnung der beiden gegangen. Sie hatte angerufen, weil es nebenan im Hotel irgendein Problem gab. Und weil niemand ans Telefon ging, ist sie rüber. Tja, und da lagen sie in ihren Betten …«

Als Günter Friese Ira am Telefon mit rauer Stimme erzählt hatte, dass seine Tochter Verena und ihr Mann Richard tot seien, hatte sie nicht nach Details gefragt. Sie ließ ihn einfach reden und konnte nicht glauben, was sie hörte: Richard habe seine Kleine umgebracht, besoffen habe er sie gemacht und ihr Tabletten gegeben, und dann habe er selbst eine Flasche Schnaps ausgetrunken und Tabletten genommen.

Verenas Vater saß jetzt drüben an der Stirnseite der Tafel. Der schwarze Anzug war ihm zu groß, sein dünner Hals ragte aus einem viel zu weiten Hemdkragen. Er starrte ins Leere. Verenas Mutter war gestorben, als sie fünf war. Sie wuchs bei der Großmutter auf, bis ihr Vater einige Jahre später wieder heiratete. Und heute musste der alte Mann sein einziges Kind beerdigen. Das Schicksal hatte es mit Friese nicht gut gemeint.

Ira wandte sich an Andy: »Hat Richard eigentlich keinen Abschiedsbrief hinterlassen? Selbstmörder erklären ihrer Nachwelt doch meistens, warum sie nicht anders konnten, oder nicht?«

»Ich weiß nur von meiner Mutter, was so im Dorf geredet wird, von einem Abschiedsbrief habe ich nichts gehört.«

Ira schaute wieder hinüber in den Saal. Elsa Weyer saß zwischen ihren Söhnen Markus und Thomas, die Schwiegertöchter widmeten sich dem Platenkuchen. Ira hatte richtig vermutet: Die Frau in dem Patchworkmantel war tatsächlich Gundis gewesen. Mit ihrem langen Zopf und dem offensichtlich selbst gestrickten schwarzen Pullover war sie der unvorteilhafte Gegenentwurf zu ihrer eleganten Schwägerin Linda im dunkelgrauen Kostüm. Irgendwie war Ira plötzlich froh, dass sie am Morgen nach kurzem Zögern auf ihre gewohnte Jeans-Pulli-Kombination verzichtet und stattdessen ein schmales dunkles Wickelkleid gewählt hatte. Natürlich mit einem roten Gürtel. Das musste sein.

Langsam wurden die Gespräche drüben lauter, die Kellnerin hatte die nächste Runde Schnaps verteilt.

»Andy, welcher von denen ist eigentlich Michel?«

Ira hatte fast zwanzig Jahre lang gegenüber gewohnt und

kannte die Jungs von Hof Eskendor, seit sie denken konnte: Andy, der Älteste, war nur einige Monate älter als sie. Den ein Jahr jüngeren Markus sah sie in ihrer Erinnerung als freundliches, zurückhaltendes Kind, er war nie so barsch wie viele seiner Altersgenossen. Mit dem riesigen, stämmigen Thomas hatte sie nichts zu tun gehabt. Er war fast noch ein Baby, als sie schon zur Schule ging. Und als Michel geboren wurde, war Ira siebzehn Jahre alt und interessierte sich weiß Gott nicht für Babys aus der Nachbarschaft. Michel musste demnach Anfang dreißig sein, sie hatte ihn unter den Trauergästen nicht ausmachen können.

»Sag bloß, die Sache mit Michel weißt du nicht?«

»Welche Sache?«

Andy runzelte die Stirn: »Aber vom Tod unseres Vaters hast du schon gehört?«

Ja, Ira hatte es in der Zeitung gelesen, über das tragische Unglück war sogar überregional berichtet worden. Der damals achtjährige Julian, Sohn von Markus und Linda Weyer, hatte seinen Großvater versehentlich mit dem Jagdgewehr erschossen. Die ungesicherte Flinte stand auf dem Dachboden der Scheune, der Junge spielte damit, und gerade in dem Moment, als Karl Weyer heraufkam, löste sich irgendwie ein Schuss. An Einzelheiten konnte Ira sich nicht erinnern, nur an das wohlige Entsetzen in der Stimme ihrer Mutter, die wochenlang am Telefon von nichts anderem sprach als vom »schrecklichen Unglück auf Hof Eskendor«.

»Ja, das war eine schlimme Geschichte, tut mir wirklich sehr leid für euch, aber was hat der Tod eures Vaters mit deinem kleinen Bruder zu tun?«

Andy trank einen Schluck Kaffee. Er fuhr sich mit den

Fingern durch sein Haar. Ira lächelte. Diese Geste kam ihr bekannt vor. Schon damals, als seine Haare ihm noch dicht und lockig bis über die Schultern fielen, hatte er sie so zurückgestrichen.

»Der Kleine ist mir immer fremd geblieben.« Andy war fast achtzehn, als Michel geboren wurde. Er übernachtete oft im Personalhaus des Hotels Hahnenberg, denn er hatte sich gegen die Arbeit auf dem Bauernhof und für eine Kochlehre im Hotel entschieden. »Zwei Wochen nach dem Drama mit unserem Vater ist Michel verschwunden. Spurlos. Hat einen Koffer mitgenommen und einen Batzen Geld, und wir haben ihn nie wieder gesehen.«

»Verschwunden? Wie kann ein Mensch heutzutage spurlos verschwinden?«

»Na ja, es gab schon eine Spur, meine Mutter glaubte jedenfalls lange, Michel sei mit den Schaustellern abgehauen. Als er seine Sachen gepackt hat, war nämlich gerade Rehmer Markt.«

»Ich verstehe. Kirmes, junger Mann zum Mitreisen gesucht …«, sagte Ira.

Obwohl sie sich so viele Jahre nicht gesehen hatten, war Andy ihr noch immer so vertraut, wie man sich nur sein kann, wenn man Kindheit und Jugend miteinander verbracht hatte. Sie dachte gern daran zurück. Zumindest eine Zeit lang war ihre kleine Welt heil gewesen. Mittagessen pünktlich um eins, freitags Fisch, samstags Suppe, und sonntags gab es Nachtisch. Draußen auf der Straße spielen, bis die Laternen angingen, Gummitwist und Bonanzaräder, zelten an der Weser, heiße Sommer in der Batze, Kirmes und Schützenfest, paffen auf dem Friedhof, rumgammeln auf der Rehmer Insel – und immer war Verena dabei gewesen. Die fröhliche Verena, das Püppchen, die hübsche Blonde mit den großen Augen und den süßen Grübchen, die sich als Jugendliche in jeden Jungen verliebte, den Ira auch nur ansah. Und nun war sie tot.

»Verena und ich haben uns vor ein paar Jahren in Köln getroffen. Sie war ziemlich am Boden, hatte bestimmt dreißig Kilo zugenommen, und sie trank zu viel. Zum Mittagessen Sekt für den Kreislauf, dann Bier gegen den Durst, später Wein für den Genuss und Underberg für den Magen. Meinst du, die Trinkerei und die Eheprobleme haben etwas mit Richards Tat zu tun?«

»Mein Bruder Markus war mit Richard als Kind befreundet. Soviel ich weiß, hatten die beiden aber in den letzten Jahren keinen Kontakt mehr. Er könnte bestimmt trotzdem etwas dazu sagen. Aber Markus spricht nicht. Seit Tagen nicht. Er ist wie versteinert.«

Ira sah zu Markus hinüber. Er spielte mit seinem Kaffeelöffel, starrte auf den Tisch. Sein Gesicht war reglos wie eine Maske.

»Warum sitzt du eigentlich hier alleine und nicht drüben im Saal bei den anderen, du kennst die Leute doch alle?«, fragte Andy.

Ira schüttelte den Kopf: »Ich bin doch viel zu lange weg gewesen, um mich in die Familien an der Trauertafel einzureihen. Richards Eltern kenne ich kaum, aber ich gehe natürlich nachher noch hin und spreche ihnen mein Beileid aus. Deiner Mutter und deinen Brüdern sage ich auch noch Guten Tag. Günter Friese will ich in den nächsten Tagen besuchen, er ist ja jetzt ganz allein. Nur sein Enkel ist noch da, aber ich weiß nicht, ob die sich gut verstehen. Patrick Schäfer wird sicher das Hotel übernehmen.«

Ira war erschöpft. Erst der Schock, dann die Beerdigung und dazu all die Menschen, die sie seit ihrer Geburt kannte und so viele Jahre nicht mehr gesehen hatte. Es war, als wäre sie in die Vergangenheit zurückgekehrt. Aber Verena fehlte. Erstaunt stellte sie fest, dass ihr diese ganze Geschichte doch mehr zu schaffen machte, als sie auf dem Friedhof noch gedacht hatte.

Andy sagte: »Erzähl mir etwas von dir, Ira. Bleibst du länger hier? Bist du verheiratet? Hast du Kinder? Wohnst du noch in Köln?«

Ira schüttelte den Kopf: »Keine Kinder, keine Ehen. Alex, mein letzter Lebensabschnittsgefährte, hat mich letztes Jahr Knall auf Fall verlassen. Klassische Sache, er hatte 'ne Jüngere, und dann hab ich mir einen schwarzen Hund und ein gelbes Auto gekauft und bin nach Bielefeld gezogen. Ich wollte noch mal neu anfangen, bevor ich endgültig zu alt dafür bin. Und nun arbeite ich wieder als Reporterin bei *Tag 7* und bin für ganz Ostwestfalen-Lippe zuständig. *Back to the roots* – quasi. Übernächste Woche fahre ich in Bad Oeynhausen eine Nacht lang mit auf Streife, für eine Polizeireportage.«

»Wolltest du nicht eigentlich Lehrerin werden?«

Ja, Lehrerin für Deutsch und Erdkunde wollte sie werden. Das Studium hatte sie sich durch freie Mitarbeit bei *Tag 7* finanziert, und dann war sie dort hängen geblieben. Ira sagte: »Die Entscheidung, bei der Zeitung zu bleiben, habe ich keinen Tag bereut. Ich gehöre zu den altmodischen Leuten, die ihren Beruf lieben. Auch nach so langer Zeit ist noch immer kein Tag wie der andere, und die Geschichte hinter der Schlagzeile interessiert mich nach wie vor mehr als die Schlagzeile an sich. Und du? Was hast du in all den Jahren so getrieben?«

Andy erzählte, dass er nach der Lehre beim Bund war und später wieder ins Hotel Hahnenberg zurückkehrte. »Tja, und dann hab ich Doro kennengelernt. Wir haben geheiratet, unsere Tochter kam zur Welt. Zwei Jahre später hat Doro mich verlassen und ist mit Tessa und ihrem Neuen nach Mallorca gezogen. Und ein bisschen hab ich es so gemacht wie du, als dein Typ dich verlassen hat: Hab die Brocken hingeschmissen und bin abgehauen, hab auf 'nem Kreuzfahrtschiff gekocht. Nur Mittelmeer. War 'ne tolle Zeit.« Immer, wenn das Schiff vor Mallorca ankerte, konnte Andy seine Tochter Tessa sehen. Und dort erreichte ihn im August 1995 auch der Anruf, dass sein Neffe Julian seinen Vater erschossen hatte.

»Ich bin natürlich gleich mit dem nächsten Flieger nach Hause. Bin dann erst mal auf dem Hof geblieben und hab meiner Mutter später beim Umbau geholfen.«

»Ja, ich hörte davon, dass ihr Eskendor umgebaut und eine Kommune gegründet habt, O-Ton meiner Mutter.«

Andy lachte. »Kommune, das ist mal wieder typisch Rehmer Dorftratsch. Wir sind keine Kommune. Wir haben den Hof zur Wohnanlage umgebaut, ein sogenanntes Mehrgenerationen-Projekt. Keiner von uns wollte den Hof traditionell bewirtschaften. Michel war ja abgehauen, Markus ist Prokurist bei Opel Hüttemann, der hat kein Interesse an Landwirtschaft, und ich sowieso nicht. Blieb nur Thomas, und der hat mit seinem Öko-Konzept voll ins Schwarze getroffen.«

Im früheren Schweinestall gab es jetzt einen Hofladen mit eigenen Erzeugnissen, den Thomas und Gundis mit Erfolg betrieben. Auf der Westkoppel gegenüber vom Friedhof standen nun Treibhäuser, in denen er Bio-Gemüse zog. Thomas hatte einen klassischen Bauerngarten mit Blumen und Kräutern angelegt, und auf der Wiese hinter der alten Turnhalle hielt er sechzig frei laufende Hühner.

»Die hab ich gesehen, Tante Erna stand schon sabbernd vor dem Maschendraht«, sagte Ira.

Andy klang begeistert, als er ihr den Hof schilderte: »Meine Mutter bewohnt die untere Etage im großen Haus. Drei Zimmer vermietet sie als Gästezimmer. Oben leben Thomas, Gundis und ihre drei Kinder. Die Dachwohnung haben wir an ein junges Paar vermietet. Markus und Linda wohnen in der früheren Scheune. Ihr Sohn Julian lebt nicht mehr auf dem Hof. Die Remise ist auch vermietet. Für Tante Sophie und Tante Friedchen haben wir die alte Kate renoviert, und auf der Wiese hinter der Mauer an der Eschentorstraße steht ein Einfamilienhaus, auch vermietet.«

»Und wo wohnst du?«

»Erinnerst du dich an die Deele und den Kuhstall? Da wohne ich jetzt, im Kuhstall und in der Deele. Du bist herzlich eingeladen, mit mir vor dem Kamin einen Lambrusco zu trinken!«

Ira verzog das Gesicht. »Lambrusco? Wie früher, auf der Rehmer Insel, aus der Korbflasche?«

Früher. Heute war Verenas Beerdigung. Wie konnte sie nur in Kindheitserinnerungen schwelgen, während drüben die Verwandten um ihre Toten trauerten.

Der Lärmpegel im Saal war merklich gestiegen. Dem

Schnaps wurde reichlich zugesprochen, dazu gab es jetzt Schinken- und Schmalzbrote und eingelegte Gurken. Manchmal lachte jemand, dann wieder ertönte ein Schluchzen. Dieses Zusammensitzen, das gemeinsame Trauern, Sicherinnern, Weinen … Ira wusste, wie wichtig das alles war. Sie fing Blicke von Andys Mutter und seinen Brüdern auf, nickte, hob grüßend die Hand, beschloss aber, doch nicht hinüberzugehen, sondern ihre persönlichen Beileidsbekundungen später hinter sich zu bringen. Hier, auf dem Dorf, musste man sich für einen Besuch nicht vorher anmelden, man konnte einfach hingehen.

Ira stand auf, Tante Erna kam sofort unter dem Tisch hervor, setzte sich brav und schaute ihr Frauchen abwartend an.

»Ich muss leider los, hab noch einen Termin in der Redaktion, und man weiß ja nie, wie viel Verkehr unterwegs ist. Und du wirst drüben erwartet.« Sie reichte Andy die Hand. »War schön, dich wiederzusehen, auch wenn ich mir andere Umstände dafür gewünscht hätte.«

Andy brachte sie zur Tür. Als sie sich zum Abschied die Hand gaben, hielt er ihre einen Moment länger als üblich. »Wir sehen uns, Ira.«

2

Es war an einem Samstagabend Ende Januar, als Ira um kurz vor zehn ihren Mini vor der Wache in der Blücherstraße parkte. Schon vor Wochen hatte sie von der zuständigen Kreispolizeibehörde die Genehmigung erhalten, bei dieser Nachtschicht mit auf Streife zu fahren.

Kommissar Carlo Brück begrüßte Ira mit einem Grinsen, das die Furchen in seinem Gesicht noch vertiefte. Er war ein Oeynhausener Urgestein mit Ecken und Kanten. Anfangs hatte Ira sich mit dem muffeligen, wortkargen Hünen etwas schwergetan, aber im Laufe der vielen Jahre, die sie sich jetzt schon kannten, war er ihr mit seinem ostwestfälischen Charme fast ein wenig ans Herz gewachsen. Dass sie sich lange nicht gesehen hatten, als Ira in Köln gearbeitet hatte, hatte ihre gegenseitige Sympathie nicht beeinflusst.

»Moin, Wittekind, wir haben 'ne schöne Leiche, wollen Sie die sehen?«

Ira dachte: Oh nein, aber sie sagte: »Na klar!«

So ist das nun mal: Schlechte Neuigkeiten sind gute Schlagzeilen, eine Leiche würde in jedem Fall Schwung in die geplante Reportage bringen.

Brück fuhr sich durch den Bart, dessen Farbe Ira immer an das Fell eines Yorkshire-Terriers erinnerte. »Na, dann los, die Kollegen von der Spätschicht warten schon vor dem Haus auf uns.«

Auf dem Weg zum Auto stellte der Kommissar Ira seinen Kollegen Rondorf vor. Rasch stiegen die drei in einen der Streifenwagen und fuhren los, Richtung Richterstraße.

»Was ist denn das für 'ne Leiche?«, fragte Ira. Rondorf drehte sich zu ihr um. »Keine Ahnung, die Spätschicht wurde von den Hausbewohnern gerufen, weil es erbärmlich nach Verwesung stinkt. Der oder die muss also schon länger dort liegen.«

Ira bekam weiche Knie. Sie hatte in ihrem Berufsleben schon einige Leichen gesehen: Unfallopfer, Selbstmörder … aber eine solche Leiche war ihr glücklicherweise bisher erspart geblieben … herrje, das brauchte doch kein Mensch. Am liebsten wäre sie jetzt ausgestiegen, aber das kam natürlich überhaupt nicht infrage. Eine Leiche kann man sich als Reporter nicht entgehen lassen, egal, in welchem Zustand sie ist.

Sie nahm ihre Nikon aus der Tasche, wählte das Objektiv, ließ es einrasten, befestigte den Blitz, prüfte die Akkus und hängte sich schließlich die Kamera um den Hals.

Das Polizeiauto der Kollegen aus der Spätschicht stand mitten auf der Straße vor dem Haus Nummer neun. Aus dessen geöffneter Haustür schien helles Treppenhauslicht auf den Waschbetonweg. Ein paar Schaulustige standen auf dem Bürgersteig und gafften. In den benachbarten Häusern starrten Leute aus den Fenstern.

Die Spätschicht übergab den Fall nun offiziell an die Nachtschicht. Brück fasste noch einmal zusammen, was die Kollegen soeben berichtet hatten: Eine Nachbarin hatte auf der Wache angerufen, weil der Briefkasten des Mieters Michael Sonntag total überfüllt war und weil der widerliche Gestank sie beunruhigt hatte.

Die Kollegen von der Spätschicht hatten dann die Wohnungstür in der dritten Etage öffnen lassen. Der Schlüssel steckte von innen, es war nicht abgeschlossen. Sie hatten die Tür einen Spaltbreit geöffnet, sich sofort die Nasen zugehalten, gerufen, aber keine Antwort bekommen. Offenbar befand sich keine lebende Person in der Wohnung. »Aber da oben liegt einer, der muss seit Wochen tot sein, macht euch auf was gefasst«, sagte der Kollege. Nun war die Spätschicht zu Ende, und der Fall musste pünktlich an die Nachtschicht übergeben werden. Typisch Beamte, dachte Ira, sogar jetzt machen die Dienst nach Vorschrift.

»Dann wollen wir mal!«, sagte Brück und ging vor. Das Treppenhaus war pieksauber, die Fußmatten vor den Wohnungstüren lagen akkurat, und die Grünpflanzen auf den Fensterbänken und Treppenabsätzen hatten kein einziges braunes Blatt. Alle Klingelschilder waren sauber und lesbar beschriftet. Ein ordentliches Haus.

Was war hier passiert?

O ja, jetzt bemerkte Ira den Gestank. Süßlich, faul. Mein Gott, bloß nicht mehr durch die Nase atmen. Die linke Wohnungstür in der dritten Etage stand nur einen Spaltbreit offen. Brück drückte mit der flachen Hand und dem Fuß dagegen, sie ließ sich nicht ganz öffnen. Er brauchte Kraft, um sie weiter aufzuschieben. Es war stockfinster in der Wohnung. Brück tastete nach einem Lichtschalter. »War ja klar, kein Strom. Rondorf, gib mir mal die Taschenlampe.«

Er nahm die Stablampe von einem Kollegen entgegen, schaltete sie ein, leuchtete kurz in die Diele, sagte: »Ach du Scheiße!«, und trat einen Schritt zurück. Und dann ging das Licht aus.

»Drecksbatterien!«, fluchte Brück. Die Tür war jetzt weit offen, das Licht aus dem Treppenhaus schien in die Diele. Rondorf warf einen Blick hinein, drehte sich auf dem Absatz um, lehnte sich gegen das Treppengeländer, fasste sich an den Hals und würgte. Er war kalkweiß im Gesicht.

Der Gestank musste bestialisch sein. Ira atmete vorsorglich kurz und flach durch den Mund. Sie glaubte, der Geruch habe sich auf ihre Zunge gelegt und sie könne ihn schmecken. Sie wusste, wenn sie das nur einmal roch, würde sie kotzen müssen.

»Wittekind, kommen Sie mal her, und machen Sie Licht mit Ihrem Blitz!«, sagte Brück. Ira schluckte. Sie trat vor und blickte in einen schmalen Flur, dessen Fußboden mit Plastiktüten, angerosteten Dosen, Kippen und leeren Flaschen fast vollständig bedeckt war. Nur ein schmaler Pfad, wie ein Trampelpfad, war frei. Herrschaftszeiten, was war das? Deswegen war die Tür nicht ganz aufgegangen, Brück hatte erst den Müll beiseiteschieben müssen.

Wie ferngesteuert hob Ira die Nikon vor ihr Gesicht und drückte auf den Auslöser. Sie schaute durch den Sucher, nicht auf das Display, und was sie sah, verschlug ihr den Atem. Brück hielt sie am Ellenbogen fest und half ihr, langsam durch den kniehohen Dreck zu waten.

Blitz. Das Badezimmer. Auf dem schmierigen Fliesenboden Zeitungen, Kippen, Plastiktüten, Undefinierbares. Vorne ein Hocker, darauf zerknülltes Papier und Kartons.

Blitz. Auf der Fensterbank einen halben Meter hoch gestapelter Abfall verschiedenster Art. Im Waschbecken leere Flaschen, Ravioli-Büchsen mit verschimmelten Resten. *Blitz.* Die Kloschüssel bis oben an den Rand verdreckt. Die Klobrille mit Fäkalien beschmiert. *Blitz.* Die Badewanne zu einem Drittel mit Abfall gefüllt. Iras Puls raste. Ihr wurde schwindelig, sie atmete kurz und hastig durch den Mund. Bloß nicht riechen, bloß nicht riechen.

Stille in der Wohnung, nur das Knirschen des Mülls unter ihren Füßen und ihr heftiges Atmen waren zu hören.

Die Küche. *Blitz.* Dasselbe Chaos. Verkrustetes. Verfaultes. Verwestes. Stinkendes. Scherben. Kein Zentimeter ohne Unrat, Müll, Kippen.

Der Wohn-Schlaf-Raum. Müll. *Blitz.* Müll. *Blitz.* Müll. *Blitz.*

Ein brauner Totenschädel.

Ira schrie auf, griff nach Brücks Arm, krallte sich fest, ließ dabei die Kamera los, sie baumelte am Gurt um ihren Hals. Stockdunkel. Dennoch sah Ira den halb verwesten Schädel, kaum zu erkennen zwischen all dem Abfall. Eine Leiche, da vorne auf dem Bett, im Dreck, im Müll, zwischen zerlumpten Decken und einem versifften Kissen, keine drei Meter von ihr entfernt. Ein grelles, überbelichtetes Bild manifestierte sich in ihrem Kopf. Tiefe, leere Augenhöhlen.

Brücks Stimme war belegt: »Könnten Sie das wohl noch mal fotografieren, schaffen Sie das?«

Ira nahm die Kamera hoch, und es blitzte, blitzte, blitzte. Sie sah nicht hin, kniff die Augen fest zu. Ihr war schlecht, sie würde gleich umfallen, mitten rein in diese ganze Schweinerei. Nein, bloß nicht fallen, nur raus, schnell raus hier. Sie drehte sich um und stapfte zum Treppenhaus zurück, rannte hinunter, hinaus, vor die Tür, in die Kälte, setzte sich auf die Stufe vor der Haustür und sog gierig die eisige Nachtluft ein.

So etwas hatte sie noch nie gesehen. Wie kann ein Mensch nur so armselig enden? Was war da oben verdammt noch mal passiert? Hatte den einer umgebracht, oder war der am Dreck gestorben?

Rondorf setzte sich neben sie. »Schlimm, was?«

Sie nickte. »Ja, absoluter Horror.«

Kripo und Notarzt trafen ein. »Wart ihr schon drin?«, fragte der Arzt Kommissar Brück, der jetzt auch draußen stand und die frische Luft inhalierte wie ein Süchtiger.

»Jepp.«

»Und?«

Brück sagte: »Oben ist es dunkel, und bei unserer Dienstlampe sind die Akkus verreckt. Haben Sie 'ne Taschenlampe dabei?«

»Klar, hab ich. Konntet ihr trotzdem schon was erkennen?« Brück schüttelte den Kopf. »Nee, nur, dass der nicht erst seit gestern daliegt, sondern schon ein paar Tage länger.«

Der Arzt runzelte die Stirn. »Mist, hoffentlich geht er mir nicht auf, wenn ich ihn untersuche.« Ira fragte lieber nicht nach, was er damit meinte, sie konnte es sich auch so denken.

Brück wandte sich an den Kollegen von der Kripo und nannte die Fakten: »Ein Toter, höchstwahrscheinlich der Wohnungsmieter, M. Sonntag, das steht an der Klingel und am Briefkasten. Die Daten werden von den Kollegen in der Zentrale gecheckt. Fremdverschulden ist nach Lage der Dinge eher unwahrscheinlich.«

Der Hauptkommissar übernahm den Fall.

Es war 23:08 Uhr, als Ira, Brück und Rondorf zurück auf die Wache fuhren. Keiner sprach während der Fahrt auch nur ein einziges Wort.

Als sie auf dem Polizeirevier ankamen, ging Ira sofort zur Toilette, wusch sich die Hände, das Gesicht, die Arme, als könne sie den Verwesungsgeruch, der sich in ihre Kleider gefressen hatte, abwaschen. Kurz darauf, im Aufenthaltsraum bei einer Tasse Kaffee, fragte sie die Polizisten, ob sie so etwas schon mal erlebt hätten.

»Ja«, sagte Brück, »schon öfter, aber noch nie so extrem.«

Um 23:20 Uhr ertönte Gebrüll durch die Flure. »Lasst mich hier raus, ihr Arschlöcher, ich muss auf'n Pott!«, schrie jemand, der betrunken und orientierungslos aufgegriffen und in die Ausnüchterungszelle gesperrt worden war. Rondorf, Brück und ein weiterer Polizist brachten den tobenden Mann zur Toilette. Zigarettenpause für die Männer, aber nur ein paar Minuten lang.

Die Nacht ging weiter. 23:38 Uhr: Einsatz in der Hagenstraße: Anwohner hatten ein verdächtiges Auto gemeldet. Ein Kombi parkte in der Dunkelheit, schwarz gekleidete Leute luden hastig Dinge ein. Brück, Rondorf und Ira fuhren hin, befragten den Anrufer. »Silberner BMW, Mindener Kennzeichen, hinten war wahrscheinlich die Zahl 36.« Brück gab die Daten über Funk durch, die Kollegen draußen sollten die Augen offen halten, auch Brück fuhr langsam durch die Bad Oeynhausener Südstadt.

23:55 Uhr: Ein Unfall auf der Eidinghausener Straße. Fehler beim Abbiegen: nur Blechschaden. Brück und Rondorf nahmen die Personalien auf, beruhigten die Beteiligten, händigten Unfallmitteilungen aus.

Ira machte sich Notizen, versuchte sich zu konzentrieren, aber ständig kehrten ihre Gedanken zu dem Toten im Müll zurück. Immer wieder sah sie diese Momentaufnahme, das Bild im grellen Blitzlicht, den Schädel mit den großen Augen in all dem Dreck.

00:39 Uhr: Überfall an der Bahnhofstraße, eine Person verletzt. Rondorf fuhr mit Blaulicht weiter. Der Rettungswagen stand schon da, eine Frau mit offensichtlich schweren Verletzungen wurde darin versorgt. Die Beamten konnten mit ihr sprechen, ließen sich den Hergang schildern, fragten nach dem Aussehen des Täters. Die Frau wurde ins Krankenhaus gebracht. Ira begleitete die Kommissare, hielt sich aber im Hintergrund. Sie schrieb mit, kürzte die Namen mit den Initialen ab. Natürlich durften in ihrer Reportage keine realen Namen auftauchen.

Um halb drei saßen sie wieder in der Wache.

Ira überflog ihre Notizen, und Brück begann, Berichte über den vergangenen Abend zu schreiben. »Das mach ich lieber jetzt; wer weiß, was noch kommt.« Er öffnete ein Dokument auf seinem Computer. Ira war aufgestanden, um ihre Sachen zusammenzupacken. Ihr reichte es, die Nacht war lang genug gewesen, und der Schock über den verwesten Toten saß ihr immer noch in den Knochen. Brück drehte sich um, reichte ihr die Hand und verabschiedete sich. »Schicken Sie uns die Fotos? Und – bekommen wir Belegexemplare?«

»Fotos schicke ich, und klar bringe ich Ihnen einen Stapel Zeitungen, sobald der Artikel erschienen ist.«

Ira blickte zufällig über seine Schulter auf den Bildschirm. Sie las: »Leichenfund, männlich, Michel Sonntag, geb. Weyer …«

Alles in ihr krampfte sich zusammen. Das konnte doch nicht wahr sein. Weyer? An der Klingel hatte gestanden »M. Sonntag«, und die Nachbarin hatte »Michael« gesagt.

»Ich glaube, ich kannte den Toten im Müll!«

»Was?« Brück hob den Kopf und sah sie an.

Ira zeigte auf die Daten: »Michel Sonntag, geborener Weyer. Der muss verheiratet gewesen sein, oder? Geburtsdatum: 6.6. 1977. Ich glaube, das ist der Sohn von Elsa Weyer vom Hof Eskendor in Rehme. Er ist seit 1995 verschwunden.«

3

Sie hatte geduscht, sehr heiß und sehr lange. Dennoch schnüffelte sie immer wieder an Armen, Schultern und Händen, zog eine Locke nach vorn und hielt sie sich unter die Nase. Nein, sie roch nicht nach Verwesung. Trotzdem stopfte sie die Jeans, den dunklen Pulli und die rote Jacke in den Wäschekorb. Wenn sie nur an die Leichenwohnung dachte, stieg ihr sofort wieder der Gestank in die Nase.

Ira konnte nicht einschlafen. Ihre Gedanken ließen sie nicht zur Ruhe kommen. Wenn der Tote tatsächlich Michel Weyer von Hof Eskendor aus Rehme war, wie würde seine Familie es aufnehmen? Wer würde es ihnen sagen? Einer von der Kripo? Andy – sie musste doch Andy Weyer anrufen, oder nicht? Sollte sie ihm nicht sofort Bescheid geben?

Nein, zuerst musste die Identität der Leiche zweifelsfrei feststehen. Nicht auszudenken, wenn sie eine solche Nachricht überbrachte, und am Ende war es gar nicht Michel. Wie konnte man einen Toten in diesem Zustand mit absoluter Sicherheit identifizieren? Über die DNA, okay. Aber dafür musste die doch irgendwo gespeichert sein, oder nicht? Im *Tatort* fanden sie in solchen Fällen immer einen Zahnarzt, der das Gebiss des Toten kannte. Würde Elsa Weyer sich die Leiche ansehen müssen? Selbst wenn, erkennen würde sie ihren Sohn gewiss nicht. Wenn er es denn war. Konnte es tatsächlich möglich sein, dass Michel nur ein paar Kilometer von seinem Elternhaus entfernt gelebt hatte, ohne jemals Kontakt zu seiner Familie zu haben? Wie lange wohnte er schon in der Richterstraße? Dem Müll nach zu urteilen, musste es eine lange Zeit gewesen sein, so viel Dreck sammelt sich nicht in ein paar Monaten an. Und warum war es dort überhaupt derart verwahrlost? Sie hatte zwar schon mal eine Reportage über einen Messie geschrieben: einen alten Mann, der alles sammelte und in Tüten aufbewahrte, der nie etwas wegwarf, bis unter die Decke Zeug stapelte und sich nur noch durch schmale Gassen in seiner Wohnung bewegen konnte. Aber das, was sie gestern gesehen hatte, war etwas völlig anderes. Das war keine Sammelleidenschaft, das war totale Verwahrlosung. Wie kann jemand alles um sich herum derart verkommen lassen? Das Klo bis an den Rand zuscheißen? Ira schüttelte sich. Warum lässt ein Mensch sich so gehen? Und wieso hat das keiner gemerkt? Warum lag der Tote so lange unentdeckt in der Wohnung? Wie lange überhaupt?

Wenn Michel Sonntag, geborener Weyer, bei einer Heirat den Namen seiner Frau angenommen hatte, wo war dann Frau Sonntag? Womöglich lag die auch irgendwo tot in dieser Horrorwohnung, und sie hatten sie übersehen. Woran war der Mann überhaupt gestorben? Konnte man die Todesursache noch herausfinden, wenn er nicht gerade ein beweiskräftiges Loch im Schädel hatte? Waren eigentlich Ratten in der Wohnung gewesen?

Es war halb sechs, als Ira das letzte Mal auf die Uhr sah, dann schlief sie endlich ein. Sie träumte von dem Mann im Müll. In ihren Träumen sprangen Mäuse und Ratten aus den Höhlen seines Schädels, und kleine rote Augen starrten sie aus der stinkenden Finsternis heraus an.

Ira schreckte hoch, wusste einen kurzen Moment nicht, wo sie war, tastete dann nach ihrem Smartphone neben dem Bett. Zwanzig vor acht. Sonntag. Tante Erna lag zusammengerollt in ihrem Körbchen. Ira war in der Nacht zuvor noch mit ihr um den Block gegangen. Die Pudeldame öffnete ein Auge und wedelte träge mit dem Schwanz, als Ira sich im Bett aufsetzte.

Der Tote im Müll. Nachtschicht bei der Polizei.

Sie war sofort hellwach. Eigentlich konnte sie noch liegen bleiben, der Artikel musste erst morgen in der Redaktion sein. Sie hatte also noch den ganzen Tag Zeit. Dennoch sprang sie aus dem Bett, kochte sich einen starken Kaffee und ging noch einmal unter die Dusche. Die Tatsache, dass sie sich anschließend mit einiger Mühe in ihre heiß geliebte Jeans zwängen musste, verbesserte nicht gerade ihre Laune. Sie hatte sich so gefreut, mit ihren eins fünfundsiebzig endlich eine Hose gefunden zu haben, die nicht kniff und nicht zu kurz war, und nun das. Verdammte Wechseljahre.

Gegen halb neun ging sie mit Tante Erna raus. Es war kalt, aber die frische Luft tat ihr gut. Zwei Stunden lang lief sie durch die weitläufigen Parkanlagen am Johannisberg, aber ihre Gedanken kamen nicht zur Ruhe. Würde die Polizei heute zu den Weyers fahren? Sie hatte Andy nach der Beerdigung von Verena und Richard nicht mehr gesehen, aber sie hatten einmal telefoniert. »Ich soll dir von meiner Mutter ausrichten, dass du zum Kaffee eingeladen bist«, hatte Andy gesagt.

»Gerne, ich freue mich, sag ihr das bitte. Ich fahre am Samstag in der Nachtschicht der Polizei mit. Wenn der Artikel fertig ist, komme ich vorbei. Ich wollte sowieso nach Rehme fahren und Verenas Vater besuchen.«

Wenn sie jetzt auf den Hof kam, war es mit Sicherheit ein Kondolenzbesuch. Sie musste unbedingt mit Andy reden, bevor der Artikel erschien.

Drei Tote in drei Wochen, das war ein bisschen viel. Verena und Richard waren noch nicht ganz unter der Erde, und schon gab es das nächste Drama.

Ira arbeitete den ganzen Sonntagnachmittag. Zuerst überspielte sie die Fotos von der Nikon auf ihr Notebook.

Als sie die Details auf den Bildern sah, stieg wieder Übelkeit in ihr hoch. Sie versuchte sie zurückzudrängen und seufzte. Nutzt nichts, Job ist Job, mach einfach deine Arbeit, wies sie sich selbst zurecht. Sie suchte die schärfsten Bilder heraus und versah sie mit ihrem Copyright-Vermerk. Ira arbeitete, wie viele ihrer Kollegen im Lokalen, mit Polizei, Feuerwehr, THW oder Versicherungen zusammen: Wenn sie über einen Brand oder einen Unfall informiert wurde, fotografierte sie nicht nur für die Zeitung. Einen Teil der Bilder stellte sie für die Ermittlungen zur Verfügung. Ungezählte Fotos mit ihrem Zeichen IRWI – als Kürzel von Ira Wittekind – steckten bereits in polizeilichen Ermittlungsakten.

Sie rief ihre Formatvorlage für vierspaltige Reportagen auf und begann den Artikel zu schreiben. Fotos, auf denen der Tote zu sehen war, fügte sie nicht ein, sie durften nicht gedruckt werden. Auch seinen Namen nannte sie nicht, noch nicht einmal seine Initialen. Sie schrieb zweihundertzwanzig Zeilen, gönnte sich danach eine Pause, in der sie sich ein paar Brote schmierte und sie vor dem Fernseher aß – auch wenn die Chance, jemals wieder in Kleidergröße 38 zu passen, dadurch noch geringer wurde. Dann überarbeitete sie den Text noch einmal.

Am Montag schickte sie alles in die Redaktion. Dann wählte sie die Nummer der Polizeiwache und ließ sich mit Kommissar Brück verbinden. »Die Fotos sind angekommen?«

»Ja, vielen Dank, Wittekind. War harter Tobak für Sie, oder?«

»Kann man so sagen.« Ira zögerte kurz. »Haben Sie schon herausgefunden, ob der Tote tatsächlich Michel Weyer von Hof Eskendor in Rehme ist?«

»Sie wissen genau, dass ich Ihnen über den Stand einer Todesermittlungssache nichts sagen darf.«

»Natürlich dürfen Sie das nicht. Aber wenn ich Sie nicht darauf hingewiesen hätte, wären Sie vielleicht gar nicht draufgekommen, wer es ist.« Brück gab nur ein leises Knurren von sich. »Hören Sie, ich kenne die Familie Weyer seit meiner Kindheit. Ich kann nicht zum Kaffeetrinken dahin fahren und so tun, als wüsste ich von nichts!«

»Sagen wir mal so: Die Familie des Toten wurde informiert. Damit müssen Sie sich zufriedengeben. Aber von mir haben Sie das nicht!«

»Ehrensache«, sagte Ira und legte auf. Verdammt. Sie wählte Andys Nummer.

4

Am Mittwoch fuhr Ira nach Hof Eskendor. Der Hof lag in Rehme, dem größten Ortsteil von Bad Oeynhausen. Ira parkte das Auto in einer Seitenstraße und ging mit Tante Erna zu Fuß weiter. Die Gegend wirkte wie ausgestorben, obwohl es ein normaler Werktag war.

Die meisten Häuser waren ordentlich renoviert. Saubere Fassaden, gepflegte Vorgärten, geputzte Fensterscheiben, neue Autos in unkrautfreien Einfahrten. So muss das auch sein, dachte Ira, was sollen sonst die Leute denken. Mit diesem Spruch war sie groß geworden.

Da vorne rechts war früher eine Drogerie gewesen. Ira hatte als kleines Mädchen ihre Mutter oft dorthin begleitet, durfte an einem Spender drehen und sich ein Pulmoll-Bonbon nehmen. Herr Sieker, immer freundlich, stets im weißen Kittel, verkaufte Seifen, Damenbinden, Parfüms sowie alles, was man zum Fotografieren brauchte. Gab es den Beruf »Drogist« überhaupt noch?

Ein Neubau mit Büros hatte die Kneipe Alt München verdrängt, in der sich die Männer zum Frühschoppen getroffen hatten, und davor gab es hier ganz früher mal einen »Konsum« – mit Betonung auf der ersten Silbe.

Das große Lampenfachgeschäft – weg. Die Heißmangel auf der linken Seite gab es nicht mehr. Der Klamottenladen von Frau Piper, die bei Sonnenschein ein durchsichtiges gelbes Rollo herunterzog, das die Farben der Kittelschürzen und Pullover allesamt verfälschte, war auch nicht mehr da. In dem Laden auf der rechten Seite verkauften früher zwei oder drei Generationen der Familie Selle Kurzwaren, Knöpfe, Garne, Wolle und Tischdecken – weg. Die Post, Lotto-Toto Meier, Bäcker Peters, bei dem es die besten Nussecken und das leckerste Graubrot der Welt gab – weg. Das Kino neben der Gaststätte Eschentor – weg. Friseur Schleier gegenüber – weg. An der Ecke stand die schicke, ehemalige Fabrikantenvilla. Der nierenförmige Springbrunnen im Vorgarten war verschwunden, die Wolkenstores vor den Fenstern des Erkers waren durch Springrollos mit Werbeaufdruck ersetzt worden. Die Villa war jetzt ein Eiscafé. Ira bog in die Eschentorstraße ein.

Früher war ihr diese Straße breit und lang vorgekommen, dabei passten hier keine zwei Autos nebeneinander. Sie schmunzelte. In der ganzen Straße hatte es nur zwei Autobesitzer gegeben: eine Familie mit vier Töchtern, die sich am Wochenende tatsächlich in einen NSU Prinz zwängte, und die Nachbarn mit einem himmelblauen VW Käfer.

Mit ein paar Schritten erreichte Ira die Rechtskurve, auf deren linker Seite hinter der Hecke schon Eskendors Mauer begann. Eine rote Ziegelmauer mit abgerundeter Kuppe, die irgendwann höher als sie selbst gewesen war und ihr heute nur noch bis zur Brust reichte. Dahinter: Hof Eskendor.

Meine Herren, daraus hatten die Weyers aber was gemacht!

Ira ging zunächst ein paar Meter am Hof vorbei bis zum Kriegerdenkmal an der Schule. Die Narbe am rechten Knie hatte sie sich hier beim Versteckspiel geholt. Die alte Schule war der Mittelpunkt des alten Dorfkerns: roter Klinker, weiße Fenster, riesige Linden auf dem Schulhof. Wo waren die runden Bänke unter den Bäumen geblieben? Eskendor lag westlich, nur eine schmale Straße trennte Bauernhof und Schulhof voneinander. Gegenüber ein schiefes Fachwerkhaus. Östlich der Dorfkrug, ganz nah zwei weitere Höfe, der Marktplatz und die Kirche. Ein Dorf wie aus dem Bilderbuch, immer noch.

Auf dem Schulhof hatte sie Radfahren gelernt. Damals lebte Vater noch bei ihnen. Sie sah ihn vor sich: Er hielt sie an einem Besenstiel fest, den er am Gepäckträger befestigt hatte, und lief neben ihr her. Als er losließ, merkte Ira es zuerst gar nicht. Doch als sie sich kurz umdrehte und ihn weit hinter sich winken sah, kippte sie mit dem Rad um und schlug sich Knie und Hände auf.

Jetzt blickte sie hinüber zum Hof Eskendor.

Die Auffahrt, über die abends die Kühe in den Stall getrieben wurden, war jetzt ordentlich betoniert.

»Weyers Hofladen« stand auf einem Transparent, das unter den Baumkronen der Eschen gespannt war.

Dort, wo sie sich als Kind so rasch wie möglich an Flocki, dem kläffenden Hofhund, vorbeigeschlichen hatte, wenn sie ins Haus musste, um kuhwarme Milch zu kaufen, war die Deelentür durch ein riesiges Fenster ersetzt worden. Daneben, früher der Eingang zum Pferdestall, befand sich jetzt eine weiße Haustür, vor der Andy Weyer stand und sie schon erwartete. Er hatte dunkle Schatten unter den Augen und war unrasiert.

»Es tut mir so leid«, sagte Ira.

Er nickte. »Komm rein, meine Mutter und meine Brüder sind auch da.« Andy legte eine Hand auf ihre Schulter und schob sie ins Haus.

Tante Erna lief schwanzwedelnd von einem zum anderen, ließ sich den Kopf tätscheln und legte sich schließlich auf einen der roten Teppiche.

Elsa Weyer saß auf der Sesselkante vor dem Kamin, hatte die Hände in den Schoß gelegt und starrte ins Feuer. Wie kraftlos und zerbrechlich sie wirkte. Sie schaute auf, als Ira auf sie zuging. »Ach, mein Mädchen«, sagte Elsa und gab ihr die Hand.

Markus, der an der Stirnseite des Holztisches vor einer Tasse Kaffee gesessen hatte, stand auf: »Dass man sich unter solchen Umständen wiedersieht …« Ira war überrascht, wie korrekt er selbst an einem solchen Tag gekleidet war. Die silbergraue Krawatte, die er zu einem perfekt geschnittenen dunklen Anzug trug, saß tadellos.

Sein Bruder Thomas dagegen hatte die Hände tief in den Taschen einer alten, ausgebeulten Cordhose vergraben und sah aus dem Fenster. Er drehte sich kurz zu ihr um, murmelte: »Moin«, und wandte sich wieder ab.

Ira blieb stehen, bis Andy ihr eine Tasse Kaffee brachte, und sah sich um. Weiße Bodenfliesen, rote Teppiche, ein Esstisch aus dunklem Holz, Lederstühle für zwölf Leute. Das schwarz-weiße Fachwerk war restauriert, ebenso wie die alte Holzdecke. Andy hatte sie weißen lassen, die mächtigen Querbalken waren schwarz. Eine Treppe führte zu einer Galerie hinauf, die wie ein Balkon alle Seiten des Raumes einfasste und von der aus mehrere Türen abgingen.

So wohnte Andy also, in gradlinigen Formen und klaren Farben. Passt zu ihm, dachte Ira.

Sie zog den zweiten Sessel vor dem Kamin näher an Elsa heran und setzte sich. »Hat Andy gesagt, dass ich dabei war, als Michel gefunden wurde?«

Elsa nickte. »Hat er wirklich in solchem Dreck gelebt?«

Ira hatte vorher lange überlegt, was sie der alten Frau sagen sollte. Hatte Elsa das Recht auf die Wahrheit oder das Recht auf den Trost einer Lüge? Wofür sollte es gut sein, wenn sie sich ihren toten Sohn in diesem erbärmlichen Elend vorstellen konnte? Aber es gab keine Möglichkeit, sie vor der schrecklichen Wahrheit zu schützen. Sie würde es in der Zeitung lesen können. Doch für den Moment blieb Ira die Antwort erspart, weil Elsa schon mit der nächsten Frage beschäftigt war.

»Warum heißt … warum hieß … Michel nicht mehr Weyer mit Nachnamen? Der Kommissar sagte, unser Junge wär verheiratet gewesen, aber mit wem denn? Herrgott noch mal, was ist das bloß für eine Geschichte.« Elsa schüttelte traurig den Kopf.

»Hat die Polizei noch nichts herausgefunden?«, fragte Ira.

Thomas drehte sich zu ihr um. »Was sollen die denn wohl rausfinden, hä? Dass unser Bruder ein asozialer Penner war, wissen wir ja jetzt. Und wenn dein Artikel in der Zeitung steht, dann weiß es ganz Rehme, ach, was red ich, die ganze Stadt weiß es dann.« Sein Gesicht färbte sich beim Sprechen dunkel. Hoher Blutdruck, dachte Ira, kein Wunder, bei dem Übergewicht.

»Thomas, bitte«, sagte sie ruhig. »Ich war zufällig dabei,

als er gefunden wurde. Das hab ich mir weiß Gott nicht ausgesucht, aber so etwas gehört zu meinem Beruf. Ich bin nur der Überbringer der Nachricht, nicht der Verursacher.«

»Laber laber, dein Geschreibe steht in der Zeitung, und dann weiß jeder Bescheid. Hast du überhaupt 'nen Schimmer, was das für Eskendor bedeuten kann? Glaubst du, die Leute kaufen auf 'nem Penner-Hof, wo so ein Gesocks herkommt?«

»Thomas, du sprichst von deinem toten Bruder!« Elsas Stimme klang empört.

»Scheiß auf Bruder, Mutter. Abgehauen ist der, den hat das alles hier doch einen Dreck interessiert. Klaut unserm toten Vatter siebentausend Mark und haut ab. Vatter war noch nicht ganz unter der Erde, und der verpisst sich. Und du jammerst ihm auch noch hinterher. Der hätte nicht so enden müssen, aber der wollte es ja nicht anders. Er hätte zurückkommen können. Du hättest den doch mit offenen Armen wieder aufgenommen.«

Ira schüttelte den Kopf. »Nein, so zu enden, das wünscht sich niemand, und das wünscht man auch keinem anderen.«

Sie hatte Elsa als zwar kleine, aber dennoch überaus resolute Frau in Erinnerung. Nun klang sie beinahe schüchtern, als sie Ira fragte: »Was hast du denn über ihn geschrieben?«

»Ich habe seinen Namen nicht erwähnt, noch nicht mal die Initialen. Vielleicht kriegt es ja auch gar keiner mit, dass es sich um Michel handelt.«

Thomas machte einen Schritt auf sie zu: »Wovon träumst du nachts? Ganz Rehme weiß, dass *unser Junge*, wie Muttern so schön sagt, abgehauen ist. Und ganz Rehme weiß, dass *unser Junge* schon früher ein Tunichtgut war, dass der mit dreizehn geraucht hat und mit vierzehn gesoffen, dass der Markus und mir das Geld aus der Hosentasche geklaut hat, wenn wir geschlafen haben. Dass er den Schweinen Wacholder ins Wasser geschüttet hat und Tante Friedchen und Tante Sophie fast die Kate unterm Hintern abgefackelt hat. Der Drecksack war faul und verzogen, und unser Vatter hat immer gesagt: Das ist nicht mein Sohn, der ist vom Briefträger.«

»Thomas! Was redest du denn da!« Ira wunderte sich über die Lautstärke, mit der Elsa plötzlich sprach.

»Lass stecken, Mutter, die schreibt doch alles auf, was sie erfährt, die Geier von der Presse sind alle gleich. Kennen wir doch von Vatters Unfall. Da haben sich die widerlichen Schmierfinken auch draufgestürzt wie die Aasgeier, und dann haben sie alles in den Dreck gezogen.«

Andy mischte sich ein: »Schluss jetzt. Ira hat keine Schuld an unseren Familiengeschichten. Sie hat nur ihren Job gemacht. Sie kann nichts dafür, dass Michel tot ist. Und ich bin absolut damit einverstanden, dass sie uns bei der Suche nach der Wahrheit hilft.«

»Was denn für eine Wahrheit?«, fragte Markus.

Andy sagte: »Ich möchte schon wissen, wie es dazu gekommen ist, dass unser Bruder so gestorben ist, und mich interessiert nicht nur, was die Polizei über seinen Tod herausfindet. Ich möchte etwas über sein Leben erfahren.«

Markus strich seine Krawatte glatt. »Auf einmal? Es hat außer Mutter nie jemanden interessiert, was aus ihm geworden ist. Du warst schon so gut wie aus dem Haus, und ich war siebzehn, als Michel geboren wurde.«

»Ich hatte mit der Kanaille auch nix am Hut. Der hat doch immer alle rebellisch gemacht mit seinen ewigen Flausen im Kopp«, sagte Thomas.

»Aber Blut ist dicker als Wasser, und er war nun mal euer Bruder«, sagte Elsa, und es klang trotzig.

Ira hielt sich zurück und beobachtete, wie die einzelnen Familienmitglieder reagierten. Sie sprachen über den Polizeieinsatz und über den Zustand der Wohnung, in der Michel gefunden wurde. Elsa weinte. Thomas war wütend. Markus zeigte kein Gefühl, sein Gesicht war regungslos. Irgendwann sagte Andy entschlossen: »Wir warten erst mal ab, wann wir Michel beerdigen können. Und dann wird Ira für uns herausfinden, was vorher passiert ist.«

Am Samstag erschien der Artikel in der Tageszeitung *Tag 7*.

Das Bild des verdreckten Badezimmers war dreispaltig, zwei weitere Bilder zeigten die Kommissare Brück und Rondorf.

Dienstbeginn mit einem Toten:
Nachtschicht im Polizeirevier

Von Ira Wittekind – Text und Fotos

Bad Oeynhausen.
Die Nachtschicht der Bad Oeynhausener Polizei hat ihren Dienst angetreten. Es ist Sonnabend, der 24. Januar. Die Kommissare Carlo Brück und Klaus Rondorf stehen vor einem Haus in der Richterstraße. In der dritten Etage liegt ein Toter.

Die Kollegen der Spätschicht hatten die Tür öffnen lassen, nachdem Nachbarn die Polizei informierten. »Der Briefkasten war voll, und im ganzen Haus hat es gestunken!«, erzählt eine Nachbarin. Die Beamten zögern, das Haus zu betreten, sie wissen von den Kollegen, dass die Person oben seit Wochen tot sein muss.

Der Gehweg ist gefegt, das Treppenhaus pieksauber. Die Wohnungstüren im dritten Stock liegen nur wenige Zentimeter auseinander. Die Beamten können die Tür nur schwer öffnen. Unerträglicher Gestank dringt in den Flur, die Beamten stöhnen auf. Brück geht zuerst in die Wohnung, es ist kein Strom da, die Batterien der Taschenlampe geben ihren Dienst auf, die Reporterin dieser Zeitung beleuchtet die Szenerie mit dem Blitz ihrer Kamera. Überall liegen Plastiktüten, Flaschen, Zigarettenkippen. Im Bad noch schlimmeres Chaos: Toilette, Waschbecken und Badewanne sind mit Fäkalien und Unrat angefüllt. Völlige Verwahrlosung.

Der Tote liegt auf einem Bett, mitten in Müll und Papier. Eine entwürdigende Szenerie, einsam, armselig und grausam.

Kripo und Notarzt treffen ein, sie erhalten Infos von Kommissar Brück: »Mutmaßlich der Wohnungsinhaber, die Tür wurde nicht aufgebrochen, Fremdverschulden unwahrscheinlich.«

Mit Mundschutz und Handschuhen untersucht Notarzt Thomas Meier die Leiche, stellt fest, dass

sie teilweise mumifiziert ist. »Unklare Todesursache« wird er auf dem Totenschein ankreuzen. Die Kriminalpolizei übernimmt den Fall.
Rondorf und Brück wollen zur Wache fahren, sich die Hände waschen, den Verwesungsgeruch abspülen, eine Zigarette rauchen. Im Dienstagwagen: betroffene Stimmung. Ja, so was hätten sie schon gesehen, aber nicht so extrem, erzählen die Beamten.
Eine Pause gibt es nicht, der nächste Einsatz wird über Funk angeordnet, einige weitere werden folgen. Die Beamten müssen weitermachen, Zeit, um das Gesehene zu verarbeiten, bleibt ihnen nicht. »The show must go on«, kommentiert Carlo Brück lakonisch, aber man merkt ihm an, dass er sich zusammenreißt.

5

»Bitte schön!« Ira legte einen Stapel Tageszeitungen auf den Schreibtisch. Kommissar Brück nahm die oberste, blätterte darin. »Dienstbeginn mit einem Toten, guter Titel.«

Er drehte den Kopf und rief in den Nebenraum: »Klaus, komm mal her, du stehst in der Zeitung.« Die Polizisten lasen den Text, nickten hier und da. »Prima, haben Sie gut beschrieben, und die Fotos sind auch gut«, sagte Brück.

»Was passiert eigentlich jetzt mit der Wohnung? Wer macht da sauber?«, fragte Ira.

Brück hob die Augenbrauen. »Bei so langer Liegezeit wird erst mal ein Kammerjäger reinmüssen.«

»Liegezeit?«

»Nach Leichenfunden mit längerer Liegedauer muss alles raus. Möbel, Teppichboden, Tapeten, es ist ja nicht nur der Gestank, der so eine Bude unbewohnbar macht, das ist auch hochgradig gesundheitsgefährdend! Unser Toter hatte ja schon ordentlich gesuppt.«

Blitz. Ira sah den Schädel inmitten des Mülls vor sich. Sie schüttelte sich. »Ja, ich hab nachgelesen, dass ein Leichnam viel Flüssigkeit verliert und ruckzuck Fliegen da sind, die ihre Eier darauf ablegen.«

»Genau«, sagte Brück, »nach der Leichenstarre lösen sich die Muskelzellen auf, der Körper zersetzt sich und beginnt zu verwesen. Und wie das stinkt, haben Sie ja mitgekriegt.«

Ira fragte ihn, wann die Leute von der Spurensicherung in die Wohnung müssten, um festzustellen, ob es Anhaltspunkte für ein Verbrechen gebe. Brück machte eine abwehrende Handbewegung: »Wir sind hier nicht beim *Tatort*. Es gibt ja überhaupt keine Anhaltspunkte für Fremdeinwirkung, die Wohnungstür war nicht beschädigt, und der Tote lag in seinem Bett. Nee, ich denke, der kann zeitnah bestattet werden.«

Ira runzelte die Stirn. Es war doch gar nicht hundertprozentig auszuschließen, dass Michel durch ein Verbrechen ums Leben gekommen sein könnte. »Gibt es überhaupt keine weiteren Untersuchungen, keine Obduktion?«, fragte sie.

Kommissar Brück reagierte ein wenig ungehalten. »Eine gerichtsmedizinische Sektion würde nur dann von der zuständigen Staatsanwaltschaft beantragt werden, wenn es die Vermutung einer unnatürlichen Todesursache gäbe. Was jetzt genau im Totenschein steht, darf ich Ihnen natürlich nicht sagen, aber in diesem Fall ist die gerichtlich angeordnete Untersuchung des Leichnams nicht notwendig.«

Ira musste sich mit dieser Erklärung zufriedengeben. Sie glaubte eigentlich auch nicht an ein Verbrechen, wer sollte schon ein Motiv haben, diesen Mann umzubringen? Aber müsste die Polizei nicht trotzdem genau dieser Frage nachgehen? Eine ordentliche Ermittlung war allerdings nur vor der Tatortreinigung möglich, oder nicht? Ira wollte sich lieber nicht vorstellen, wie die Spurensuche in der durch Leichenflüssigkeiten, Maden und anderes Ungeziefer und verfaulten Müll kontaminierten Wohnung ablaufen würde.

Für Elsa Weyer und ihre Söhne würde es jedenfalls eine Erleichterung sein, wenn sie Michel bald bestatten konnten. Ira würde ihnen helfen, alles über ihn herauszufinden, das hatte sie Elsa, Andy und Markus versprochen, und selbst Thomas hatte zuletzt eingelenkt. Sie würde mit der Befragung der Nachbarn beginnen.

Ira klingelte bei Thenhausen. Es gab in diesem Haus keine Gegensprechanlage, der Türöffner summte sofort. Als Ira das Treppenhaus betrat, schlug sie sich die Hand vor den Mund: Offenbar waren die Tatortreiniger noch nicht da gewesen, der Gestank war immer noch unerträglich.

Heike Thenhausen stand oben am Treppengeländer und hielt sich ein Papiertaschentuch vor Mund und Nase. Sie näselte: »Ja bitte?«

»Ira Wittekind, guten Tag, ich komme im Auftrag der Familie des verstorbenen Herrn Sonntag. Darf ich Ihnen ein paar Fragen stellen?«

Die Frau bat sie herein und gab bereitwillig Auskunft. Sie freute sich offensichtlich über die Abwechslung, die Iras Besuch ihr bot. Sie servierte Kaffee in sechseckigen, schwarzen Tassen und Butterkekse auf passenden Tellern. An den Wänden hingen schwarz gerahmte Bilder von Pierrots, weiß geschminkten Clowns, über deren Gesicht eine Träne lief. Auf der Lehne des fliederfarbenen Sofas saßen passend dazu mehrere Pierrot-Puppen. Ira zählte acht prächtige Exemplare in aufwendig bestickten Kleidern.

Frau Thenhausen schien aufgeregt zu sein: »Im Auftrag der Familie? Na so was. Dass er Familie hatte, hätte ich aber nicht gedacht! Um den hat sich doch keiner gekümmert.

Wenn ich nicht die Polizei angerufen hätte, dann läge der da heute noch.« Sie senkte die Stimme: »Ist er wirklich schon verwest gewesen? So wie das gestunken hat …«

Ira überging die Frage. »Seit wann wohnte der Herr Weyer denn nebenan?«

»Wieso denn Weyer? Der hieß Sonntag!«

Ira verbesserte sich: »Ja, Sie haben natürlich recht. Er hat nach der Hochzeit den Namen seiner Frau angenommen, er ist ein geborener Weyer.«

»Name seiner Frau? Was denn für 'ne Frau? Der hat doch alleine gelebt. Das hätte ich gewusst, wenn da noch wer gewesen wäre. So einer hat doch keine Frau!«

»Was genau meinen Sie mit *so einer*?«

Heike Thenhausen beugte sich vor und sagte: »Das war ein Asozialer. Die Wohnung wurde vom Sozialamt bezahlt. Er hat immer Post von der Stadt bekommen, blaue Briefe mit Stempel, ich weiß Bescheid. Wenn der nicht hackevoll nebenan hockte, dann lungerte er am Busbahnhof bei den Pennern rum. Das war keine angenehme Nachbarschaft, das können Sie mir glauben. Erst hab ich mich gefreut, dass jemand nebenan einzieht. Vorher wohnte da eine fürchterliche Zicke, die hatte mit allen im Haus Streit, aber die Freude über den Herrn Sonntag war schnell vorbei. Man konnte immer riechen, wenn er gekommen oder gegangen war. Da kam ein Mief aus der Wohnung, ich kann es Ihnen sagen! Ich hab mich manchmal gar nicht getraut, zum Briefkasten oder zum Mülleimer zu gehen, wenn ich vorher nebenan die Tür gehört hatte.«

»Woher wissen Sie das?«, fragte Ira.

»Was?«

»Dass er mit den Pennern rumhing?«

»Ich hab Probleme mit dem Rücken, wissen Sie. Na ja, und mein Hausarzt ist gegenüber vom Busbahnhof. Und da hab ich den Sonntag oft gesehen, schon morgens saß er mit ’ner Flasche in der Hand am Bushäuschen. Und immer hing er mit diesem Gesocks rum, da können Sie als anständige Frau nicht alleine langgehen. Die Besoffenen pöbeln und grölen, das ist wirklich gruselig.«

Ira fragte noch einmal, seit wann Michel hier gewohnt hatte.

»Das kann ich Ihnen nicht mehr so genau sagen, aber das ist schon ein paar Jahre her. Damals machte er noch einen ganz ordentlichen Eindruck.«

Ira stutzte. Michel hatte hier also jahrelang gewohnt und sich nicht ein einziges Mal bei seiner Familie gemeldet? Sie waren sich nie zufällig begegnet? Bad Oeynhausen war eine kleine Stadt, und Rehme keine drei Kilometer entfernt.

Heike Thenhausen rückte die Puppen auf der Sofalehne zurecht. »… am Anfang hat er ja noch gearbeitet. Da grüßte er auch immer und sah ganz manierlich aus, aber dann …«

Ira fiel ihr ins Wort: »Wissen Sie, wo er gearbeitet hat?«

»In der Diskothek am Werrepark, nachts, aber was er da genau gemacht hat, weiß ich nicht. Man kam mit ihm nicht ins Gespräch. Ich hab es versucht, aber da kam nix. Das ging auch nicht lange gut, nur ein paar Monate. Dann fing er an zu saufen, und dann hatte sich das mit der Arbeit auch erledigt.«

Ira trank ihren Kaffee aus, bedankte sich bei Heike Thenhausen und machte sich auf den Weg zum Busbahnhof. Sie ging zuerst mit dem Hund in den Kurpark. Leinenpflicht überall, Ira hielt sich daran.

Nur wenige alte Leute spazierten auf den geharkten Wegen. Es gab eine karge Winterbepflanzung auf den Freiflächen und in den Kübeln, dennoch wirkten Kurtheater, Kaiserpalais und Badehaus immer noch mondän und elegant.

Ira verließ den Park und ging an den vielen leer stehenden Läden der Königshof-Kolonnaden entlang. Am Schweinebrunnen standen nur noch wenige Bänke, niemand saß darauf. Sie zählte die Passanten in der Klosterstraße, der Fußgängerzone der Stadt: Es waren zwölf. Die quirlige, bunte Kleinstadt von einst wirkte an diesem nasskalten, grauen Montag, als hätte man die Bewohner vorübergehend evakuiert.

Einen Augenblick lang sah sie die Klosterstraße an einem Sommertag in ihrer Jugend vor sich: bunt und lebendig, bevölkert von flanierenden Kurgästen, bummelnden Teenagern, schwatzenden Müttern mit Kinderwagen. Ira sah Kaisers Kaffeegeschäft neben dem Modehaus Eisenreich, das Hotel Hohenzollernhof gegenüber vom Bahnhof, die alteingesessenen Cafés Finselbach und Ellinghaus und die Milchbar. Lang, lang ist es her, dachte sie traurig.

Ein Zwanzigeuroschein reichte, um am Busbahnhof jemanden zu finden, der Michel gekannt hatte und auch über seine Frau etwas wusste. Der Mann hieß Ditze, sein Alter konnte Ira nicht schätzen. Er hatte fettiges Haar, lange, dreckige Fingernägel und große, braune Zähne wie ein alter Gaul. Er stank aus dem Mund, und Ira hielt eine Armlänge Abstand.

Aber Tante Erna mochte Ditze und ließ sich von ihm streicheln.

Michels Frau hieß Sanne Sonntag und kam aus Minden. Sie war knapp zehn Jahre älter als er gewesen und arbeitete, *wenn* sie arbeitete, als Kassiererin in einem Supermarkt. Sanne und Michel, da hätten sich die Richtigen zusammengetan, sagte Ditze grinsend, zeigte erklärend auf seine Flasche und nahm einen großen Schluck Schnaps. Sein Angebot, auch »'n Hieb« zu nehmen, lehnte Ira dankend ab.

Michel hatte früher auf dem Bau gearbeitet, in Minden, und dort hatte er Sanne kennengelernt. Nach sechs Wochen heirateten sie, er nahm ihren Namen an.

»Warum?«, fragte Ira.

»Mensch, Muddi, keine Ahnung, vielleicht wollt er nich', dass ihn die Bullen finden oder so.«

Sanne und Michel wollten gemeinsam aufhören zu saufen. Immer wieder. »Die zwei ham's aber immer wieder or'ntlich krachen lassen«, erzählte Ditze. An Sannes Geburtstag hätten sie sich dann anständig gezofft. »Der wievielte Geburtstag war das?«, fragte Ira. Ditze schüttete den Kopf. »Was weiß ich. Jedenfalls sind die mit abgeschlagenen Bierflaschen aufeinander los und so, volle Lotte Klopperei – und dann: Notarzt.«

Sanne hatte schwerste innere Verletzungen, ihr Herz setzte aus. Sie wurde wiederbelebt – aber das Gehirn bekam minutenlang keinen Sauerstoff. Sie fiel ins Koma und wachte nicht mehr auf. Sanne starb am 1. Juni 2005. Ditze kannte das Datum, weil Michel es in Rot hinten auf seine Jacke geschrieben hatte. Und weil sie sich oft gegenseitig ihr Leben erzählt hatten, in langen Nächten, unter dreckigen Decken und Zeitungen liegend im alten Pavillon im Kurpark, unter der Brücke im Sültebusch und im überdachten Eingang des Parkhauses.

»Er hat seine Frau ins Koma geprügelt? Wow. War er deswegen im Knast?«, fragte Ira.

Ditze schüttelte den Kopf. »Nee, wusste ja keiner, was wirklich abgegangen war. Konnte ja sein, dass sie sich den Stoß, an dem sie später abgenippelt ist, selber verpasst hat. Und Michel, der hatte wohl voll den Filmriss, der wusste da nix mehr von.«

Ira erinnerte sich plötzlich. Sie hatte vor einigen Jahren über einen Prozess berichtet, in dem eine Frau nach einer Schlägerei verstorben war. Das Gericht hatte dem Angeklagten lediglich die Teilnahme an einer Schlägerei nachweisen können, aber keinen Totschlag und keine Körperverletzung mit Todesfolge.

»Danach hat Michel sich fast ins Koma gesoffen, 'n paar Monate lang. Is' ja klar, die Alte tot, die Bude wech, da hat er eben wieder Platte gemacht«, sagte Ditze, nickte dazu heftig mit dem Kopf und nahm noch einen großen Schluck.

»Wie bitte?«

Ditze grinste: »Hey, Muddi, kennste nich? Platte machen, keine Bude haben, auffe Straße leben.«

»Weißt du, was Michel früher gemacht hat, bevor er auf dem Bau war?«

Ditze nickte: »Klaro weiß ich das, der war Schockfreier, ist bei Niederwittlers mitgefahren.«

Ira kannte den Namen noch, Niederwittlers Raupe und das Kettenkarussell hatten früher auf jeder Kirmes, jedem Schützenfest gestanden und waren für die Dorfjugend *der*

Treffpunkt gewesen. Den Ausdruck »Schockfreier« hatte sie lange nicht gehört.

Als Michel später von Minden nach Bad Oeynhausen zog, sei er trocken gewesen, hatte »juste die Ochsentour hinter sich«, erzählte Ditze und meinte damit einen Entzug in der »Geschlossenen« in Lübbecke mit anschließender Therapie. Danach bekam Michel einen Job: Er wurde Spüler in der Diskothek am Werrepark.

Ditze sagte: »Er hatte sogar 'ne Bude, 'ne richtige, nich' so 'n städtisches Ding in der Königstraße, ham später die Sozis weiterbezahlt, die Bude, als Michel wieder am Stoff war.«

Diese Bude kannte Ira. Vor ihren Augen flammte erneut ein Blitz auf. Der Tote im Dreck. Augen in einem halb verwesten Schädel. An welchem Punkt ist dieses Leben, das so bürgerlich und geordnet begann, aus dem Ruder gelaufen? Wo ist Michel falsch abgebogen? Warum lief er nach dem Tod seines Vaters weg und kehrte nicht mehr zurück? Er hatte doch alles gehabt, kam aus gesicherten finanziellen Verhältnissen, lebte auf einem riesigen Hof, hatte Familie. Wieso gibt jemand das alles auf und zieht erst mit den Schaustellern durch die Gegend, arbeitet dann auf dem Bau und fängt schon als ganz junger Mann an zu saufen?

Ira wählte Andys Handynummer. »Kann ich vorbeikommen? Es gibt Neuigkeiten, ich habe einiges über deinen Bruder herausfinden können.«

6

Sie trafen sich an der Weserfähre »Amanda«. Als Ira den Mini Cooper parkte, lehnte Andy schon am Geländer der Anlegestelle. Er war zu Fuß von Eskendor herübergekommen. Tante Erna sprang aus dem Auto und begrüßte ihn schwanzwedelnd. Ira hängte sich die Hundeleine um den Hals, verriegelte das Auto und band ihre Kapuze fest zu. Auf der Rehmer Insel, wie das Gebiet an der Werremündung genannt wurde, wehte ein eisiger Wind. Sie gingen nebeneinanderher Richtung Süden, entfernten sich von Fähre und Sportplatz, marschierten schweigend an den alten Holzlagern vorbei.

Mit welchen Worten konnte sie Andy vom Horrorleben seines Bruders berichten? Wie sollte sie anfangen? Ira war froh, dass er ihr Zeit ließ.

Felder, Wind, Wasser. Die Weser war doch früher mindestens zehn Mal so breit gewesen, oder nicht? Auch der Borstenbach floss in Iras Erinnerung strudelnd und reißend und nicht als dieses sanft plätschernde Rinnsal, das hier in die Weser mündete. Hier riecht alles nach Kindheit und heiler Welt, dachte sie. Ruhe. Idylle. Sie gingen an dem verfallenen Lagerschuppen der früheren Holzhandlung vorbei, passierten den fast schon historischen Hebekran, der seit Jahrzehnten am Ufer verrottete und an die Zeiten erinnerte, als das Holz direkt aus den Lagern auf die Lastschiffe der Weser gehievt wurden. »Wohin gehen wir so zielstrebig?«, fragte Ira. »Ich möchte mir mit dir etwas ansehen. Es hat mit Richard zu tun.« Sie marschierten weiter, an kahlen Büschen vorbei.

Aber dann: hinter üppigem Gebüsch, Gestrüpp und einer Hecke aus Brombeeren ein verfallendes Gebäude.

»Das Kinderheim Wilhelmshof? Ich dachte, das hätten sie längst abgerissen?« Ira blieb an der Mauer vor dem Haus stehen. Meine Güte. Der Putz verdreckt und rissig, sämtliche Scheiben in der oberen Etage zerbrochen, Dachziegel in Scherben auf dem Hof, Türen und Fenster im Erdgeschoss mit Brettern vernagelt. Aus den Ritzen im Beton der Auffahrt ragte verdorrtes Gras. Um dieses Gebäude hatte sich bestimmt seit Jahrzehnten niemand mehr gekümmert. Vor den kaputten Stufen der maroden Terrasse hatte jemand Sperrmüll abgeladen.

»Nachdem das Kinderheim irgendwann geschlossen war, sollte es ein Hotel werden«, sagte Andy, »aber der Pächter ist abgesprungen. Dann wollten sie hier eine Diskothek eröffnen, aber daraus ist auch nichts geworden. Böses Karma. Wusstest du, dass Richard Schäfer hier aufgewachsen ist?«

»Ja klar, das wusste doch jeder, dass Verenas Mann eins der Heimkinder war. Wieso böses Karma?«

»Ich hab da mal was mitgekriegt, als Richard bei uns auf'm Hof war. Hier sind fürchterliche Dinge passiert.«

Ira winkte ab. Ihr Bedarf an fürchterlichen Dingen war durch den Tod von Michel, Verena und Richard gedeckt.

»Richard und Markus waren als Kinder beste Freunde.

Ich war damals dabei, als sie sich kennengelernt haben«, sagte Andy.

Andy und sein Bruder Markus hatten wie fast alle Kinder auf der Rehmer Insel gespielt, obwohl die Eltern es verboten hatten. »Weserwasser ist giftig, da ist Chemie drin, da kann man von sterben!«, warnten die Erwachsenen immer wieder.

Oft fanden die Jungs verendete Fische am Ufer, stocherten mit Weidenruten in den aufgeplatzten Leibern herum und gruselten sich vor den wuselnden Maden. Im Sommer winkten sie den Passagieren auf den weißen Schiffen »Castor« und »Pollux« zu, bestaunten die tuckernden Lastkähne und rieten anhand der Flaggen, aus welchem Land sie kamen. Am Wochenende sahen sie den Motorbooten zu und warteten darauf, dass die Wellen das Ufer erreichten, wenn die Boote vor dem großen Weserbogen in rasanten Kurven gedreht hatten.

Andy war nur ein knappes Jahr älter als Markus, sie zogen oft zusammen los. Bis Richard auftauchte.

Andy und Markus waren an diesem Tag mit Kescher und Gummistiefeln im Borstenbach unterwegs und suchten Stichlinge. Sie wateten Richtung Bachmündung und sahen plötzlich einen Jungen, etwa zehn oder elf Jahre alt. Er hockte mit angezogenen Beinen unter der Brücke, das Gesicht schmutzig und verheult. Die schwarzen Locken waren wirr und ungekämmt, die nackten Knie verschrammt.

»He, was machst du da?«, fragte Andy.

Der Junge schniefte, sah nicht auf, starrte auf seine Knie und sagte: »Nix. Haut ab.«

Sie hauten nicht ab. Sie setzten sich neben ihn.

Er hieß Richard und wohnte im Heim Wilhelmshof.

»Seitdem waren Markus und Richard unzertrennlich, bis er weggezogen ist«, sagte Andy.

Sie schwiegen eine Weile und starrten auf das Gebäude. »Hier ist er also aufgewachsen«, fuhr Ira fort, »bis die Schäfers ihn adoptiert haben und er mit ihnen in die Stadt ins Hotel Schäfer gezogen ist. Als Kind hab ich mich immer gefürchtet, wenn ich hier in der Nähe war.«

»Zu Recht, soviel ich weiß. Unterhalt dich mal mit Markus, der weiß viel über den Wilhelmshof.«

Ira ging ein paar Schritte auf das Haus zu. Ein rostiges Schild lag auf dem Boden:

Betreten verboten. Eltern haften für ihre Kinder!

»Was hast du vor?«, rief Andy. Er hatte sich die Kapuze seiner Barbourjacke aufgesetzt und zog seinen Schal fester zu.

Der Wind war jetzt schneidend, pustete eine leere Coladose über den Platz und blähte eine Plastiktüte auf. Ira winkte. »Komm mit, ich will da rein!«

Auf der Rückseite des Hauses fanden sie ein Kellerfenster, groß genug als Einstieg. Die Bretter, mit denen es mal verrammelt gewesen war, lagen zersplittert davor auf dem Boden.

Da waren vor uns schon einige andere drin, dachte Ira.

Sie trat den letzten Glaszacken der Scheibe aus dem Fensterrahmen. Tante Erna sprang elegant hindurch wie ein Zirkuspudel durch einen Reifen, sie kletterten vorsichtig hinterher.

»Erna, Fuß!«, rief Ira. Sie leinte die Hündin an und nahm

sie kurz. Wer wusste schon, was hier rumlag. Andy ging vor und schob mit den Füßen spitze und scharfe Gegenstände beiseite. Tante Erna schnüffelte unentwegt. Es roch nach Moder und Rattenscheiße. Ira benutzte ihr Smartphone als Taschenlampe.

Hier hatten bereits etliche Leute gehaust und gefeiert. Leere Flaschen, Müll und alte Matratzen lagen im ganzen Raum verteilt. Auf dem Boden waren Kerzenstummel mit Wachs befestigt, die Wände waren beschmiert. Die Tür hing nur noch an einer Angel und führte in einen finsteren Gang. Rechts und links davon gingen Räume ab, die offenbar früher einmal Vorratskeller gewesen waren. Zertrümmerte Regale lagen auf dem Fußboden, jede Menge kaputtes Geschirr, ein zerschlagenes Klosett.

»Schau mal!« Andy zeigte in einen Raum, in den durch die Ritzen der Bretter Tageslicht schien. Er war rundum gefliest, in der Mitte ein Ablauf, eine Art Gulli. Einzelne Kacheln waren von den Wänden gefallen oder herausgeschlagen worden.

Andy nahm ihre Hand. Die Treppenstufen wirkten morsch, oben war es hell, es gab keine Tür. Stufe für Stufe gingen sie hinauf, langsam, vorsichtig, bei jedem Knarren zuckte Ira zusammen. Sie tasteten sich an der Wand entlang, es gab kein Geländer mehr, unter ihren Händen brach immer wieder Putz ab.

Dann standen sie in der ehemaligen Küche. Sie war in einem Anbau untergebracht und hatte keine Fenster, sondern Oberlichter. Die waren zwar mit einer dicken Dreckschicht überzogen, aber das einfallende Licht reichte aus, um alles erkennen zu können. Rostige Gestelle, auf denen Geräte gestanden haben mussten, haufenweise Scherben.

»Da hat jemand ein ganzes Regal mit Geschirr zerschlagen!«, sagte Andy. Zerbrochene Bretter, ein von der Wand gewaltsam abgebrochenes Spülbecken. Ein rostiger Topf. Ein Stuhl ohne Sitzfläche. Auch hier beschmierte Wände. *Tamara und Kevin. Nina und Steven.* Herzen. Kreuze. *Hu se fack is Dennis.*

Unter ihren Füßen knirschten die Scherben, als Andy und Ira den angrenzenden Speisesaal betraten.

»Das war früher bestimmt mal ein schöner Raum«, sagte Ira. Halbrund, mit großen Fenstern zur Terrasse. Keine Scheibe heil. Kabel, die aus der Wand hingen. Abgerissene, rostige Heizkörper. Herunterhängende Bahnen verschimmelter Tapeten. Holzwolleplatten, aus der zerstörten Decke auf den Boden herabgestürzt. Graffiti an den Türen. Getrocknete Lachen undefinierbarer Flüssigkeiten auf dem Boden.

Zwei weitere Zimmer, vergilbte Tapetenreste, ein Gardinenfetzen, offenbar waren hier einmal die Wohnräume der Heimleitung gewesen. In einer Ecke eine Schlafstelle aus Decken und löchrigen Plastikplanen, leere Flaschen, ein verrußter Löffel, Wachsreste, eine Spritze.

»Sah es so bei Michel in der Wohnung aus?«, fragte Andy.

Ira schüttelte den Kopf. »Nein. Bei deinem Bruder war es schlimmer. Viel schlimmer.«

Andy schluckte hörbar.

In der oberen Etage die gleichen Verwüstungen wie unten. Wie viele Kinderschicksale hatten hier ihren Lauf genommen? Lag hier, in diesem Haus, das nach all den Jahren noch immer Spuren von Angst und Verzweiflung in seinen Wänden zu bergen schien, vielleicht die Ursache für Richards Entschluss, sich und seine Frau zu töten? Was hatte er hier erlebt?

Sie würde mit Markus reden müssen. Unbedingt. Lagen die Wurzeln allen Übels nicht immer in der Kindheit?

Als sie zum Parkplatz zurückgingen, fing es an zu regnen. Ira hatte die ganze Zeit schon überlegt, wie sie es anstellen sollte, Andy von Michels armseligem Leben zu berichten.

Noch während sie darüber nachdachte, sagte er: »Fahren wir zu mir? Ich koche uns was, und dann erzählst du mir in aller Ruhe, was du über Michel herausgefunden hast.«

Ira hatte es sich auf dem Küchensofa gemütlich gemacht, Tante Erna lag nebenan im Wohnzimmer vor dem Kamin.

Die Küche war riesig, größer als Iras Wohnzimmer in ihrer Bielefelder Wohnung. »Vierzig Quadratmeter«, sagte Andy, »und die brauche ich auch; das ist hier nämlich gleichzeitig mein Arbeitsplatz!«

Es war Ira ein bisschen unangenehm, dass sie ihn noch gar nicht gefragt hatte, was genau er jetzt beruflich machte.

Andy erzählte, dass er viele Jahre lang in der Südlichen Kurklinik gearbeitet hatte, zuletzt als Chefkoch. Und dann kamen die Gesundheitsreformen. »Da war plötzlich Schicht im Schacht, wir haben zugemacht.« Den anderen Kliniken ging es auch nicht viel besser.

Er hatte sich auf Hof Eskendor mit einem regionalen Catering-Dienst selbstständig gemacht und lieferte nun Büfetts für Feste und Feierlichkeiten in ganz Ostwestfalen. Das Geschäft entwickelte sich ausgezeichnet. »Ich hab mich auf regionale Bio-Gerichte spezialisiert, meine Mutter unterstützt mich dabei. Obst, Gemüse und Eier nehmen wir vom Hof, die Büfetts werden unter anderem auch im Hofladen beworben. Das hat sich schnell rumgesprochen.«

Andy hantierte versiert mit verschiedenen Lebensmitteln auf der Kücheninsel herum. Er hatte Wirsing klein geschnitten und dünstete ihn mit Möhren und gehackten Walnüssen. Kartoffeln kochten, in einem zweiten Topf hatte er Milch erhitzt, Muskatnuss gerieben, Butter bereitgestellt. »Kartoffelbrei wie von meiner Mutter!«, sagte Ira.

Andy bereitete Koteletts vor, wälzte sie in Mehl, gequirltem Ei, Paniermehl. Als er sie anschließend in einer gusseisernen Pfanne briet, lief Ira das Wasser im Mund zusammen.

Sie stießen mit Herforder Pils an. »Guckst du eigentlich manchmal *Bauer sucht Frau*?«

Andy verschluckte sich fast vor Lachen. »Wie kommst du auf so was? Wenn, dann nur versehentlich!«

Wenn er lacht, sieht er richtig gut aus, dachte Ira. Er ist sicher kein schöner Mann im klassischen Sinn, aber ziemlich attraktiv.

»Nein, im Ernst: Erstens bin ich kein Bauer, und zweitens suche ich keine Frau. Im Moment ist alles gut so, wie es ist.«

Ira registrierte sein doppeldeutiges Lächeln.

Zum Nachtisch gab es kleine Reibekuchen mit einem Stück durchwachsenem Speck in der Mitte und einem Klecks selbst gemachtem Apfelmus obendrauf. Dazu tranken sie schwarzen süßen Kaffee und »Rehmer Braken«.

»Eigene Herstellung aus der Hexenküche meiner Tanten Sophie und Friedchen«, erklärte Andy.

Ira roch am Glas und schüttelte sich. »Was ist das? Riecht ja widerlich!«

»Nicht lang schnacken, Kopp in'n Nacken!«, sagte Andy, und sie kippten den Schnaps auf ex. Seine Tanten setzten westfälischen Wacholder mit einem frischen Wermutzweig in riesigen Ballonflaschen an. Später wurde der »Schluck« in kleinere Flaschen abgefüllt und als Spezialität verkauft.

Andy wollte ihr einen zweiten anbieten, aber Ira lehnte ab. »Ich muss noch fahren!«

»Keiner muss müssen«, sagte Andy.

Wieder dieses Lächeln. Das ist nicht der richtige Zeitpunkt für einen Flirt, dachte Ira und begann endlich von ihren Nachforschungen über Michel zu berichten.

Als sie geendet hatte, stand Andy auf und räumte wortlos den Tisch ab. Er stellte das Geschirr in die Spülmaschine, putzte den Herd, wischte sich die Hände an einem Handtuch ab. Dann goss er sich noch einen Schnaps ein. »Den brauch ich jetzt.«

Sie gingen hinüber ins Wohnzimmer, das durch einen großen Durchbruch mit der Küche verbunden war, und setzten sich vor den Kamin. Tante Erna rollte sich auf den Rücken und ließ sich von Ira den Bauch kraulen.

Andy starrte ins Feuer. Er räusperte sich. »Mein kleiner Bruder ist also tatsächlich abgehauen und mit den Kirmesleuten rumgezogen. Meine Mutter hatte das immer vermutet. Dann malocht er auf dem Bau, in Minden, hinterm Berge, keine fünfzehn Kilometer von hier entfernt. Ist verheiratet. Keiner kriegt das mit. Säufer heiratet Säuferin. Er legt seinen Familiennamen ab. Dann lebt er in Bad Oeynhausen, Luftlinie nur ein paar hundert Meter weit weg, und keiner von uns weiß das? Meldet sich nie, lässt Mutter fast daran verzweifeln? Ich kapiere es einfach nicht.« Andy sprang auf und lief im Raum hin und her. »Verflucht noch mal, wie krank ist so was, Ira! Wie soll ich das denn meiner Mutter beibringen?« Er ging zum Fenster und lehnte die Stirn an die Scheibe. »So eine Scheiße. So eine verdammte Scheiße. Und jetzt müssen wir uns auch noch um seine Beerdigung kümmern.«

7

Am 13. Februar ging Ira zum zweiten Mal in diesem Jahr zu einer Beerdigung. So lange hatte es gedauert, bis die sterblichen Überreste zur Bestattung freigegeben worden waren. Andy hatte sie gebeten mitzukommen. Schmuddelwetter, nasskalt, grauer Himmel.

Michel wurde neben seinem Vater Karl und seinen Großeltern beigesetzt. Schon ein wenig absurd, dass er neben seiner Familie landete, obwohl er anscheinend genau da sein Leben lang nicht wieder hinwollte. Ira fiel ein, dass sie einen ähnlichen Gedanken auch bei dem Doppelgrab von Verena und Richard gehabt hatte.

Die Traueranzeige sollte erst nach der Bestattung in der Zeitung erscheinen. Elsa und ihre Söhne waren sich einig, dass sie beim Begräbnis niemanden dabeihaben wollten. So blieb der »engste Familienkreis« überschaubar. Andy ging neben seiner Mutter, ihr Rücken war gebeugt, als trüge sie eine schwere Last. Thomas machte hinter ihm so große Schritte, dass seine Frau Gundis Mühe hatte, an seiner Seite zu bleiben.

Markus und Linda starrten auf einen Punkt irgendwo in weiter Ferne. Ein junger Mann mit modischer Brille war bei ihnen. Ira wusste von Andy, dass es Julian war, Markus' und Lindas Sohn. Der Junge war Mitte zwanzig, übergewichtig und blass.

Tante Sophie und Tante Friedchen warfen Elsa immer wieder beunruhigte Blicke zu, als hätten sie Angst, die teure Urne könne zu Bruch gehen. Elsa hatte darauf bestanden, die Asche ihres jüngsten Sohnes selbst zum Grab zu tragen.

Es gab keine Trauerfeier und keine Ansprache.

Nachdem die Urne mit Michels Überresten in der kleinen Grube versenkt worden war, faltete Linda die Hände und murmelte ein Gebet, was ihr ein abfälliges Grunzen und einen spöttischen Blick von Thomas einbrachte.

Wie auf ein stummes Kommando hin wandte sich die Gruppe um und ging zum Ausgang.

»Ich komme nach, ich möchte noch zu Verenas Grab gehen!«, sagte Ira leise zu Andy.

Schon von Weitem sah sie Günter Friese. Er hatte den Kragen seines Wintermantels hochgeschlagen und die Kappe tief ins Gesicht gezogen. Ira ging auf ihn zu und stellte sich neben ihn.

»Tach, Günter.« Er sah sie kurz an, senkte dann wieder den Kopf. Verenas Vater schien in den letzten Wochen noch hagerer geworden zu sein und sah unendlich müde aus.

»Tach auch.«

Die Blumenberge waren inzwischen von dem Grab verschwunden. Der Boden war glatt geharkt und mit Tannenzweigen abgedeckt. Zwei schlichte Holzkreuze mit den Namen und Daten von Verena und Richard steckten an der Stirnseite. Dahinter stand eine Vase mit frischen Blumen. Günter Friese hielt das Papier noch in der Hand, offenbar hatte er den Strauß mitgebracht.

»Die werden bei dem Wetter nicht lange halten«, sagte Ira.

»Kriegt sie eben neue.«

Unter Richards Kreuz lag eine einzige frische rote Rose. Wer hatte die dorthin gelegt? Seine Mutter oder sein Sohn? Letzteres erschien Ira ziemlich unwahrscheinlich.

Ein paar Minuten später gingen sie schweigend nebeneinanderher zum Friedhofstor.

Ira und Friese gaben sich die Hand und blickten sich dabei einen Moment in die Augen.

»Hör mal«, Friese räusperte sich, »also, wenn du ein paar von Verenas Sachen haben willst, fährst du die Tage mal zum Hotel Schäfer. Hab mit Amelie Schäfer gesprochen, sie und Patrick lösen die Wohnung von Verena und … und ihm … auf.« Er kann Richards Namen nicht aussprechen, dachte Ira. Friese sagte: »Verenas Kleider passen dir nicht, du bist ja viel schlanker und größer, aber von den Schuhen und Taschen und diesem Gedöns kannst du dir nehmen, was du willst.«

Ira umarmte den alten Mann kurz und wischte sich eine Träne von der Wange.

Familie Weyer traf sich auf Eskendor in Elsas Wohnung. Der Kaffeetisch war in der guten Stube gedeckt, einem überheizten Raum mit Perserteppichen und einem wuchtigen Eichenschrank.

»Gehörst du getz zur Familie? Und muss der Köter mit ins Haus?«, zischte Thomas, als Ira mit Tante Erna den Raum betrat.

»Thomas, jetzt hör aber auf! Wenn Ira nicht wäre, dann

wüssten wir gar nichts über Michels Leben.« Der Ärger in Andys Stimme war nicht zu überhören.

»Na und? Hätten wir was versäumt?«

»Gib Ruhe, Thomas!«, befahl Elsa. Und in freundlicherem Tonfall an Ira gewandt: »Setz dich ruhig da hin.« Sie zeigte auf den freien Stuhl neben sich.

Ira sagte nichts. Sie nahm verlegen Platz und sah sich im Zimmer um. Zierliche Sammeltassen standen im bleiverglasten Teil des Schrankes. Elsa schien Spitzendeckchen zu lieben: Sie lagen überall, auf jeder Kommode, unter jeder Vase, jedem Blumentopf, unter den Zinnkrügen auf dem Regal, auf den Lehnen von Sofa und Sesseln.

Thomas hatte ja recht. Sie gehörte nicht hierher. Dieser schreckliche Todesfall mit seiner Vorgeschichte war eine reine Familienangelegenheit, bei der sie jetzt eigentlich nichts mehr zu suchen hatte. Purer Zufall, dass sie bei der Entdeckung von Michels Leiche dabei gewesen war. Die Details über sein Leben herauszufinden war nicht schwer gewesen, sie hatte Andy diesen Gefallen gern getan. Was sie herausgefunden hatte, hätte sie der Familie allerdings lieber erspart.

Ira selbst war ein Einzelkind. Es hatte aber Zeiten gegeben, in denen Verena wie eine Schwester für sie gewesen war. Nun war sie tot. Richard war tot. Michel war tot. Drei Menschen, im selben Dorf aufgewachsen, drei Leben, innerhalb kurzer Zeit einfach ausgelöscht.

Ira brauchte dringend ein paar Tage Ruhe. Sie wollte Frieses Angebot annehmen, ins Hotel Schäfer fahren und sich Verenas Sachen ansehen. Sie würde noch einen Kaffee trinken, dann war ihr Gastspiel hier beendet. Zu viel Familie war nicht ihr Ding.

Ira sah sie der Reihe nach an: Andy, Markus und Linda, Thomas und Gundis. Zwei Paare, wie sie unterschiedlicher nicht sein konnten. Die einen gepflegt und schick gekleidet, die anderen Ökos wie aus dem Bilderbuch. Tante Friedchen und Tante Sophie pafften Stumpen und hatten schon ein paar Schnäpse intus. Die Braken-Flasche stand vor ihnen. Die drei Kinder von Thomas und Gundis bekamen nebenan in der Küche Topfkuchen und Kakao.

Julian sprach kein Wort. Gelangweilt sah er Ira durch seine schlierigen Brillengläser an und aß Kuchen, den er dick mit Butter beschmiert hatte. Auf ihre Versuche, ihn in ein Gespräch zu verwickeln, ging er nicht ein, er antwortete einfach nicht. Als Ira murmelte: »Dann eben nicht …«, grinste er.

Wenn der Bursche gestört wäre, würde es mich nicht wundern, dachte Ira. Immerhin hat er als Kind seinen Großvater erschossen. Sie beobachtete Julian aus dem Augenwinkel. Er nahm sich ein weiteres Stück Kuchen und griff nach der Butter. Seine Fingernägel waren bis aufs Fleisch abgekaut.

Andy hatte mal erwähnt, dass Julian nach dem Unglück in ein Internat gesteckt worden war. Klar, er war mit Sicherheit traumatisiert und hatte professionelle Betreuung gebraucht. Und er war nie wieder nach Eskendor zurückgekehrt, studierte inzwischen in Münster und lebte dort in einer WG. Warum war er überhaupt heute zu Michels Beisetzung gekommen? Ira rechnete nach: Michel war kurz nach dem Tod seines Vaters abgehauen. Da war er gerade achtzehn geworden. Julian war acht, als er seinen Opa erschoss … also mussten sie sich gekannt haben. Ira wandte sich noch einmal an ihn. »Julian, erinnern Sie sich eigentlich noch an Ihren Onkel Michel?«

Sie bekam wieder keine Antwort, nicht die geringste Reaktion; es schien, als habe er sie gar nicht gehört.

Seine Eltern saßen direkt gegenüber. Julian sah seiner Mutter ähnlich, hatte die gleichen auffallend schmalen Lippen, sogar einen ähnlich harten Zug um den Mund. Allerdings hatte sie ihm nicht ihre herbe Schönheit vererbt. Ihr Blick wanderte zu Markus. Er sah wirklich gut aus mit seinem Dreitagebart und dem markanten Kinn, das er mit Andy gemein hatte. Wenn er nur nicht immer so ernst wäre. Charmant und freundlich, aber sehr ernst, verschlossen. Ira versuchte sich daran zu erinnern, wie Markus als Kind gewesen war. Er hatte immer ein Vokabelheft in der Hosentasche gehabt, in das er Porträts zeichnete, das wusste sie noch. Ira sah den jungen Markus vor sich, wie er auf dem Zaun an der Rehmer Schule saß, das Oktavheft auf den Knien, die Kappe des Filzstifts im Mundwinkel, vertieft in seine Skizzen.

Die beiden größeren Kinder von Thomas und Gundis stürmten ins Wohnzimmer, spielten Fangen um den großen Tisch, lachten fröhlich und verschwanden wieder in der Küche. Die Erwachsenen schienen aus ihrer Lethargie zu erwachen und begannen fast gleichzeitig zu reden.

Ira wandte sich an Elsa und fragte: »Mir ist gerade eingefallen, dass Markus früher so gut zeichnen konnte, macht er das eigentlich noch?«

Elsa schüttelte den Kopf. Sie beugte sich zu ihr hinüber und flüsterte fast: »Mein Mann Karl, den kanntest du ja noch, der hatte ihm das verboten. Lass die Dönnekes, das ist Weiberkram, hat er immer gesagt. Markus hat dann nur noch heimlich gezeichnet, bis der Karl das auch spitzgekriegt hat. Donnerlittchen, da hatte sein Hintern aber Hochzeit, da kannte mein Karl nix. Ach Gottchen, was hat er den armen Jungen verwemst.«

»Er hat ihn verprügelt, weil er gezeichnet hat?«

»Jaja. Da verstand der Karl überhaupt keinen Spaß. Der ließ nix durchgehen, der hat nicht lange gefackelt. Wenn die Jungs nicht spurten, gab's 'ne Jucht.« Den Markus habe ihr Mann immer besonders auf dem Kieker gehabt, erzählte Elsa. Einmal sei Markus weggelaufen, wollte zu seinem Freund Richard in die Stadt. »Richard wurde doch von diesen Hotelleuten adoptiert. Das war ja für ein Kind aus dem Heim ein Glück, dass es so spät noch genommen wurde, denn die meisten Leute, die Kinder adoptieren, wollen ja Babys. Jedenfalls, die Schäfers nahmen den Richard mit nach Bad Oeynhausen, und unser Markus hat ganz schrecklich geheult. Der kriegte sich gar nicht wieder ein. Die beiden waren ja dicke Freunde. Markus ist hinterher, ausgerissen ist der, um seinen Kumpel zu sehen. Karl ist mit dem Trecker durchs Dorf gefahren und hat ihn gesucht. Ganz am Ende vom Alten Rehmer Weg hat er ihn dann aufgegabelt …« Elsa murmelte jetzt mehr zu sich selbst: »… und dann hat er ihn verprügelt wie noch nie vorher …«

Sie schüttelte sich kurz, straffte die Schultern und fragte in die Runde, wieder mit resoluter Stimme: »Noch einer 'nen Kurzen?«

Sie tat Ira leid. Das war kein leichtes Leben gewesen. Den Mann durch einen grauenhaften Unfall verloren, bei dem er vom eigenen Enkel erschossen wird, und ihr jüngster Sohn verschwindet jahrelang und wird halb verwest im Dreck gefunden. Wie konnte man mit solchen Schicksalsschlägen leben?

Am anderen Ende des Tisches wurde es lauter. »Wenn die Frau Sekretärin sich nicht zu fein für die Hofarbeit wäre, dann müssten Tante Friedchen und Tante Sophie nicht im Hofladen aushelfen«, sagte Gundis gerade in schnippischem Ton zu Linda.

Die saß so gerade, als hätte sie einen Stock verschluckt, und antwortete mit schriller Stimme: »Tut mir leid, meine Liebe, es kann sich nicht jeder zwischen Kohl und Eiern verwirklichen. Ich kritisiere deine Berufswahl ja auch nicht, sondern ich akzeptiere deine Entscheidung. Deine Aufregung verstehe ich sowieso nicht. Selbst wenn ich an eurem Geschäft interessiert wäre, ihr könntet mich doch gar nicht bezahlen. Und zudem denke ich, dass Tante Sophie und Tante Friedchen freiwillig im Hofladen helfen.« Sie wandte sich zu den beiden Tanten, die sich genüsslich ihren Zigarrenstumpen widmeten: »Oder?«

»Vertragt euch, Kinners«, sagte Tante Sophie und blies einen Rauchkringel in die Luft.

Gundis verschränkte die Arme vor der Brust. Linda saß jetzt noch ein bisschen gerader und reckte ihr spitzes Kinn vor. Thomas mischte sich ein: »Hör doch auf, Gundis. Der Herr Prokurist und die Frau Chefarztsekretärin waren schon immer was Besseres. Was unser Vatter uns hinterlassen hat, war nie gut genug. Ein Bauernhof, igitt, da könnte sich der feine Herr ja die manikürten Fingerchen dreckig machen.« Thomas sah zu Julian und fügte hinzu: »Und ihr hättet nun wirklich einiges gutzumachen gehabt.« Julian zeigte keine Regung.

Auf die letzte Bemerkung ging Markus nicht ein, er sagte: »Thomas, du weißt so gut wie ich, dass unser Vater mich damals zu meinem Beruf gezwungen hat und dass ich das Beste daraus gemacht habe. Das ist also wirklich kein Grund für dich, neidisch zu sein.«

Elsa schlug mit der Faust auf den Tisch: »Verdammt inne Ecke, wollt ihr wohl ruhig sein. Wir haben gerade euren jüngsten Bruder beerdigt, besser gesagt, das, was von ihm noch übrig gewesen ist.« Unvermittelt begann sie zu weinen. Mit ihrer Beherrschung war es jetzt vorbei. Andy stand sofort auf, legte seiner Mutter den Arm um die Schulter und führte sie ins Nebenzimmer.

Das war für Ira das Zeichen zum Aufbruch. »Es wird Zeit für mich … Komm, Tante Erna«, sagte sie, stand ebenfalls auf und schüttelte zum Abschied jedem die Hand.

Als sie in der Diele stand, kam Andy aus dem Schlafzimmer seiner Mutter und begleitete sie und den Pudel zum Auto. Er hielt ihr die Tür auf: »Tut mir leid, dass Thomas so unfreundlich zu dir ist. Ich bin jedenfalls froh, dass du etwas über Michel herausgefunden hast. Ich danke dir sehr dafür, Ira.« Er gab ihr einen Kuss auf die Wange, dabei hielt er ihre Hand.

»Gern geschehen. Ist eben mein Beruf und liegt mir im Blut, so wie dir das Kochen. Das machst du übrigens wirklich richtig gut.« Sie stieg in ihren gelben Mini Cooper, wendete ihn auf dem Hof und winkte Andy noch einmal zu.

Sie war sich plötzlich sicher, dass es nicht lange dauern würde, bis sie ihn wiedersah.

Ira hatte vergessen, was für ein mondänes Gebäude das

Hotel Schäfer war. Es lag unmittelbar am Bad Oeynhausener Kurpark und fiel, auch jetzt im Februar, zuerst wegen seiner meterhohen Rhododendronbüsche auf. Wenn die blühten, wirkte die gelbe Villa mit den mächtigen Säulen an der Frontseite wie eine amerikanische Filmkulisse in einem englischen Garten. Auf den weißen Korbmarkisen über den bodentiefen Fenstern des Erdgeschosses stand in goldenen Lettern: »Kurhotel Schäfer – seit 1904«. Ein roter Teppich lag auf den schwarzen Marmorstufen des Portals, Buchsbäume, zu Kugeln gestutzt, waren in Kübeln neben der Eingangstür platziert. Ira meldete sich an der Rezeption und fragte nach Amelie Schäfer.

»Kommen Sie, wir gehen in den Wintergarten, um diese Zeit sind wir dort ungestört.« Ira folgte Amelie durch die Hotelhalle. Der mit Korbmöbeln und üppigen Grünpflanzen eingerichtete Wintergarten grenzte an den Frühstücksraum, die gläserne Front konnte mit Schiebetüren geöffnet werden. Von der Terrasse aus, wo im Sommer das Frühstück serviert wurde, schaute man in den weitläufigen Garten. Moderne Skulpturen, bizarre Arbeiten aus Metall, Holz und Stein, säumten die weißen Kieswege.

Amelie Schäfer folgte Iras Blicken.

»Mein Sohn hatte das Hotel vor einigen Jahren übernommen und nach seinen Vorstellungen umgebaut und eingerichtet. Er hatte einfach ein Händchen für die perfekte Mischung aus klassischer Eleganz und moderner Kunst.«

Ein Kellner brachte Kaffee in silbernen Kännchen und servierte Petit Fours und zwei Gläser Sherry.

Amelie Schäfer war eine Dame mit Stil. Aber obwohl sie

freundlich lächelte, blieben ihre Augen müde und traurig. Sie rührte in ihrer Kaffeetasse. »Ich weiß nicht, was nun werden wird. Mein Mann und ich sind zu alt, um das Hotel weiterzuführen. Und unser Enkel Patrick sollte erst noch auf die Hotelfachschule, wie sein Vater. Wir werden jemanden einstellen müssen. Richard war unser ein und alles. Sie wissen, dass wir ihn adoptiert haben, weil wir keine eigenen Kinder bekommen konnten?«

Ira nickte.

»Es tut mir furchtbar leid, dass Sie Ihre Freundin verloren haben«, fuhr Amelie Schäfer fort. »Verena war eine gute Schwiegertochter. Zuletzt war sie sehr krank, sie war alkoholabhängig. Das wirkte sich auch auf die Ehe der beiden aus, aber das wissen Sie sicher schon. Sie hat versucht, sich helfen zu lassen, ging sogar zu einer Selbsthilfegruppe, aber sie schaffte es einfach nicht aufzuhören.«

Ira überlegte kurz, ob sie nach einem Abschiedsbrief fragen sollte, entschied sich dann aber dagegen. Es ging sie ja eigentlich nichts an. Stattdessen sagte sie: »Es muss schlimm für Sie gewesen sein, die beiden zu finden.«

»Ja, das war es. Er war doch unser einziger Sohn. Wir haben ihn sehr geliebt. Wie ein eigenes Kind. Er hat immer alles gehabt, wir haben ihn nie spüren lassen, dass er nicht unser leibliches Kind war, nie. Er hatte genug Geld, bekam eine erstklassige Ausbildung, er übte einen Beruf aus, den er liebte, und er blickte in eine gesicherte Zukunft als Erbe dieses Hotels.« Sie machte eine ausladende Handbewegung. »Ich kann mir einfach nicht erklären, was ihn so verzweifeln ließ, dass er keinen anderen Ausweg wusste, als diese Tragödie zu inszenieren.«

Hatte sie wirklich »inszenieren« gesagt?

Ira erzählte, dass sie die Familie Weyer zu Michels Begräbnis begleitet hatte. Amelie Schäfer schüttelte den Kopf. »Schrecklich. In welch einer Welt leben wir nur … die arme Mutter, die arme Frau Weyer. Ich habe davon in der Zeitung gelesen, und die Leute in der Stadt reden natürlich auch darüber.«

»Markus Weyer spricht kaum noch, seit Richard gestorben ist.«

Amelie runzelte die Stirn. »Das kann ich mir vorstellen. Er war schon immer so ein sensibler Junge. Ich kenne ihn, seit er ein Kind war. Als wir Richard damals aus dem Wilhelmshof abgeholt haben, ist Markus ausgerissen, um ihn zu suchen.«

»Ja, ich hörte davon. Sein Vater griff ihn auf und schlug ihn halb tot. Elsa Weyer sagte, dass sie es damals ungewöhnlich fand, dass Richard in seinem Alter noch adoptiert wurde. Entschuldigen Sie bitte, wenn die Frage zu persönlich ist, aber wollten Sie nicht auch, so wie die meisten Ehepaare, die ein Kind zu sich nehmen, lieber ein Baby haben?«, fragte Ira.

»Nein, mein Mann und ich waren im Hotelbetrieb immer stark eingespannt, einen Säugling hätten wir gar nicht versorgen können. Als wir Richard kennenlernten, war ich sofort vernarrt in ihn, so hübsch und aufgeweckt, wie er war. Zudem hatte er schon schlimme Jahre hinter sich, mein Mann und ich wollten irgendwie wiedergutmachen, was ihm angetan worden war. Kennen sie seine Geschichte?«

»Nein. Nur von dem Zeitpunkt an, als er mit Verena zusammenkam.« Ira verschwieg bewusst, was Andy ihr gestern am Kinderheim erzählt hatte, sie wollte jetzt die ganze Version hören.

Amelie Schäfer bestellte noch zwei Sherry und begann zu erzählen.

»Es war eine richtige Detektivarbeit, etwas über Richards Herkunft herauszufinden, damals hatten wir ja noch nicht solche Möglichkeiten wie das Internet. Und es hat eine lange Zeit gedauert, bis wir das in Erfahrung gebracht hatten, was wir heute wissen. Dafür hatten wir sogar jemanden engagiert. »Einen Privatdetektiv?«, fragte Ira. Amelie nickte, nippte an ihrem Sherry, stellte das Glas ab und begann, den Ring am kleinen Finger ihrer rechten Hand zu drehen. »Er war fünf Tage alt, als er in einem Säuglingsheim in Hannover abgegeben wurde. Ricardo Rogalla hieß er. Seine Mutter muss eine hübsche junge Frau gewesen sein, die Kinderschwester in dem Krankenhaus, in dem sie ihn entbunden hatte, konnte sich gut an ihn erinnern. Sie hat uns das Formular gezeigt, das sie nach der Geburt ausgefüllt hat: Ihr Name war Erika Rogalla, geboren am 1. Februar 1931 in Hamburg. Als Vater trug sie ein: Juan Dominguez, Offizier, wohnhaft Spanien, Madrid. Daraufhin erhielt sie eine Geburtsurkunde, die sie Ricardo, also Richard, in seine Tasche packte. Sie gab das Kind im Säuglingsheim ab, weinte die ganze Zeit und sagte zu der Schwester, sie käme in ein paar Tagen zurück, um in wieder abzuholen.«

Amelie Schäfer trank den Sherry aus, behielt das langstielige, bauchige Glas in der Hand und betrachtete es nachdenklich. »Sie kam nie zurück.« Sie schwieg, dann fuhr sie fort: »Ricardo wurde von den Schwestern Richard genannt. Er blieb drei Jahre in diesem Säuglingsheim, danach wurde er ins Kinderheim Wilhelmshof gebracht, weil er zu groß geworden war. Richard hatte diese dunklen Locken und dunkle Augen, weshalb er später von den anderen Kindern oft als »Spaguffe« oder »Itaker« beschimpft wurde. Er war der Jüngste im Heim, fragte oft nach seiner Mutter, aber niemand konnte ihm etwas dazu sagen. Viele Jahre später erfuhren wir, dass es wegen der Ermittlung der Unterhaltspflicht eine Polizeiakte über seine Mutter gab. Dort wurde erwähnt, dass dieses Fräulein Rogalla offenbar unter mehreren Namen agiert hatte. Was das bedeutete, verstand Richard zuerst nicht. Auch seinen leiblichen Vater fanden wir nie, wahrscheinlich war der Name falsch, und vielleicht hatte Erika sogar die spanische Abstammung nur erfunden.« Amelie erhob sich schwerfällig, stützte sich dabei mit den Händen am Tisch ab und ging mit langsamen Schritten zum Fenster. Sie starrte hinaus in das trübe Grau, rieb mit den Händen über ihre Oberarme, als würde sie frieren. Sie sprach, Ira den Rücken zugewandt, mit trauriger Stimme weiter.

»Irgendwann, als Richard längst lesen konnte, fand er eine alte Zeitung, in der ein großer Artikel über den Mord an der Herrenhauser Hure Anna Falkenberg stand. Eine Zeit lang glaubte er, sie sei seine Mutter gewesen. Diese Frau wurde zehn Tage nach seiner Geburt ermordet. Er war felsenfest davon überzeugt, dass sie ihn deswegen nie abgeholt hatte.«

Amelie Schäfer drehte sich wieder um. »Es wurde für ihn zur fixen Idee, das Kind dieser Frau zu sein. Er sammelte jahrelang alles, was er über sie finden konnte. Das war einiges, denn der Fall der Anna Falkenberg war damals in allen

Medien, weil zu ihren Kunden bekannte Männer aus der High Society gehörten, sogar einige Minister sollen ihre Dienste in Anspruch genommen haben. Richard bewahrte die Bilder seiner vermeintlichen Mutter in einer Schachtel unter dem Bett auf. Später habe ich ihm natürlich dabei geholfen, seine leibliche Mutter zu suchen, aber wir haben sie nicht gefunden.«

»Wann hat er aufgehört zu glauben, dass diese Anna Falkenberg seine Mutter war?«

Amelie wusste es nicht. »Irgendwann sprachen wir einfach nicht mehr darüber, und er suchte auch nicht mehr.«

Amelie senkte den Kopf, und Ira sah, wie erschöpft sie war. »Nun habe ich Ihnen diese alten Geschichten erzählt, dabei sind Sie doch wegen ein paar Erinnerungsstücken von Verena hier.«

Sie entschuldigte sich und fragte, ob es Ira recht sei, wenn ein Angestellter ihr die Koffer mit den Sachen von Verena zum Auto brächte.

Ira fuhr nach Hause in ihre Wohnung am Bielefelder Johannisberg, im Kopf noch die Lebensgeschichte des kleinen Jungen, der eine ermordete Hure für seine Mutter gehalten hatte. Sie war sich nicht sicher, wie viel Verena von der Kindheit ihres Mannes gewusst hatte. Erzählt hatte sie jedenfalls nie etwas davon.

Sie atmete tief durch, als sie ihr kleines Reich betrat, legte den Schlüssel auf die Kommode im Flur, ließ Tante Erna von der Leine, streifte die Schuhe ab. Sie ging in die gemütliche, ganz in Weiß gehaltene Küche, füllte die Hundenäpfe mit Wasser und Hundefutter und setzte Teewasser auf. Ira lehnte sich an die Arbeitsplatte, während sie eine Handvoll frische Minzblätter von der Pflanze auf der Fensterbank zupfte, abspülte und in die Teekanne gab, beobachtete sie den Hund, der sich konzentriert seinem Futter widmete. Sie genoss es jeden Abend, nach Hause zu kommen, in diese helle Oase, knappe 60 Quadratmeter in einem anonymen Appartementhaus am Rand der Stadt, ein idealer Rückzugsort. Die Einrichtung erschien ihr manchmal wie ein Gegenentwurf zum Chaos in ihrem Kopf, wenn der Job stressig war, wenn eine Geschichte sie belastete und sie den journalistischen Abstand wiederherstellen musste. Möbel, Vorhänge, Bilderrahmen waren weiß, sie wirkten auf den hellen Eichendielen besonders edel. Hier in der Küche gab es nur weißes Geschirr, nur ein paar Details in Edelstahl und Glas. Die weißen Jalousetten vor dem Fenster wurden von groben Leinenvorhängen eingerahmt, die unten mit einer dicken Kordel gerafft waren. Ihre Mutter hatte sich bei ihrem ersten und bisher einzigen Besuch darüber aufgeregt, wie unpraktisch weißes Leinen in der Küche sei. »Da zieht doch das ganze Fett rein!« Ira hatte sie ausgelacht. »Bei mir nicht. Erstens kann ich nicht kochen, und wenn ich es könnte, gäbe es bestimmt nichts Fettiges.« Das Teewasser in dem gläsernen Wasserkocher begann zu blubbern, Ira goss es über die Minzblätter und ging hinüber ins Wohnzimmer. Durch bodentiefe Fenster, die auf einen geräumigen Balkon führten, hatte man einen grandiosen Blick über die Lichter der Stadt. In den Scheiben spiegelten sich jetzt der Raum, die Kegel der Stehlampen, das weiche, bequeme Sofa mit den vielen Kissen, der riesige Flokati-Teppich, der Ira als kuscheliger Kontrast zu den geweißten Betonwänden besonders gefiel.

Sie legte eine CD von Leonard Cohen ein, drehte den Regler so weit auf, dass sie die Musik im Schlafzimmer hören konnte, zog sich einen Schlafanzug an, holte sich einen Becher Tee, der jetzt gut durchgezogen war und fing an, die beiden Koffer auszupacken, die aufgeklappt auf ihrem Bett lagen.

Verena hatte Schuhe gesammelt, und sie hatte einen teuren Geschmack: Prada, Louboutin, Chanel, Baldinini. Die meisten Schuhe waren kaum oder gar nicht getragen. Bei den Taschen war es nicht anders. Markentaschen in edlen Farben und aus feinstem Leder. Nur eine, ein petrolfarbener Shopper von Liebeskind, sah ein bisschen zerknautscht aus. Ira hängte sich die Tasche über die Schulter. Schickes Teil. Sie öffnete den Reißverschluss. Ein zusammengeknülltes Tempotaschentuch lag noch darin, in der Seitentasche eine verbogene Haarklemme. Und in dem kleinen Geldfach steckte ein Zettel. Zusammengefaltet.

Ira nahm ihn heraus. 0171, sieben weitere Ziffern. Eindeutig eine Handynummer. Und darunter, mit Kugelschreiber hingekritzelt, aber gut leserlich: *Michel Sonntag.*

Wie bitte? *Der* Michel Sonntag? Also Michel Weyer? Das konnte doch gar nicht sein! Iras Kopfhaut kribbelte. Sie holte sofort ihr Handy und wählte die Nummer. »The person you have called is temporarily not available.«

Hatte die Polizei in der Müllwohnung von Michel Weyer ein Handy sichergestellt? Oder hatte der Kammerjäger vielleicht später eins gefunden? War das wirklich seine Nummer? Warum steckte ein Zettel mit dieser Nummer und Michels Namen in Verenas Handtasche?

Ira rief Günter Friese an. Als früherer Polizist würde er

vielleicht herausfinden können, zu wessen Handy die Nummer gehörte und ob Michel eins besessen hatte.

Friese sagte, er könne sich nicht vorstellen, dass seine Tochter Verena den toten Messie gekannt haben könnte. Auch aus Kinderzeiten könne es kaum eine Verbindung geben. Als Michel geboren wurde, war Verena schon längst in der Lehre. Er versprach dennoch, sich darum zu kümmern, und war sicher, dass er den Besitzer der Telefonnummer ermitteln konnte.

8

Friese brauchte nur einen Tag für seine Recherchen. »Das Handy, zu dem die Nummer gehört, ist ein Prepaid-Handy. Es wurde im letzten August im Einkaufszentrum Werrepark gekauft.«

»Okay. Jetzt müssen wir irgendwie versuchen herauszufinden, wer es gekauft …«

Friese fiel Ira ins Wort: »Hab ich schon. Er … er hat es gekauft.«

Es dauerte einen Moment, bis sie begriff. Auch als pensionierter Dorfsheriff hatte Friese noch genug Beziehungen zu früheren Kollegen, und angesichts der Tragödie, durch die Verena ums Leben gekommen war, bekam er »unter der Hand« die Informationen, die man ihm unter anderen Umständen vielleicht nicht gegeben hätte. Sie hakte nach: »Verstehe ich das richtig: Richard hat ein Handy gekauft, dessen Nummer auf einem Zettel in Verenas Handtasche steckte. Und Verena hat sich die Nummer dieses Handys aufgeschrieben, es ist ihre Schrift, da bin ich ganz sicher. Zusammen mit dem Namen von Michel. Wenn Michel dieses Handy benutzt hat – dann muss er die beiden gekannt haben. Und alle drei sind tot. Was hat das zu bedeuten?«

Friese seufzte, es klang resigniert.

Eine Stunde später betrat Ira das Hotel. Sie hatte Amelie

vorher angerufen und darum gebeten, einen Blick auf die Handys von Verena und Richard werfen zu dürfen. Obwohl Amelie ein wenig irritiert schien, hatte sie zugestimmt und erwartete Ira bereits in der Lobby. Gemeinsam gingen sie ins Nachbarhaus.

Es war ein beklemmendes Gefühl, durch die Räume zu gehen, in denen Verena und Richard zusammengelebt hatten. Sie wirkten, als sei alles in Ordnung, als wohne noch jemand hier, der jeden Augenblick zurückkehren könnte. Eine Uhr tickte, die Heizung knackte leise, sonst war es still.

Sie betraten ein Arbeitszimmer, sparsam möbliert, schwarz und Chrom, moderne Bilder an den Wänden. Auf dem gläsernen Designer-Schreibtisch türmten sich mehrere Stapel mit Papieren.

Amelie setzte sich auf den Bürostuhl und bot Ira Platz auf einem der schwarzen Ledersessel an. »Dies war Richards Büro. Ich habe begonnen, die Papiere zu sichten und zu sortieren. Richard hatte die meisten Unterlagen des Hotels hier, und die brauchen wir nun drüben. Aber manches ist auch privat, das bekommt natürlich Patrick.« Sie strich über einen Stapel Papiere, als wolle sie das oberste Blatt glätten.

Ira bewunderte Amelie Schäfer, weil sie es schaffte, trotz dieser Tragödie nach außen hin so gefasst zu wirken.

»Bitte, hier sind die Handys. Richard hatte seins hier auf dem Schreibtisch, Verenas lag nebenan auf dem Nachttisch. Was haben Sie damit vor?«

Ira berichtete von dem dubiosen Zettel und nahm die beiden Smartphones entgegen. »Mist, die sind beide aus. Aber das war ja klar nach so langer Zeit. Sind hier irgendwo die Ladekabel? Und es wäre natürlich gut, wenn wir die jeweilige PIN finden würden.«

Sie musste lange suchen. Ira schaute zuerst unter der Schreibtischauflage, dann in die Schubladen, die penibel aufgeräumt waren. Eine Pappschachtel mit Visitenkarten von Handwerkern, Versicherungsagenten, Getränkehändlern. Sie sah sich jede einzelne von beiden Seiten an. Nichts. Sie ließ den Blick über die Regale und die Rücken der Aktenordner schweifen. Nirgends ein Hinweis. Sie wagte nicht, es mit Richards Geburtsdatum zu versuchen, wenn sie dreimal die falsche Nummer eintippte, würde die SIM-Karte gesperrt, und sie käme gar nicht mehr an die Daten ran. Verdammt, irgendwo musste er die Nummer notiert haben, jeder tat das doch, oder nicht? Sie ging jeden Zettel durch, der an der Magnetwand hinter dem Schreitisch hing. Dann hatte sie es. Richard hatte die vierstellige Zahl handschriftlich auf der Visitenkarte einer Massagepraxis notiert, er hatte sie als Datum getarnt. Bei Verena war es einfacher. Sie hatte in ihrem Adressbuch unter dem Buchstaben P nicht nur die PIN für das Handy, sondern auch die Passwörter für ihr Onlinebanking und einen Internet-Schuhgroßhändler notiert.

Ira entsperrte die Handys, prüfte die Anruflisten und scrollte durch die Nummern, die angerufen worden waren. Dann stockte sie. »Das kann doch nicht wahr sein! Sowohl Richard als auch Verena haben dieses Handy angerufen. Aber ich verstehe den Zusammenhang nicht, wenn es Michel Weyer gehört hat.«

Amelie Schäfer war ihr Erstaunen anzusehen. Sie schüttelte verwundert den Kopf. »Michel war doch der jüngste Weyer-Sohn, ein Nachzügler, viel jünger als Richard. Woher sollten sie sich gekannt haben?« Sie überlegte einen Moment. »Vielleicht haben sie sich irgendwann durch Markus kennengelernt? Als wir Richard adoptierten, brach der Kontakt zu Markus zunächst ab, aber später, auf der weiterführenden Schule, haben die beiden sich wieder getroffen. Von da an waren sie unzertrennlich; ich habe das mit Besorgnis beobachtet.«

Ira stutzte: »Warum?«

»Wie bitte?« Amelie Schäfer wirkte plötzlich zerstreut.

»Warum haben Sie die Freundschaft mit Besorgnis beobachtet?«

Amelie machte eine abwehrende Handbewegung.

»Ach, nichts …«

»Hatten Sie in Verenas Handtaschen vielleicht zufällig irgendetwas Auffälliges gefunden? Oder waren sie leer?«

»Kommen Sie mit.«

Amelie ging voran ins Schlafzimmer und schaltete das Licht an. Ira folgte ihr. Die Vorhänge waren zugezogen. Getrennte Betten. Ira registrierte es ohne Erstaunen.

»Bitte schön. Ich habe die Taschen alle ausgeleert, bevor ich sie Ihnen zusammengepackt habe. Sortiert habe ich aber noch nichts.«

Auf dem Tisch neben dem rechten Bett lag ein Beipackzettel. Ira nahm ihn in die Hand und runzelte die Stirn. »Adumbran? Das ist ein Beruhigungsmittel, wird auch bei Schlafstörungen genommen.«

Amelie senkte den Kopf. »Den Zettel haben die Leute dagelassen, als sie die … die beiden mitgenommen haben. Richard hatte eine ganze Packung davon. Sie war leer, als ich ihn fand.«

Richard hatte also Schlaftabletten genommen, dachte Ira, und irgendwie musste er sie auch Verena verabreicht haben.

Auf dem linken Bett lagen Kugelschreiber, zwei Kämme, ein Portemonnaie, eine Haarbürste, ein Zopfgummi, ein Brillenetui, ein Kosmetiktäschchen, ein kleiner Fächer. Ein Sprühflakon mit Parfüm. Ein Deo-Roller. Ein Kaugummi. Ein Kassenbon. Ein Handspiegel. Ira seufzte. Wonach suchte sie hier überhaupt? Was wollte sie finden? Und warum hatten Verena und Richard mit Michel Weyer telefoniert?

Ira konnte sich kaum auf ihre Arbeit konzentrieren, als sie in den nächsten Tagen über verschiedene Ausstellungen im Bielefelder Kunstforum berichten musste. Immer wieder schweiften ihre Gedanken ab, und sie fragte sich, was die drei Toten wohl miteinander zu tun hatten. Da waren die Anrufe. Aber ob Michel Weyer tatsächlich der Angerufene gewesen war, musste sie erst noch herausfinden.

Es war wichtig, die Hintergründe zu kennen, und mit Richard Schäfer, der als Baby Ricardo Rogalla geheißen hatte, musste sie beginnen. Amelie hatte gesagt, Richard sei fest davon überzeugt gewesen, der Sohn der ermordeten Herrenhauser Hure zu sein. Es war nicht schwer, im Internet etwas über seine vermeintliche Mutter Anna Falkenberg zu finden.

Man hatte sie am 5. November 1957 tot in ihrer Wohnung in Hannover aufgefunden. Später ging man davon aus, dass sie drei Tage zuvor ermordet worden war.

Ira sah in ihren Notizen nach: Der kleine Ricardo wurde fünf Tage nach seiner Geburt im Säuglingsheim abgegeben. Seine Mutter hatte der Schwester gesagt, sie wolle ihn in ein paar Tagen wieder abholen. Ira konnte Richards Schlussfolgerungen nachvollziehen, von den Daten her kam das alles hin.

Sie startete im Internet eine Bildersuche. Anna Falkenberg war groß, blond, elegant, sie war eine schöne Frau gewesen. Ähnlichkeiten zu Richard konnte Ira nicht entdecken, aber vielleicht kam er mehr nach seinem Vater.

Der Mord an Anna Falkenberg wurde nie aufgeklärt. Fest stand, dass sie erwürgt wurde und eine Platzwunde am Kopf hatte. Der Fall war so prominent, dass er mehrfach verfilmt wurde, es gab zahlreiche Hörspiele und Bühnenstücke. Fünfzig Jahre nach ihrem Tod erinnerten einige Zeitungen wieder an den Fall der Herrenhauser Hure. Den Mörder vermutete man im Milieu der Landesregierung, Anna Falkenberg war eine Luxusnutte gewesen. In einigen Artikeln fand Ira Hinweise auf eine Tochter, die sie in ein Waisenhaus gebracht haben sollte, aber von einem Sohn war nirgendwo die Rede.

Wahrscheinlich hatte Richard sich in diese Geschichte nur hineingesteigert, weil er sich so sehr eine Mutter gewünscht hatte und weil er den Gedanken nicht ertragen konnte, einfach weggegeben worden zu sein. Verständlich.

Ira suchte im Internet nach Einträgen über das Kinderheim Wilhelmshof. Dabei stieß sie auf ein Forum, in dem ehemalige »Insassen« des Heims sich über ihre Erfahrungen austauschten.

Was die Menschen in diesem Forum berichteten, hätte sie sich in ihren schlimmsten Albträumen nicht vorstellen können. Manche dieser Heime schienen Selbstbedienungsläden für Pädophile gewesen zu sein, denn unzählige »Ehemalige« berichteten im Internet von schwerem Missbrauch, von Vergewaltigung, Folter, Nötigung und von unglaublicher Brutalität. Kinder, die ihr Erbrochenes aufessen mussten, Sechsjährige im Einzelarrest in völliger Dunkelheit, Medikamente zur Ruhigstellung von besonders lebhaften Kindern. Eigentlich hätte Richard doch froh und glücklich sein müssen, dass er bei den Schäfers ein normales Leben führen konnte.

Ira klang plötzlich Amelies Stimme im Ohr: »Als wir Richard adoptierten, brach der Kontakt zu Markus zunächst ab, aber später, auf der weiterführenden Schule, haben die beiden sich wiedergetroffen. Von da an waren sie unzertrennlich; ich habe das mit Besorgnis beobachtet.«

Also waren sie weiterhin befreundet gewesen? Und wenn, dann hatte offenbar nur Amelie davon gewusst. Sie war deswegen besorgt gewesen? Warum? Sie hatte ihr diese Frage nicht beantwortet. Komisch.

Ein Mann namens Rolf Hanke hatte seine Mailadresse im Forum der ehemaligen Heimkinder hinterlassen. Er war ein Betroffener, der zur gleichen Zeit wie Richard im Wilhelmshof gelebt hatte und Hilfe bei den Anträgen wegen staatlicher Wiedergutmachung suchte.

Ira schrieb ihm eine Mail und bat um einen Anruf.

Rolf Hanke rief ein paar Tage später an. Ira saß gerade an ihrem Schreibtisch im Großraumbüro der Bielefelder Redaktion und bearbeitete einen Kulturkalender, der am nächsten Tag erscheinen sollte. Die Veranstaltungen, über die sie nach einem Besuch berichten sollte, waren gelb markiert.

Als sie Hanke am Telefon hatte, wusste sie, dass sie Überstunden machen musste, um ihren Artikel rechtzeitig fertig zu bekommen, aber dieses Gespräch war ihr wichtig.

Sie erklärte Hanke, dass sie im Zusammenhang mit dem Tod ihrer Freundin und deren Ehemann auf das Kinderheim gestoßen war, dass ihre Recherchen schließlich zum Forum führten und sie entsetzt über die erschütternden Berichte der ehemaligen Bewohner war.

Hanke seufzte. »Endlich darüber reden zu können und auch gehört zu werden ist für die Betroffenen eine große Hilfe.«

Ira nahm sich viel Zeit für ihn. Er erzählte ihr am Telefon seine ganze Lebensgeschichte. Sie ähnelte vielen, von denen sie im Internet gelesen hatte, und war von Grausamkeit und Demütigungen geprägt. Hanke erinnerte sich an den früheren Heimleiter, Otto Rodenkirch. »Das war ein Teufel«, flüsterte Hanke, »ein grausamer, sadistischer Teufel in Menschengestalt.« An Richard erinnerte er sich auch. »Der hatte wenigstens draußen einen Freund. Wir anderen waren in der Schule immer nur die aus'm Heim. Als hätten wir die Pest gehabt. Mit uns wollte keiner was zu tun haben, Abschaum waren wir. Aber dieser Richard hatte Glück, der hatte einen richtigen Kumpel. Und dann wurde er adoptiert, wurde von feinen Leuten mit in die Stadt genommen. Da ist sein Freund zu Fuß hinter ihm her und wurde dafür von seinem Vater halb totgeschlagen.«

Die Geschichte von Markus als Ausreißer schien damals im ganzen Dorf rumgegangen zu sein. Ira hörte sie nun schon zum dritten Mal. Warum hatte Karl Weyer eigentlich so unverhältnismäßig brutal darauf reagiert? Dass er gern mal hinlangte, hatte Elsa ja neulich erzählt, aber seinen Sohn halb totzuschlagen, das war eine andere Hausnummer. Was hatte ihn so in Rage gebracht, dass er dermaßen ausrastete? Die Frage konnte Elsa vielleicht beantworten. Ira rief auf Hof Eskendor an und verabredete sich für den übernächsten Tag mit ihr.

Elsa Weyer hatte ein Blech Butterkuchen gebacken und in der Küche den Tisch gedeckt. Ira sah ihr zu, wie sie den Kaffee durch ein Sieb in die Tassen goss. »Meine Oma hat den Kaffee auch immer so gekocht, das hab ich lange nicht gesehen!«

»Bei mir gibt's keinen Filterkaffee, und außerdem tu ich den Prött immer inne Blumen, davon wachsen die besser. Getz greif zu!«, sagte Elsa im Befehlston und schob den Teller mit dem Kuchen energisch über das geblümte Wachstuch.

Sie plauderten ein wenig, sprachen erst über das Wetter, dann über Tante Erna, die sich quer über Elsas Füße gelegt hatte und sie mit herzerweichendem Blick anhimmelte. Schließlich sagte Elsa: »Nu komm auf'n Punkt. Was willste denn wissen?«

Ira lehnte sich zurück. »Wie war das eigentlich früher hier bei euch auf dem Hof? Ich bin ja nur zum Spielen und zum Milchholen hier gewesen und habe mir als Kind natürlich nie Gedanken darüber gemacht, wie ihr so gelebt habt.«

Elsa rührte in ihrer Tasse. »Wie soll das schon gewesen sein, wir ham hier immer viel geackert, mit dem Vieh, bei der Ernte, mit den Blagen …« Sie stand auf, nahm ein Schnapsglas mit Silberrand aus dem Küchenbüfett und stellte es Ira hin, ging an den Kühlschrank und nahm ein zweites, schlichtes aus dem Eierfach. Neben der Milch stand eine halb leere Wacholderflasche. Elsa goss die Gläser voll. »Wohlsein!«

Und dann erzählte sie.

Elsa arbeitete Tag und Nacht auf dem Hof und zog die Kinder »nebenbei« groß. »Damals wurde noch nicht so viel Tamtam um die Blagen gemacht, die waren da und mussten mit anpacken und fettich.« Der Große, Andy, sei immer ein guter Schüler gewesen, interessierte sich schon früh fürs Kochen – und träumte vom Reisen: »Der wollte immer wech, schon als lüttjer Dötz wollte der Kapitän werden und sich die Welt begucken.«

Markus war ein hübscher Kerl, einer der Märchen liebte, malte, zeichnete und dem rauen Ton auf dem Hof und den Launen des strengen Vaters kaum gewachsen war. Karl Weyer mochte dieses Kind nicht. Elsa hingegen liebte ihn gerade wegen seiner Sensibilität. »... weil der so ganz anders war wie sein Vatter.«

Als Thomas geboren wurde, war er schon bald Karls Liebling. Er interessierte sich bereits als kleiner Junge für den Hof, die Tiere, die Landwirtschaft und wollte nie etwas anderes sein als Bauer. Karl Weyer nahm ihn überall mit hin, und schon als Dreijähriger saß Thomas bei seinem Vater oben auf dem Trecker oder auf dem Mähdrescher. »Wie unser Vatter dann totgegangen ist, hatte der Thomas da ordentlich mit zu tun, das hat er nur schwer weggesteckt.«

Als Elsa sich entschloss, Eskendor nicht mehr als Vollerwerbshof zu führen, sondern in eine moderne Wohnanlage umbauen zu lassen und auf Mieteinnahmen als Einkommen zu setzen, habe es zuerst Ärger mit Thomas gegeben. »Der ist da wie sein Vatter, durch und durch Bauer. Aber dann kam er auf die Idee mit den eigenen Erzeugnissen. Thomas ist auf Zack, mit dem Hofladen und den ganzen Sperenzchen kommen die beiden gut durch den Winter.«

Als Sperenzchen bezeichnete Elsa die Vorführungen alter Handwerke, die Thomas und Gundis organisierten: An jedem ersten Sonntag im Monat gab es eine Veranstaltung. Mal war ein Korbflechter da und flocht Körbe aus Weidenruten, mal war es ein Zigarrenmacher – beides Berufe, die früher in der Gegend verbreitet waren und oft in Heimarbeit verrichtet wurden. Leinenweber und Schuhmacher zeigten auf Eskendor ihre Fertigkeiten. Es wurden Leinentücher bedruckt, Spielzeug wie Steckenpferde aus Holz geschnitzt, es wurde gebuttert, gewebt, gestickt, genäht, gebacken – und die Besucher kamen manchmal sogar aus Hannover und Bielefeld, um zuzusehen. »Und seit unser Andy dann mit seiner westfälischen Kocherei auf'm Hof eingestiegen ist, sind wir richtig bekannt geworden.«

Ira sagte: »Das Konzept ist prima, und wie ihr das als Familienbetrieb umsetzt, finde ich großartig. Vielleicht biete ich der Redaktion von *Tag 7* eine Reportage über euch an. Das könnte doch eine tolle Story hergeben und gleichzeitig gute Werbung für euch sein, was meinst du?«

»Nein!«

Ira erschrak über die Lautstärke und Vehemenz, mit der Elsa das Wort hervorgebracht hatte.

»Keine Presse auf unserm Hof! Als unser Vatter starb, da haben die drüben auf'm Dach vonne Turnhalle gesessen mit ihren speziellen Fotoapparaten, und die haben uns in die Fenster reinfotografiert. Beim Essen haben die uns geknipst, beim Arbeiten, wenn wir aus dem Haus gingen und wenn wir wiederkamen. Wie die Geier sind die über den Julian hergefallen, und an jeder Ecke haben sie dem Kind aufgelauert, um was aus ihm rauszukriegen.«

»Elsa, das war doch was anderes! Ihr hattet die ganzen Boulevardblätter an den Hacken, weil ein achtjähriger Junge versehentlich seinen Opa erschossen hat. Ich hab jetzt nur gemeint, dass ich über euer Hofkonzept berichte ...«

Elsa fiel ihr ins Wort: »Ich weiß, dass du das nur gut meinst, aber wenn der Falsche das spitzkriegt, dann wärmen die alles von damals wieder auf, das ganze Drama mit Julian und unserm Vatter, mit Markus und Linda, und wie die da fast dran kaputt gegangen sind, und wenn die dann auch noch mal darüber schreiben, wie unser Michel getz verendet ist ... nee. Das ist alles schrecklich genug. Keine Zeitung.«

Ira spürte, dass sie an einen der wundesten Punkte im Leben der alten Frau gerührt hatte, aber sie konnte nicht aufhören zu fragen. »Habt ihr Julian eigentlich damals wegen der Presse ins Internat gegeben?«

»Ja. Der wurde hier im Dorf seines Lebens nicht mehr froh. Wir hätten ihn hier nicht aufwachsen lassen können, die Leute hätten doch immer gesagt, guck ihn dir an, das ist der Bengel, der seinen Opa erschossen hat ...«

Elsa hatte die Flasche noch einmal aus dem Kühlschrank geholt und die beiden Gläser wieder gefüllt. Sie stießen an, tranken und schüttelten sich. »Wirklich lecker ist das nicht!«, sagte Ira.

»Hilft aber.«

»Wogegen?«

»Gegen nüchtern sein.«

Ira schluckte. Jetzt bloß nicht den Faden verlieren.

»Kannten sich Michel und dein Enkel Julian eigentlich gut?«

»Nee, die hatten nicht viel miteinander zu tun. Der Michel war damals schon die ganze Zeit nicht so gut auf'm Posten, schon bevor das mit unserm Vatter passierte, und für seinen lüttjen Neffen hatte der keinen Kopp. Hatte immer Dönnekes im Sinn, immer schlechte Zeugnisse, der Michel, der wollte auch keine Lehre machen, obwohl unser Vatter ihm was besorgt hatte. Er kriegte den Hintern nicht hoch und lungerte nur rum. Der hat uns viel Kummer gemacht, der Junge …« Elsa zog ein Taschentuch aus ihrer Kitteltasche und schnäuzte sich laut. Tränen kullerten über ihre Wangen. »Karl hat immer gesagt: ›Der ist nicht von mir, den haste dir vom Briefträger machen lassen‹. Weil unser Michel so klein war, kam er da drauf. Der war eben nicht so ein Lulatsch wie die anderen drei Jungs. Ich meine, so was sagt man doch nicht, und schon gar nicht, wenn das eigene Kind dabei ist.«

Je mehr der Vater Michel schikanierte, desto mehr verwöhnte Elsa ihn. Auch die alten Tanten und die Brüder sahen ihm vieles nach. Michel sei als Kind sehr still gewesen, oftmals irgendwie abwesend, wie in einer anderen Welt. Aber wenn er doch mal ausrastete, dann richtig. Er passte in der Schule nicht auf, prügelte sich, ohne zu zögern, wenn er wegen seiner Körpergröße gehänselt wurde. Mit dreizehn erwischte Elsa ihn beim Rauchen, mit vierzehn kam er zum ersten Mal betrunken nach Hause. Michel blieb zweimal sitzen und schaffte nur mit Mühe und Not die mittlere Reife.

»Am ersten August sollte er 'ne Lehre anfangen. Karl hatte ihm was besorgt als Gas- und Wasserinstallateur bei Dickmanns Herbert, aber Michel ging da einfach nicht hin. Der Karl hatte ihm ordentlich die Hölle heißgemacht, aber Michel guckte ihn bloß an, sagte nix, drehte sich um und ging weg. Willste auch noch 'n Schnäpschen, Ira?«

»Nein danke, ich muss noch fahren.«

Elsa genehmigte sich noch einen, drehte das leere Glas in der Hand und starrte es an. »Und dann war der Karl tot, und der Michel war wech. Bei Karls Beerdigung war er noch hier, aber er hat nicht mehr mit uns geredet, nicht mehr mit am Tisch gesessen, nix. Tja, dann hat er siebentausend Mark aus dem Schreibtisch genommen, und ich hab ihn nicht mehr gesehen.«

»Das ist 'ne Menge Kohle, Elsa. Warum hattest du denn überhaupt so viel Bargeld im Haus?«

Elsa schluckte. »Na, weil ich doch dem Karl seine Beerdigung davon bezahlen wollte.«

Sie schwiegen eine Weile. Die Küchenuhr tickte, Tante Erna schnarchte unter dem Tisch, ihre Pfoten zuckten, vielleicht träumte sie. Der Kühlschrank begann leise zu brummen.

»Elsa, kannst du dir vorstellen, dass Michel den Richard Schäfer und seine Frau Verena gekannt hat?«

Elsa schüttelte den Kopf. »Ich sach ja, Richard war mal mit Markus ein Kopp und ein Arsch … aber Michel? Das war doch 'n ganz anderer Jahrgang.« Dass in Verenas Handtasche ein Zettel mit Michels Handynummer gesteckt hatte, konnte Elsa nicht verstehen. Dass Michel dieses Handy offenbar von Richard bekommen hatte, erst recht nicht.

Ira kam einfach nicht weiter. Sooft sie auch in Gedanken alles durchging, es ergab keinen Sinn. Aber es musste einen gemeinsamen Nenner geben, Herrschaftszeiten, was war das nur für eine vertrackte Geschichte. Was gar nicht ins Puzzle passte: Amelie hatte angedeutet, dass Markus und Richard nicht nur als Kinder, sondern auch später noch befreundet gewesen waren. Niemand sonst schien etwas davon zu wissen. Aber danach würde sie Markus am besten selbst fragen.

Ira verabschiedete sich von Elsa und war gerade mit Tante Erna auf dem Weg zu ihrem Wagen, als Linda Weyer auf den Hof gefahren kam und ihren BMW neben Iras Mini Cooper parkte. Ira wartete, bis sie ausgestiegen war, und begrüßte sie in der Hoffnung auf ein spontanes Gespräch besonders freundlich. Linda, perfekt geschminkt und elegant wie immer, nickte ihr zu und holte ihre Einkäufe aus dem Kofferraum. Ira kannte die Designer, deren Namen auf den Hochglanztüten prangten: »Warst du shoppen?« Verdutzt registrierte sie Lindas Lächeln. War »shoppen« ein Zauberwort? Sie konnte sich nicht daran erinnern, Linda jemals lächeln gesehen zu haben.

»Meine Art von Nervennahrung«, sagte Linda. »In schwierigen Zeiten muss man sich was Gutes tun.«

»Stimmt, ich kauf mir dann immer irgendwas Rotes«, sagte Ira und überlegte dabei, wie sie das Gespräch mit Linda weiter ausdehnen konnte. Sie entschied sich für eine direkte Frage. »Die Sache mit Michel macht euch allen ziemlich zu schaffen, oder?«

Linda hängte sich die Tüten über den Arm und richtete mit der anderen Hand den Schlüssel auf den BMW. Die Zentralverriegelung klickte. Sie ignorierte die Frage und zeigte stattdessen auf Iras rote Jacke: »Dann kennst du wohl reichlich schwierige Zeiten, oder?«

»Wie kommst du darauf?«

»Weil du anscheinend immer was Rotes trägst.«

Ira lächelte: »Das stimmt. Ohne mindestens ein rotes Kleidungsstück gehe ich nie aus dem Haus. Früher half mir diese Farbe gegen Frust und so ein Gefühl von Unsichtbarkeit, heute ist sie vielleicht meine Glücksfarbe. Oder ein Tick, keine Ahnung.« Sie versuchte das Gespräch wieder auf eine andere Schiene zu bringen. »Ist euer Sohn wieder weg?«

»Ja, seit ein paar Tagen schon.«

»Auch wenn ich keine Kinder habe, stelle ich es mir schrecklich vor, wenn man sich von ihnen verabschieden muss. Selbst wenn sie schon erwachsen sind.«

Linda lachte kurz auf, aber es klang eher wie ein trockenes Krächzen. »Daran gewöhnt man sich in dieser Familie, dass man sich von den Männern verabschieden muss.«

Dann drehte sie sich um und stöckelte zur Haustür.

Mist. Verkackt. Falsche Frage gestellt, dachte Ira. Was hat sie damit gemeint? Sich von den Weyer-Männern verabschieden? So gesehen, hatte Elsa sich von Karl verabschiedet, als der starb, und sie hatte sich von Michel verabschiedet, als er weglief. Und Linda hatte sich von ihrem Sohn verabschiedet, nachdem er seinen Opa erschossen hatte. Was für eine Familie!

Tante Erna war in der Zwischenzeit zur Kate hinübergelaufen und schnüffelte an der Haustür. Als die sich plötzlich öffnete, sprang die Hündin erschrocken zurück. Tante Sophie hatte einen glimmenden Zigarrenstummel zwischen den Lippen, stemmte die Hände in die Taille beziehungsweise in die Seiten der Körperregion, in der sich Taillen normalerweise befinden, und sagte: »No, Fiffi, kuckste nache Katze? Die is im Schuppen, aber die kriegste nicht.«

Das war auch eine Möglichkeit! Ira ging lächelnd auf die Alte zu. Nach ein paar Minuten freundlichen Plauderns kam sie auf den Punkt: »Tante Sophie, wenn Sie eine halbe Stunde Zeit hätten, würde ich Sie gern etwas fragen.«

Tante Sophie zog an der Zigarre, besah sich konzentriert die Glut, als gäbe es auf der Welt in diesem Moment nichts Interessanteres, dann legte sie den Kopf in den Nacken und paffte Rauchkringel in die Luft. Hatte sie nicht gehört, was Ira gesagt hatte? Sie erklärte: »Andy möchte, dass ich ihm helfe herauszufinden, welche Umstände zu Michels Tod geführt haben, aber ich komme einfach nicht weiter.«

Tante Sophie trat zur Seite, öffnete die Tür weit und rief: »Friedchen, hol den Braken raus, wir ham Besuch.«

Mit einem Kopfnicken bedeutete sie Ira, in die Kate zu gehen. Es gab keine Diele, und Ira befand sich unvermittelt in einem großen Raum. Sie musste sich erst an das Halbdunkel gewöhnen, die kleinen Sprossenfenster ließen kaum Licht herein.

Tante Sophie schloss die Haustür. »Nu setz dich da hin«, sagte sie und schob Ira an den Tisch, auf dem eine aufgeschlagene Tageszeitung und eine Lesebrille neben dem Aschenbecher lagen. Das Zimmer war altmodisch eingerichtet, aber sauber und ordentlich. Ira fragte sich, weshalb sie sich eigentlich darüber wunderte.

Es roch nach Rauch und nach Kaffee, und nach ... was konnte das sein? Kräuter? Ira bemerkte mehrere Reihen grober Schnüre, die an der Stirnseite des Zimmers über einem überdimensionalen Kohleherd aufgespannt waren. Daran hingen, mit Wäscheklammern oder Bändern befestigt, Bündel und Sträuße. »Was ist das?«, fragte Ira – wohl wissend, dass es meistens ein guter Einstieg in ein Gespräch war, wenn man sein Gegenüber zu etwas befragte, wovon man selbst nichts verstand.

»Na, das riechste doch, oder nicht?«

Ira schüttelte den Kopf. Sophie schlurfte hinüber zu dem alten Küppersbusch-Herd, für den man im Antiquitätenhandel ein Vermögen würde bezahlen müssen, und zeigte mit krummen Fingern nach oben. »Bohnenkraut, Liebstöckel, Majoran, Pfefferminze, Salbei, Thymian, Zitronenverbene.«

»Und diese Dolden, was ist das?«

»Holunder, da mach ich Tee von, is gut gegen Erkältung.«

Tante Friedchen kam lächelnd herein, sie trug eine Flasche in der einen und drei Schnapsgläser in der anderen Hand. Während sie alles auf dem Tisch abstellte, fragte sie Ira mit ihrer sanften, inzwischen schon ein wenig brüchigen Stimme: »Kind, haste denn überhaupt schon was gegessen? Soll ich dir 'n Bütterken machen? Wir haben noch Griebenschmalz im Haus, oder willste lieber Schinken? Oder beides?«

Die beiden knorrigen Frauen wirkten so eifrig bemüht und herzlich, dass Ira ihnen nichts abschlagen konnte. Auch den Schnaps nicht, obwohl sie bei Elsa schon drei getrunken hatte. Zur Not würde sie bei Andy klingeln, sollte sie nicht mehr fahren können. Er würde sie bestimmt auf dem Sofa schlafen lassen.

Tante Erna lief von einer Ecke in die andere, schnüffelte. »Was ist das denn überhaupt für ein Köter?«

»Ein Königspudel«, sagte Ira, »der haart nicht.«

Das beeindruckte die beiden Alten sichtlich. Sie fütterten Tante Erna mit »drögem Brot«, schmierten für Ira Schinken- und Schmalzbrote und servierten, natürlich, Brakenschnaps. Aus den Gläsern »für gut, wenn Besuch kommt«, erklärte Friedchen stolz.

Ira sah sich interessiert um. Die beiden bemerkten ihre Blicke, und Sophie sagte: »Früher war das hier die große Deele, und da vorne war der Pökelraum, dahinter die alte Küche und die Speisekammer. Als unser Karl totgegangen war, hat Elsa hier alles neu machen lassen.«

Das war Iras Stichwort: »Sie haben schon immer hier gelebt?«

Sophie strich sich mit den Fingern über den Kittel. »Seit nach'm Krieg.« Ira überlegte gerade noch, wie sie höflich nach dem Alter der beiden fragen könnte, als Sophie sagte: »Ich war die Älteste, Jahrgang 1927. Da war mein Vatter enttäuscht, dass ich kein Bengel war. Und 1929 kam das Friedchen, 1930 wurde unser Karl geboren, und Vatter hatte endlich seinen Erben.«

Beide Frauen hatten im Zweiten Weltkrieg als Krankenschwestern Verwundete in den Lazaretten der Stadt gepflegt. »Über zwanzig Lazarette gab es in Oeynhausen«, sagte Friedchen. Sie hatte die Hände in den Schoß gelegt, ließ meist ihre Schwester reden und trug nur selten etwas zum Gespräch bei. Als Sophie das Westarbeiterlager an der Mindener Straße erwähnte, schien sie nervös zu werden.

Ira fragte: »Was war das? Westarbeiterlager?«

Sophie erklärte: »Als der Krieg fast vorbei war, hatten wir viele Ausländische hier. Und Kriegsgefangene. Für die gab es Barackenlager: Kennst du den Platz zwischen Ford Meyer und dem Stadion?« Ira nickte. Klar, als sie ein Kind war, fand auf dem Platz zweimal im Jahr Kirmes statt, und sie hatte so manches Mal auf der Raupe gestanden und geknutscht. Sophie fuhr fort: »Da waren die Baracken für die Belgier, Holländer und für französische Zivilisten …«

Friedchen fiel ihr ins Wort: »Das tut getz aber nix zur Sache, Sophie!«

Ihre Schwester sah sie kurz an, nahm den Zigarrenstumpen aus dem Aschenbecher und zog daran. Er war aus. Sie zündete den Stummel erneut an und paffte. Dann sagte sie: »Oeynhausen wurde schon am Anfang vom Krieg Lazarettstadt, der Hohenzollernhof und die Kuranstalt Weidner zuerst, dann kam das Bernadusheim dazu, dann das Johanniter Ordenshaus und später auch Herbers Kurhotel. Das haben sie ja schon lange abgerissen, da ist getz das Zitti-Zenter.« Ira unterdrückte ein Grinsen. Das City-Center war eine hässliche Bausünde der Siebziger, süß, wie die Alte den Namen aussprach.

»Tja, und dann wurde die Stadt besetzt. Der Engländer kam und schmiss alle raus«, sagte Sophie. Ira wusste, dass das heutige Hotel Königshof Hauptquartier der Besatzungsarmee gewesen war. Der Stadtkern wurde nach dem Krieg geräumt und eingezäunt, und neuntausend Bürger wurden innerhalb weniger Tage evakuiert. Sophie schwieg eine Weile, sah dem Rauch nach, den sie in Richtung Decke blies. Dann sagte sie: »Na ja, wenigstens ist die Stadt heile geblieben …«

Friedchen mischte sich ein: »Die Briten hatten im Krieg schon Flugblätter geworfen, da stand drauf: Bielefeld und Minden, werden wir schon finden, Bad Oeynhausen wollen wir schonen, da wollen wir selber wohnen.« Ira schmunzelte.

Die Besatzer blieben zehn Jahre lang. Bad Oeynhausen wurde als »Weltbad hinter Stacheldraht« berühmt.

Sophie arbeitete auch später als Krankenschwester, bis 1990 blieb sie am Städtischen Krankenhaus. Friedchen war bis 1989 Kindergärtnerin. Beide wohnten nach dem Krieg zusammen in der alten Kate am Westrand des Hofes.

»Haben Sie nie geheiratet?«, fragte Ira.

Sophie zupfte plötzlich nervös an ihrem Haarknoten. Sie schüttelte den Kopf.

»Wollten Sie nicht, oder haben Sie einfach nie den Richtigen gefunden?«

»Das ist eine sehr indiskrete Frage«, sagte Friedchen leise.

Ira verstand: Das war offensichtlich ein Tabu. Sie entschuldigte sich und schwenkte um auf das Thema Karl und seinen tragischen Tod. Die alten Frauen tauschten einen Blick, und Friedchen nickte fast unmerklich. Ira lauschte ihren Erzählungen gebannt.

Karl Weyer erhielt Ende März 1945 noch einen Einberufungsbescheid. Er sollte auf Befehl des NS-Regimes eine »Schulung an Waffen« erhalten. Friedchen sagte: »Da war er noch keine fuffzehn. Eigentlich ist das selbst für das letzte

Aufgebot noch viel zu jung, aber da hat sich keiner mehr drum geschert. Er sollte in Oeynhausen den Bahnhof bewachen. Aber unser Karl war 'ne Bangebüxe und ist bei Nacht und Nebel ausgerissen.«

Doch er sei nicht weit gekommen und versteckte sich in der Nähe des Kinderheims Wilhelmshof, unten an der Weser.

Ira sagte: »Das kenne ich, da war ich neulich mit Andy drin; es steht leer, das ganze Gebäude ist leer.«

Sie konnte das Seufzen und die Blicke der Alten nicht deuten.

»Gott sei Dank ist das leer. Unser Karl …«, Friedchen stockte und wischte sich über die Augen.

Sophie nahm den Faden auf: »Der Karl hat da ganz schreckliche Sachen erlebt. Sie haben ihn erwischt, als er sich ganz nah am Haus im Schuppen versteckt hat. Da haben sie ihn reingeholt und dann angekettet. Er musste zugucken, wie die Erzieher die kleinen Jungs gefoltert und … wie sie … wie sie die Kinder … vergewaltigt haben.«

Ira stockte der Atem. Ihr war eiskalt.

Karl Weyer war also als knapp Fünfzehnjähriger Zeuge von Vergewaltigungen und Quälereien geworden. Entsetzlich. Doch es kam noch schlimmer. Der Heimleiter Otto Rodenkirch hatte seinen Gürtel aus der Hose gezogen und dem Jungen ein blutiges Streifenmuster auf den Rücken geschlagen. Und dann öffnete er seine Hose. Sophie stockte, bevor sie weiterredete: »Otto Rodenkirch, der hat unsern Bruder auf dem Gewissen. Danach war unser Karl nicht mehr derselbe.«

Ira erinnerte sich an die Worte des ehemaligen Insassen, der zu ihr am Telefon gesagt hatte: »Rodenkirch … das war ein Teufel, ein grausamer, sadistischer Teufel in Menschengestalt.« Sie bekam Gänsehaut.

Karl Weyer kehrte nach Kriegsende auf den unbeschädigten Hof Eskendor zurück. Er selbst aber war beschädigt an Leib und Seele.

Ira fragte: »Woher wissen Sie eigentlich von dieser schrecklichen Geschichte?«

Sophie sagte: »Der Karl hat uns das im dunen Kopp mal erzählt. Er wusste vielleicht, dass wir … dass Friedchen und ich … dass wir ihn verstehen können. Aber dann hat er nie wieder davon gesprochen. Nie mehr.«

»Hat er den Heimleiter später angezeigt?«

Die alten Frauen schüttelten den Kopf. Es schien einige Tabus im Leben der beiden zu geben.

Ira sah auf die Uhr. Es war Zeit, sich zu verabschieden. »Hiergeblieben!«, rief Tante Sophie. »Einen trinken wir noch, damit das mit der Siezerei mal aufhört.«

»Tante Friedchen, Tante Sophie, danke für das Du!«, sagte Ira und kippte den nächsten Schnaps.

9

Es war inzwischen dunkel geworden, und ein kalter Nieselregen hatte eingesetzt. Ira zog die Tür der Kate hinter sich zu und stieß hörbar die Luft aus. Halleluja – das musste sie erst mal alles sacken lassen und in ihrem Kopf sortieren.

Sie ging an den kleinen hellen Fenstern vorbei, hinter denen die Schwestern jetzt wahrscheinlich ihren Gedanken an die Vergangenheit nachhingen. Dann bog sie rechts um die Ecke des Fachwerkhauses. Hof Eskendor versank in Finsternis. Die Lampen an den Wegen und an der Auffahrt waren heute nicht eingeschaltet.

Sollte sie es wagen, nach den Schnäpsen doch noch nach Bielefeld zurückzufahren? Oder war es vielleicht besser, Andy zu fragen, ob er ihr sein Sofa für diese Nacht überlassen konnte?

Ira nahm Tante Erna am Halsband und ging an der früheren Scheune vorbei, in der jetzt Markus und Linda wohnten. Durch die zugezogenen Vorhänge drang fahles Licht. Ob Markus jetzt auch zu Hause war? Wie konnte sie nur an ihn rankommen? Sie musste unbedingt mit ihm reden, er schien irgendwie ein Bindeglied zwischen Michel und Richard zu sein. Sie brauchte wohl nicht darauf zu hoffen, dass Linda sie zum Kaffee einlud. Sie war eine merkwürdige Frau. Ira hatte keine Ahnung, wie sie mit ihr warm werden könnte.

Sie ging auf das alte Haupthaus zu. In Andys Wohnung war alles dunkel. Plötzlich knurrte Tante Erna, blieb abrupt stehen und ging in Habachtstellung. Ira starrte in die Dunkelheit und fuhr zusammen, als ihr jemand mit der Taschenlampe ins Gesicht leuchtete. Laut kläffend riss sich Tante Erna los und rannte auf das Licht zu. Dann hörte sie Elsas Stimme: »Donnerlittchen, Ira, was treibste dich denn hier noch im Dustern rum? Menschenskind, ehe du dich versiehst, kriegste einen übern Deetz, weil ich denke, hier treibt sich Gesocks rum. Andy ist nicht da, und das Hoflicht geht nicht, da bin ich bange!«

Ira atmete erleichtert auf. »Tut mir leid, Elsa. Ich war noch bei den Tanten in der Kate. Darf ich bitte noch mal reinkommen?«

Sie saßen wieder in der Küche.

Ira erzählte Elsa, was sie von den Schwestern erfahren hatte. Nach kurzem Zögern gab Elsa schließlich zu, dass ihr Mann nicht nur streng, sondern wirklich brutal und aufbrausend gewesen war. Sie wirkte verstört, als Ira ihr von der Vergewaltigung erzählte: »Ich hatte schon immer geahnt, dass er als Kind was Schlimmes erlebt haben musste, aber ich hatte Angst, ihn danach zu fragen. Dass es so was war, da bin ich nicht draufgekommen. Lieber Gott im Himmel … »

»Hat er dir nie davon erzählt? Nicht mal Andeutungen gemacht?«

»Nein, nie. Über so was spricht man doch auch nicht.«

»Elsa, aber er war dein Mann, wie lange kanntest du ihn?«

»Seit 1959.«

»Und du hattest wirklich überhaupt keine Ahnung?« Elsa schüttelte betrübt den Kopf.

»Wie habt ihr euch eigentlich kennengelernt?«

Elsa seufzte. Sie hatte die Hände auf den Tisch gelegt und knibbelte an ihrem Daumen, bis die trockene Haut zu bluten begann. »Die ganzen alten Geschichten … ach, Ira … muss das denn wirklich sein? »

»Ich muss einfach so viel wie möglich wissen, wenn ich rausfinden will, was die drei Toten miteinander zu tun hatten. Richard Schäfer hat meine Freundin Verena getötet und dann sich selbst – und dein Sohn Michel hatte irgendwas mit den beiden zu tun. Du willst es doch auch wissen, oder etwa nicht?«

Elsa nickte. »Ich weiß zwar nicht, was das mit dem Kennenlernen von Karl und mir zu tun hat, aber gut. Holst du uns ein Bier aus dem Kühlschrank? Gläser stehen im großen Schapp.«

»Wenn ich jetzt auch noch ein Bier trinke, kann ich nicht mehr fahren. Dann muss ich mit dem Hund hier übernachten.« Elsa machte eine ausladende Handbewegung: »Der Hof ist groß genug, und hinten hab ich die drei Gästezimmer, die sind um diese Jahreszeit nicht belegt.«

Ira holte zwei Flaschen Herforder Pils aus dem Kühlschrank und zwei Gläser aus dem Küchenbüfett. Langsam goss sie das Bier ein. Dann setzte sie sich wieder zu Elsa an den Tisch und lauschte ihren Worten. Ab und zu nahm sie die Hand der alten Frau und drückte sie, und als Elsa zu weinen begann, reichte sie ihr ein Taschentuch.

Im Januar 1959 wurde auf Piepers Hof ein großes Schlachtfest gefeiert. Das halbe Dorf war dabei. Hier traf die hübsche Elsa Hannemann den »feschen« Karl. Er verführte sie, stark betrunken, hinterm Hühnerstall im Schnee.

»Ich war doch ein dummes Ding. Uns hat doch früher keiner gesagt, was man mit Männern macht … na ja. Keine Ahnung von nix hatte ich. Ich war sofort in anderen Umständen. Dann haben wir uns natürlich verlobt, das gehörte sich so, dann haben wir geheiratet, und im Oktober kam der Andy.«

Die junge Familie wohnte schon damals auf Hof Eskendor. Karls Eltern starben kurz nacheinander Ende der Sechzigerjahre. Karl als einziger Sohn übernahm den Hof. Seine Schwestern Frieda und Sophie bekamen Wohnrecht auf Lebenszeit und hatten Anspruch auf einen Altenteil. Karl Weyer wurde der reichste Bauer weit und breit.

»Er war fleißig und schlau. Aber der Karl war im Hause ein schlimmer Bursche, das kriegte draußen keiner mit, da sprach man ja nicht drüber.« Elsa zwirbelte das Papiertaschentuch in ihren Händen, bis es zerriss. Ihre Stimme wurde immer leiser. »Karl konnte nicht schlafen. Seit seiner Jugend hatte er schlimme Träume: Er schrie nachts oft ganz schrecklich und wurde davon wach, und dann konnte er nicht mehr einschlafen und taperte die halbe Nacht durchs Haus. Getz kann ich mir endlich denken, wovon er wohl geträumt hat …« Fast immer, wenn Karl getrunken hatte, drehte er irgendwann durch und verprügelte Elsa. »Du machst mich schon krank, wenn du mich bloß anguckst, hat er immer zu mir gesagt.«

Ira konnte sich vorstellen, dass Elsa vor lauter Angst wie so viele Frauen ihrer Generation mit Unterwürfigkeit reagiert hatte, und sie konnte sich auch vorstellen, dass genau diese Art einen Schläger und Trinker wie Karl noch aggressiver gemacht hatte.

Zu seinem ältesten Sohn Andy hatte er zunächst ein entspanntes Verhältnis, nahm ihn als Jungen oft mit auf den Hochsitz, wenn er zur Jagd ins Wiehengebirge fuhr. Aber mit Andys Fernweh und seinem frühen Interesse am Kochen mit hochwertigen Lebensmitteln konnte Karl absolut nichts anfangen, deshalb kümmerte er sich bald kaum noch um ihn. Zu Markus konnte er gar keine Beziehung aufbauen. Elsa sagte: »Der sah aus wie ein Mädchen, ganz zart, mit feinen dunklen Löckchen. Das Kind war dem Karl zu weibisch, das wär eine Missgeburt, der wär doch krank im Hirn, zeichnet und malt, statt Holz zu hacken und auf dem Feld zu arbeiten, hat Karl später gesagt. Und als Markus sich mit Richard angefreundet hat, da hat Karl erst mich grün und blau geschlagen und dann den Jungen. Und da fing das mit dem richtigen Hass an.«

Ira zählte eins und eins zusammen: Richard lebte damals in dem Kinderheim, in dem Karl als Jugendlicher missbraucht und gefoltert worden war. Jetzt glaubte sie auch zu verstehen, warum Karl so ausgerastet war, als Markus von zu Hause ausriss, um Richard in der Stadt zu suchen. Hatte Karl in der Beziehung der beiden kleinen Jungen vielleicht mehr als eine Kinderfreundschaft gesehen?

Als Thomas 1965 geboren wurde und sich zu einem echten Landburschen entwickelte, schien Karl ein wenig versöhnt zu sein. Aber er trank immer noch zu viel, und er verprügelte Elsa im Schlafzimmer nach wie vor regelmäßig. Jahrelang ergab sich Elsa in ihr Schicksal, nahm die Schläge und die

Vergewaltigungen ihres Mannes hin, dachte, das sei eben so in der Ehe. Auf die Idee, sich zu wehren, war sie nie gekommen. Sie wurde noch einmal schwanger, und 1977 kam Michel zur Welt.

Elsa trank ihr Bier aus. Sie wirkte jetzt sehr alt und zerbrechlich. »Zu der Zeit machte unser Markus immer mehr Zicken. Einmal hat Karl einen Zeichenblock bei ihm gefunden, da hatte Markus Indianer und Cowboys gemalt. Karl hat den Block im Küchenofen verbrannt. Stinkende Schwuchtel und abartige Missgeburt, so was sagte er zu dem Jungen.«

Ira runzelte die Stirn. »Er hielt Markus tatsächlich für schwul, weil er Cowboys und Indianer zeichnete?« Elsa zuckte bei dem Wort »schwul« zusammen. Sie nickte.

»Karl hat ihm immer aufgelauert, weil er dachte … weil er meinte … dass Markus … also dass er … irgendwie abartig veranlagt wäre. Dabei war der einfach nur sensibel. Er war eben kein Bauer, sondern mehr eine Künstlernatur. Das gibt es ja, dass Männer Künstler sind, deswegen sind sie ja nicht gleich … du weißt schon …«

Immer wieder lauerte Karl seinem Sohn auf, um ihn »zu erwischen«. Ohne Erfolg.

Er zwang ihn zu einer Lehre in einer Autowerkstatt – wohl wissend, wie sehr dem Jungen Schmutz und Lärm zuwider waren. Markus wollte gerne Abitur machen, Kunst studieren und Lehrer werden. Diese Wünsche kommentierte Karl stets mit obszönen Bemerkungen.

»Aber als Markus dann mit der Linda zusammenkam und als Julian geboren wurde, da dachte ich, es würde alles gut.« Elsa klang jetzt fast flehend: »Nicht wahr, ein Mann mit Frau und Kind, das war doch eigentlich der Beweis, dass Markus nicht abartig war!«

Ira schaute sie fragend an. »Eigentlich?«

Elsa senkte den Kopf, schlug die Hände vors Gesicht und flüsterte: »Linda war dann in anderen Umständen. Er hat sie natürlich geheiratet. Ich meine, das hätte ja nicht sein können, dass er einer Frau ein Kind macht, wenn er … andersrum gewesen wäre, oder? Außerdem hatte er vorher auch schon mit anderen Weibern rumpoussiert.«

Elsa redete weiter, schien aber eher zu sich selbst zu sprechen, und Ira unterbrach sie nicht mehr. »Als Linda zu uns auf den Hof zog, dachte ich, alles würde gut werden. Ich dachte, ich würd 'ne Tochter dazukriegen und dass Karl endlich Ruhe geben würde mit seinem Piesacken, ja, das dachte ich wirklich.«

Aber Elsa und Linda wurden nie warm miteinander. Linda war nicht die Frau, die sich Elsa für ihren Liebling gewünscht hatte. Sie war eine spröde Blondine mit hanseatischer Ausstrahlung, durchaus attraktiv, aber doch eine »affige Thusnelda« – so nannte Elsa sie insgeheim –, die eigentlich nie Kinder gewollt hatte. Damals arbeitete Linda als Sekretärin des Oberarztes im ZÄC, dem Zentrum für Ästhetische Chirurgie, der »Schönheitsklinik«, wie es bei den Leuten hieß.

Lindas Putzwahn, ihren Sauberkeitsfimmel und ihr ehrgeiziges Karrieredenken empfand Elsa als geradezu abstoßend. Markenkleidung, teure Uhren, jedes Jahr ein neues Auto, Küche und Möbel nur von bestimmten Firmen – für solchen »Killefit« hatte sie kein Verständnis.

Drei Monate nachdem Julian geboren wurde, ging Linda

wieder arbeiten. Nach kurzer Zeit wurde sie Chefarztsekretärin und hatte damit ihr berufliches Ziel erreicht. An Julian zeigte sie nur wenig Interesse, sie überließ ihn wechselnden Kindermädchen – was erneut Anlass zu heftigen Auseinandersetzungen auf Eskendor gab, denn weder Karl noch Elsa waren damit einverstanden, dass ihr Enkel von »fremden Leuten« erzogen wurde. Linda setzte sich durch, engagierte sogar Au-pair-Mädchen, »Ausländische«, wie Elsa sie nannte. »Da konntest du kein Wort mit sprechen, die verstanden ja kein Deutsch!«, empörte sie sich noch im Nachhinein.

Nachdem Julian eingeschult worden war, sparte Linda sich das Geld für die Betreuung. Er verbrachte seine Kindheit auf Eskendor fortan mal bei den alten Tanten, mal bei Elsa, aber sehr oft war er auch allein auf sich gestellt. Markus liebte seinen Sohn abgöttisch und nahm sich Zeit für ihn, wann immer er es einrichten konnte. Aber nachdem er bei Opel Hüttemann zum Prokuristen aufgestiegen war, wurden die Stunden, die er mit dem Kleinen verbringen konnte, immer weniger.

Elsa holte tief Luft: »Das merkte der Lüttje natürlich, dass er von niemand richtig gewollt war. Der machte ja mit sieben noch in die Buxe und ins Bett. Und wenn Linda ihn dabei erwischte, gabs immer ’ne Jucht … das war ja auch nicht richtig …«

Nein, dachte Ira, das war nicht richtig. Sie sah den arroganten, verstockt wirkenden erwachsenen Julian vor sich. Auch sie hatte sofort ein wenig schmeichelhaftes Urteil über ihn gefällt. Das war unfair einem Menschen gegenüber, der etwas so Schreckliches erlebt hatte. Sie ärgerte sich über ihr eigenes Verhalten und hörte Elsa kaum noch zu, bis diese beinahe flüsternd sagte: »… wollte ich weglaufen …«

Ira horchte auf. »Was hast du gerade gesagt?«

Elsa trank einen Schluck, stellte das Glas mit einem Knall zurück auf den Tisch und sagte: »Jawoll. Ich wollte weglaufen, sobald Michel großjährig wäre.« Sie sah Ira direkt in die Augen. »Ich mach dir dein Bett fertig. Du bleibst heute Nacht hier. Du sollst getz die ganze Geschichte wissen.«

10

Ira ging noch einmal mit Tante Erna über den Hof, damit die Pudeldame ihr Geschäft erledigen konnte. Bei Linda und Markus brannte immer noch Licht, und auch hinter den Fenstern der Kate war es noch hell. Andy schien tatsächlich nicht zu Hause zu sein. Schade, dachte Ira und registrierte, dass sie bei dem Gedanken an ihn lächelte. Würde sie an Schicksal glauben, dann könnte sie jetzt sagen: »Wie das Leben so spielt ...«

Letztes Jahr um diese Zeit hatte sie noch in Köln gewohnt und war mit Alex unglücklich gewesen. Sie fütterte seine Stabheuschrecken und seine Kornnatter, arbeitete zehn Stunden am Tag beim Rheinischen Anzeiger und hetzte von Termin zu Termin, fuhr Fahrrad und Straßenbahn statt Auto, feierte Karneval und hatte Angst vor dem Älterwerden. Jetzt lebte sie in Bielefeld, hatte ihren Mini Cooper und einen Königspudel und dachte mit einem Lächeln an ihren Kindheitskumpel Andy. Warum recherchierte sie eigentlich so übermäßig engagiert in dieser Sache, obwohl sie mit ihrer Arbeit bei *Tag 7* weiß Gott genug zu tun hatte?

Sie hatte sich diese Frage in den vergangenen Tagen immer wieder gestellt und war mit den Antworten nicht zufrieden. Wegen der Freundschaft zu Verena? Die war doch schon lange vor Verenas Tod zu Ende gewesen. Ira trauerte um verpasste Gelegenheiten. Vielleicht wäre das Verhältnis inniger gewesen, wenn sie sich mehr um Verena gekümmert hätte? Vielleicht hätte sie den Tod der Freundin verhindern können? Vielleicht hätte Verena sich von Richard scheiden lassen können, wenn sie, Ira, ihr beigestanden hätte? Vielleicht hatte sie als Freundin versagt. Waren all diese »Vielleicht« womöglich der Grund, weshalb sie jetzt nachts in der Dunkelheit mit ihrem Hund auf Hof Eskendor herumlief und sich gleich weitere Details von Elsa Weyers Lebensgeschichte anhören würde? Oder waren vielmehr ihre berufsbedingte Neugier und der unbedingte Wille, die Geschichte hinter der Schlagzeile zu finden, die wahren Gründe für ihren Einsatz? Möglich, dachte Ira, dass es mehrere Motive gab, eine Story würde sie jedenfalls über diese Geschichte nicht schreiben. Das war ein privates Drama und gehörte nicht in die Öffentlichkeit.

Drei Tote und so viele Leben, die damit zusammenzuhängen schienen …

Einen Moment lang fragte sie sich, ob vielleicht auch Andy Weyer etwas mit ihren Beweggründen zu tun haben könnte, aber dann stand sie schon wieder vor Elsas Tür. Sie ging hinein, bereit, sich in dieser langen Nacht ganz auf die alte Frau zu konzentrieren.

»Du wolltest also weglaufen? Wolltest du dich denn auch scheiden lassen?«

Elsa klang erstaunt. »Scheiden lassen? So weit habe ich gar nicht gedacht. Ich wollte nur wech. Jahrelang diese Piesackerei, und immer, wenn Karl voll war, Schläge und

Gemeinheiten. Ich hatte die Faxen so was von dicke, ich konnte das alles nicht mehr aushalten. Er hat nie aufgehört, auf dem Markus rumzuhacken, und mir hat er immer die Schuld gegeben, dass er … anders war.«

Ira nickte. »Ich hätte das keine zwei Jahre mitgemacht.«

»Pah! Ihr jungen Frauen habt immer so ’nen großen Hals. Wo sollte man denn damals hin mit vier Kindern? Ich hätte mich doch im Dorf nie mehr blicken lassen können, wenn ich ihn verlassen hätte!«

Ira war ärgerlich. »Aber dein Karl konnte sich überall blicken lassen, obwohl wahrscheinlich alle wussten, dass er dich verprügelt hat!«

»Nicht nur mich, er hat ja den Markus auch immer … und den Michel, weil der nicht so wollte, wie sein Vater wollte. Ich wusste einfach nicht mehr weiter, glaub es mir. Der Hass vom Karl, der schreckliche Verdacht gegen Markus, die Zicken mit Michel … Wenn der ausgelernt hatte, wollte ich wech, dann hätte ich alle Jungs untergebracht, hätte meine Pflicht getan, dann hätte ich vielleicht nach Minden ziehen können zu meiner Kusine.«

Elsa stand auf, ging zum Fenster, die Fäuste tief in die Kitteltaschen gebohrt, und starrte auf den finsteren Hof hinaus. Es war still, nur Tante Erna fiepte ab und an leise im Schlaf. Elsa drehte sich zu Ira um. »Und dann kam das furchtbare Unglück, und Karl war mittenmal tot.«

Ira ließ sie erzählen und sah diesen Tag im August 1995 wie einen Film vor sich ablaufen.

Elsa kam mit einer Schubkarre voller Heu in die Scheune. Sie erschrak, als sie Karl auf der Leiter zur Bodenluke stehen sah; nur die Gummistiefel und die Cordhosen mit den

Hosenträgern konnte sie sehen. Er stand ganz oben auf der Leiter, der Oberkörper verschwand in der Luke.

Und plötzlich knallte ein Schuss.

Elsa erstarrte, ließ die Schubkarre los, schlug die Hände vor den Mund. Wie in Zeitlupe fiel Karl ihr direkt vor die Füße, blutend, mit weit aufgerissenen Augen.

»Mein Gott, Julian! Was hast du getan!«, hörte sie Markus oben auf dem Dachboden rufen.

Karl lag keuchend und blutend auf der Erde.

Elsa war plötzlich ganz ruhig. Sie dachte nicht darüber nach, warum Markus und Julian oben auf dem Boden waren, sie fragte nicht, was passiert war, sie dachte gar nichts. Sie sagte: »Markus, lauf sofort ins Haus und telefonier nach dem Krankenwagen.«

Markus stieg die Leiter herunter, wie ein Roboter bewegte er sich. Bleich im Gesicht, hielt er den zitternden Julian auf seinem Arm. Sie rannten hinüber zum Haus. Elsa sah, dass Julians Hose nass war; sie registrierte, dass er sie falsch herum trug, der Reißverschluss war hinten.

»Und dann war Karl tot«, sagte Elsa wieder.

Ihr Lächeln wirkte nahezu schuldbewusst, als sie hinzufügte: »Tja. Das eine Leid hatte ein Ende, und das andere fing an.« Karl würde sie nicht mehr quälen, aber Michel verschwand.

Irgendwann versagte Elsa die Stimme. Als habe jemand einen Schalter angeknipst und ihr endlich erlaubt, alle so tief verborgenen Gefühle zuzulassen, schüttelte ein lautes Schluchzen ihren dünnen Körper.

Sie saßen bis fast fünf Uhr in der Früh zusammen, bevor

Ira erschöpft in die karierte Flanellbettwäsche im Gästezimmer sank und für ein paar Stunden in einen unruhigen Schlaf fiel. Elsas Kummer und ihre Trauer um Michel, die verlorenen Jahre mit Karl, das Ausmaß dieser Familientragödie, in die Markus und sein Sohn Julian verstrickt waren, erschütterten sie zutiefst.

Ira träumte von der Szene in der Scheune, sah das Gesicht des sterbenden Mannes vor sich und Elsa, die vor ihm kniete. Elsa hatte erzählt, dass sie ihre Schürze ausgezogen und unter Karls Kopf geschoben hatte. Wie fühlt sich das wohl an, wenn der Mann, der dich jahrelang gequält, geschlagen und schikaniert hat, in deinen Armen stirbt, erschossen vom eigenen Enkel, dachte Ira, als sie aus dem finsteren Traum erwachte.

Und immer wieder sah sie Markus aus der Scheune rennen, den kleinen Julian auf dem Arm. Der Junge hatte eine nasse Hose gehabt. Wenn er, wie Elsa sagte, in dem Alter noch ins Bett und gelegentlich in die Hose pinkelte, war es sicher kein Wunder, dass er sich vor Schreck nass gemacht hatte, nachdem der Schuss gefallen und der Opa von der Leiter gestürzt war. Aber warum hatte das Kind die Hose verkehrt herum angehabt?

Tante Erna weckte sie um halb acht und forderte rigoros ihre Gassirunde ein. Im ersten Moment wusste Ira nicht, wo sie war. Das schwere Federbett, ein Strohblumenstrauß an der Wand, gerahmte Zeichnungen vom Kaiser-Wilhelm-Denkmal und der Porta Westfalica – hier hatte jemand die Einrichtung wirklich auf Westfalenliebhaber abgestimmt.

In Elsas Badezimmer spritzte Ira sich kaltes Wasser ins

Gesicht, drückte dann einen Strang Zahnpasta auf den Zeigefinger und putzte sich so die Zähne. Als sie ihre Klamotten vom Vortag wieder angezogen hatte, klopfte sie auffordernd auf ihre Oberschenkel: »Komm, Tante Erna, wir gehen raus.« Der Pudel hüpfte gut gelaunt neben ihr her. Als sie an der Küche vorbeigingen, hörte Ira eine Männerstimme. Es war Markus.

Sie lauschte einen Moment, konnte aber nicht verstehen, was drinnen geredet wurde. Nur Elsa und Markus schienen in der Küche zu sein. Na, wenn das nicht endlich eine Gelegenheit war, um Markus in ein Gespräch zu verwickeln.

Ira ließ Tante Erna nur kurz auf der Wiese ihr Geschäft machen und ging dann schnell zurück zum Haus. Sie hatte Glück: Als sie an die Küchentür klopfte, saßen Markus und seine Mutter noch immer beim Frühstück.

»Moin, Ira, hast du in der Westfalica-Suite gut geschlafen?«

Wie freundlich dieser Mann trotz aller Zurückhaltung war, und wie gut er aussah. Anders als sonst war Markus an diesem Morgen unrasiert und trug einen Jogginganzug, aber selbst der stand ihm ausgezeichnet. Offenbar musste er heute nicht zur Arbeit.

Ira lächelte ihn an und beschloss, sofort aufs Ganze zu gehen: »Ja, danke, das habe ich. Auch wenn der Anlass meines Besuches nicht so schön war.« Sie blickte zu Elsa hinüber, die gerade in ein Butterbrot biss.

»Ja, ich weiß, Mutter hat mir von eurem Gespräch erzählt.«

»Hör mal, Markus, ich habe zwar nicht geduscht und konnte mich auch nicht umziehen, weil meine Übernachtung hier nicht geplant war, aber würdest du vielleicht trotzdem ein Stück mit mir spazieren gehen? Ich würde gerne mit dir reden.«

Er antwortete nicht, aber sein Blick wurde ernst, und er presste die Lippen aufeinander.

»Bitte.« Ira hörte selbst den flehenden Ton in ihrer Stimme. »Es gibt drei Tote, die wir beide kannten, und ich spüre, dass es da irgendeinen Zusammenhang geben muss.«

»Zusammenhang? Was denn für einen Zusammenhang?«

»Das weiß ich noch nicht, aber ich bin mir ganz sicher, dass es ihn gibt. Verena war meine Freundin, Richard war dein Freund, und Michel war dein Bruder. Bitte. Ich brauche wirklich Unterstützung.«

Irrte sie sich, oder war Markus bei dem Wort »Freund« ganz leicht zusammengezuckt?

Sie sah ihn prüfend an. Er wich ihrem Blick aus.

Ob Karl Weyer mit seinem Verdacht doch recht gehabt hatte? Und wenn ja, was bedeutete das dann für Richards Ehe? Hatte er Verena und sich selbst umgebracht, weil er ein Verhältnis mit Markus hatte? Aber warum sollte er? Das war doch in der heutigen Zeit kein Motiv mehr für den Tod von zwei Menschen! Und was hatte Michel mit alldem zu tun gehabt? Ira konnte die Gedankenflut in ihrem Kopf kaum noch ordnen.

Als Markus sagte: »Okay, gehen wir ein Stück«, sprang Ira so schnell auf, dass ihr Stuhl mit einem quietschenden Geräusch über den Fußboden schrappte.

Sie verließen Eskendor durch das große Tor und gingen über den alten Schulhof, am Dorfkrug vorbei und bogen neben der Kirche links ab in die Pfarrer-Seippel-Straße und stapften durch den matschigen Trampelpfad neben der grünen Lärmschutzwand der Autobahn. Hinter der Unterführung erreichten sie den Weg zur Weser.

»Wollen wir rechts runtergehen, am alten Kinderheim vorbei? Ich war neulich mit deinem Bruder drin.«

»Warum denn das? Was wolltet ihr da?«

»Andy hatte mir erzählt, dass er dabei war, als du Richard kennengelernt hast, und dass der damals im Wilhelmshof lebte.«

Markus nickte. Ira konnte seinen Blick nicht deuten.

»Weißt du etwas von der Geschichte mit deinem Vater?«

Er sah sie fragend an. »Meinem Vater?«

»Ja. Ich war gestern bei deinen Tanten in der Kate, und sie haben mir eine schreckliche Geschichte erzählt.«

Sie beobachtete Markus aufmerksam, als sie von der Flucht seines Vaters vor der Wehrmacht sprach, von seinem Versteck im Schuppen neben dem Kinderheim, von seiner Entdeckung und der Vergewaltigung, und sie konnte sehen, wie sich blankes Entsetzen in Markus' Gesicht spiegelte.

Inzwischen waren sie an dem verfallenden Gebäude angelangt. Markus blieb stehen und starrte auf die marode Front. Seine Stimme klang gepresst, als er fragte: »Sie haben meinen Vater da drinnen vergewaltigt? Wer hat das getan?«

»Das weiß ich nicht. Er hat nie Anzeige erstattet. Aber irgendwie ist er da wieder rausgekommen.«

»Weiß meine Mutter davon?«

»Ja, aber erst seit gestern. Sie hatte zwar immer den Verdacht, dass dein Vater irgendetwas Schreckliches erlebt haben könnte, aber sie traute sich nie, ihn zu fragen.«

Markus schüttelte den Kopf und murmelte dabei etwas

Unverständliches vor sich hin. Dann wandte er sich abrupt ab und ging weiter, Richtung Eisenbahnbrücke.

»Richard war mein Freund. Ich hatte sonst keine Freunde als Kind, ich hab mich da schwergetan.«

Ira schwieg und wartete ab, ob er noch mehr erzählen würde. Er ließ sich Zeit, ging langsam, mit großen, festen Schritten, den Blick auf den Boden gerichtet und die Arme vor dem Bauch verschränkt. Immer wieder schüttelte er den Kopf, als könne er seinen eigenen Gedanken nicht glauben.

»Als Richard adoptiert wurde, war ich wirklich froh, um seinetwillen, weil er eine Familie bekommen würde. Er hat oft geweint, wenn wir uns trafen. Das Heim war die Hölle für ihn.« Ira nickte stumm, und Markus fuhr fort: »Ich hab mich mit meinem Vater nie verstanden, er konnte mich nicht ausstehen, und das ist noch vorsichtig ausgedrückt. Er hat mich gehasst. Er war ein brutales Arschloch.«

Markus sprach diese Worte leise aus, dennoch entging Ira das Zittern in seiner Stimme nicht.

»Als Richard in die Stadt zog, meine Güte, wir waren ja noch Kinder, da bin ich ausgerissen und wollte ihm nachlaufen. Mein einziger Freund verließ mich, ich fühlte mich schrecklich einsam. Aber mein Vater hat mich abgefangen …«

»… und dich furchtbar verprügelt, ich weiß«, sagte Ira.

Markus lachte höhnisch auf. »Verprügelt, pah. Halb totgeschlagen hat er mich.«

Sein Gesicht war bleich, die Traurigkeit in seinen Augen berührte Ira. Dennoch fragte sie: »Du warst dabei, als dein Vater gestorben ist?« Er nickte.

Sie gingen weiter, den Weg an den Weserwiesen entlang, der bis nach Vlotho führte.

Nach einigen Minuten blieb Markus unvermittelt stehen. »Ja, ich war dabei. Und weißt du was? Ich war froh, als er tot war. Er hat meiner Mutter das Leben zur Hölle gemacht – und mir auch. Aber noch mit seinem Sterben hat er mich gequält, und er hat das Leben meines Sohnes zerstört. Und mir damit endgültig den Rest gegeben.«

»Das muss grauenhaft gewesen sein. Er ist Elsa vor die Füße gefallen, oder? Und Julian hat geschossen?«

»Ja, Julian hat geschossen. Es war ein furchtbares Unglück …«

An diesem Tag hatte Markus seinen Sohn auf dem Hof gesucht. Als er in der Scheune nachsah, hörte er den kleinen Julian oben rufen: »Hände hoch, oder ich schieße!«

»Ich dachte, mein Herz bleibt stehen. Ich wusste doch, dass mein Vater da oben ein paar seiner Jagdgewehre aufbewahrte.« Markus kletterte die Leiter hinauf – und blickte in die Mündung eines Gewehrs.

»Dann ging alles so schnell. Ich habe Julian das Gewehr aus der Hand geschlagen und an die Wand gestellt, und dann habe ich ihm eine gescheuert, vor Schreck, vor Panik, was weiß ich. Er war noch so klein. Und dann hat er sich vor Schreck in die Hose gemacht. Er tat das manchmal …«

Ira nickte. »Ich weiß, ja.« Sie griff nach Markus' Arm, aber er schob ihre Hand weg.

»Ach, Ira, gar nichts weißt du! Linda hat den Kleinen jedes Mal angeschrien, wenn er sich in die Hose gemacht hatte, er hatte eine Riesenangst vor seiner Mutter.« Markus schien diese Szenen noch einmal vor sich zu sehen, richtete den Blick starr auf den Weg, sah Ira nicht an, als er schließlich sagte: »Es war heiß, es war August, Mutters Geburtstag.

Julian weinte, weil ich ihn geschlagen hatte, zum ersten Mal in seinem Leben hatte ich ihn geschlagen. Das kannte er von mir nicht, sonst schlug ihn nur seine Mutter, wenn sie nervös war oder überarbeitet oder schlecht gelaunt. Ich hab ihm erklärt, dass ich so einen furchtbaren Schreck bekommen hatte, dass ein Gewehr einen Menschen töten kann und dass es kein Spielzeug ist. Aber auch, dass mir die Ohrfeige leidtat und dass ich das nie wieder tun würde. Ich habe ihn in den Arm genommen und versucht, ihn ein bisschen zu beruhigen.«

Markus wischte sich über die Augen. »Und dann weinte Julian, weil seine Hose nass war, und ich hab gesagt, komm, Sportsfreund, der Papa macht das schon, die Mama kriegt gar nicht mit, dass da ein Malheur passiert ist. Zieh einfach die Hose aus, wir machen die Dachluke auf und hängen sie in den Wind; dann ist sie ruckzuck trocken. Der Kleine hat sich die Hose und die Unterhose ausgezogen und wollte beide an den Griff vom Dachfenster hängen. Aber er war zu klein, er kam nicht dran. Ich hab die Sachen aufgehängt. Ich stand hinter ihm, hinter meinem kleinen Jungen, der keine Hosen mehr anhatte. Und dann tauchte plötzlich mein Vater in der Luke auf.«

Ira konnte das Adrenalin in ihrem Körper bis in die Haarspitzen spüren.

»Was zum Teufel geht hier vor?, schrie er, und wir zuckten zusammen, drehten uns beide abrupt um. Und dabei stolperte Julian …«

»Und fiel gegen das Gewehr?«

»Ja. Es war alles meine Schuld, ich hatte es nicht gesichert. Ein Schuss. Ohrenbetäubend. Mein Vater schrie, und

Julian schrie, und ich hab so was gerufen wie: Julian, was hast du getan? Und dann stürzte mein Vater von der Leiter.«

Ira ahnte, was Markus nun erzählen würde. Er hatte dem Kind die Hose wieder angezogen, falsch herum, in der Panik, und dann hatte seine Mutter unten neben dem sterbenden Karl gesessen und ihn ins Haus geschickt, um einen Krankenwagen zu rufen.

Was musste Elsa von Markus gedacht haben? Warum konnten sie in dieser verdammten Familie nicht miteinander reden?

Ira kommentierte Markus nicht, sie ließ ihm Zeit, seine eigenen Worte auszuhalten. Nach einer Weile sagte sie: »Ich weiß gar nicht, ob ich annähernd nachfühlen kann, was es für dich bedeutet, darüber zu reden. Danke für dein Vertrauen, Markus.« Er sah sie an, schüttelte den Kopf, runzelte die Stirn, als sei er selbst erstaunt, dass er ihr all diese pikanten Details anvertraut hatte. Ein befreundeter Psychologe hatte Ira einmal erklärt, dass viele Leute in Gegenwart vertrauter Menschen nicht über ihre Probleme reden möchten, weil sie befürchten, sich emotional auszuliefern. Bei Gesprächspartnern, die ihnen weniger nahe stehen, sei diese Angst nicht so ausgeprägt. In ihrem Job hatte Ira gelernt, genau zuzuhören und an den richtigen Stellen nachzufragen, und immer wieder machte sie die Erfahrung, dass andere Menschen ihr vertrauten und sich öffneten. Über Kummer und Sorgen zu reden, erleichterte die Seele – das wusste sie aus eigener Erfahrung.

11

In den nächsten Tagen hatte Ira viel zu tun, sie musste sich endlich wieder um ihren Job bei *Tag 7* kümmern. Schließlich verdiente sie damit ihr Geld. Also schrieb sie Berichte über lokale Bauvorhaben und führte dazu Interviews mit Politikern und Anwohnern, besuchte die Eröffnung einer Ausstellung im Herforder Museum »Marta«, ein Klavierkonzert in der Bielefelder Oetker-Halle, sie wurde zu einem Unfall mit einem Toten und zwei Schwerverletzten auf den Ostwestfalendamm beordert, saß auf einem der Presseplätze in einer Premierenvorstellung im Stadt-Theater – sie erlebte die ganze bunte lokale Bandbreite, die sie an ihrem Beruf so liebte. Die freien Stunden dazwischen genoss sie mit Tante Erna, joggte mit ihr durch die Bielefelder Parks und freute sich auf den nahenden Frühling.

Abends, bevor sie schlafen ging, öffnete sie regelmäßig die Datei, die sie unter dem Namen »Eskendor« abgespeichert hatte, und las ihre Notizen. Immer und immer wieder.

Erst zweieinhalb Wochen nach ihren Gesprächen mit den alten Tanten, Elsa und Markus verabredete sie sich wieder mit Andy.

Sie saßen am Sonntagnachmittag in seiner Wohnung, tranken Kaffee, redeten. Ira hatte ihm alles erzählt und schließlich, nachdem sie lange mit sich gerungen hatte, auch von dem Gespräch mit Markus berichtet.

Andy erinnerte sich genau an diesen denkwürdigen Tag: »Ich war Koch auf der Vistafjord, wir lagen vor Barcelona. Dann der Anruf: Du musst kommen, dein Vater ist tot.«

»Was für ein Schock! Wie bist du damit klargekommen? Er war ja ein schwieriger Typ, oder? Bisher hab ich immer wieder gehört, dass euer alter Herr gern trank und dann ziemlich ausrasten konnte. Hat er dich auch verprügelt?«

»Ich erinnere mich nicht, vielleicht habe ich da auch was verdrängt. Ja, er war ein lauter, cholerischer Mensch und hat gesoffen wie ein Loch. Wie er mit meiner Mutter umging, gefiel mir oft nicht. Aber ich hätte als Kind nie gewagt, mich gegen ihn zu stellen.«

»Und später? Ich meine, das hörte ja nicht auf mit seinen Schikanen und Brutalitäten, das haben doch auch deine Brüder zu spüren bekommen, nicht nur deine Mutter. Andy, du musst doch als Ältester irgendwann mal was dazu gesagt haben!«

»Vielleicht hab ich das. Ich kann mich wirklich nicht erinnern. Früher hat er mich oft auf dem Trecker mitgenommen, und manchmal durfte ich mit ihm auf den Hochsitz. Aber ich hab mich überhaupt nicht für den Hof interessiert, ich wollte raus aus Rehme, aus Ostwestfalen, aus Deutschland. Ich wollte die Welt sehen. Das verstand er einfach nicht. Und dass ich gern meiner Oma und später meiner Mutter in der Küche beim Kochen zuguckte, konnte er auch nicht begreifen. Für ihn war das alles Weiberkram. Aber er reagierte auf mich nicht so aggressiv wie später auf Markus, der ja auch keinen Draht zu ihm hatte. Den Markus, den hat er echt fertiggemacht.«

»Offensichtlich.« Ira holte tief Luft, zögerte einen kurzen Moment und fragte dann: »Andy, glaubst du, dein Bruder Markus ist schwul?«

Er reagierte überraschend gelassen. »Keine Ahnung. Ich hab das früher mal gedacht, als er beim Bund war. Ich kannte einen aus seiner Einheit, und der machte mal so eine Andeutung. Mich interessierte das aber eigentlich nicht. Damit meine ich nicht, dass Markus mich nicht interessierte, aber sein Liebesleben war mir einfach egal. Als Markus später wechselnde Freundinnen hatte und dann Linda geheiratet hat, hab ich, ehrlich gesagt, nicht mehr dran gedacht. Es ging mich doch überhaupt nichts an, mit wem er ins Bett ging. Außerdem bin ich früh zu Hause ausgezogen und hab hier vom Hof nicht mehr allzu viel mitgekriegt. Erst als mein Vater starb, bin ich zurückgekommen, und erst, nachdem Michel verschwunden war, hab ich mich entschlossen, ganz hierzubleiben, aber das weißt du ja alles längst.«

»Wer hat dich eigentlich in Barcelona angerufen und von Karls Tod berichtet?«

»Meine Mutter. Ich weiß noch, dass ich mich wunderte, weil sie so gefasst klang. Sie sprach mich mit ›Andreas‹ an, und das ist immer ein sicheres Zeichen, dass etwas Extremes folgt. ›Andreas, dein Vater ist tot, es hat ein Unglück gegeben mit seinem Gewehr.‹ Im selben Tonfall hätte sie sagen können, dass die Schweine eingeschläfert werden müssen.«

In Iras Kopf schwirrten noch so viele Fragen herum, sie

konnte jetzt einfach nicht aufhören. »Und was war eigentlich mit Michel? Hattest du ein gutes Verhältnis zu ihm? Ich meine, als er noch hier wohnte?«

»Nein. Als er geboren wurde, war ich schon in der Lehre, dann kam die Bundeswehr, und danach hab ich ein paar Jahre in der Küche der Herzklinik gearbeitet und hatte dort ein Personalzimmer. Ich war selten auf dem Hof. Michel war mein kleiner Bruder, ja, aber der Altersunterschied war einfach zu groß. Da entstand irgendwie keine richtige Verbindung zwischen uns. Schau mal, als er in die zweite Klasse ging, da habe ich Doro geheiratet, du kannst dir vorstellen, dass es da keine Basis gab.«

Michel sei von seiner Mutter total verhätschelt worden, erzählte Andy weiter, er habe nie seine Grenzen gekannt, und er habe viel vom Jähzorn seines Vaters geerbt.

Ira fragte nach Thomas, denn der kam in den Berichten der Tanten und bei Elsa, Markus und Andy kaum vor.

Andy stutzte einen Moment. »Thomas? Wir haben erst ein halbwegs normales Verhältnis, seitdem wir die Ökoschiene gemeinsam verfolgen. Thomas war immer Vaters absoluter Liebling. Landwirt durch und durch, das gefiel dem Alten natürlich. Er nahm ihn schon als Dreijährigen überall mit hin.«

Als Elsa nach dem Tod ihres Mannes beschloss, den Hof nicht länger als Haupterwerb zu betreiben und Land, Vieh und Maschinen zu verkaufen, sei Thomas fast Amok gelaufen, sagte Andy. »Deswegen ist er wohl auch dir gegenüber so feindselig: Eskendor bedeutet ihm einfach alles, der Hof ist sein Lebenswerk, und er fürchtet natürlich um dessen guten Ruf, wenn die alte Geschichte mit Vaters Tod aufgewärmt wird und das neue Drama um Michel sich rumspricht. Für Thomas gibt es nur Eskendor. Dann kommt lange nichts, dann kommen seine drei Kinder und dann irgendwann vielleicht Gundis.«

Ira sah Andy lange an. Der macht es sich verdammt einfach, dachte sie: Ich war nicht da, ich war schon erwachsen, ich hab nichts gemerkt, mir war es egal. Andy starrte auf einen Punkt im Universum, die Augen zu Schlitzen verengt, die Zähne fest aufeinandergebissen, sodass seine Kieferknochen scharf hervortraten. Seine angespannte Mimik strafte seine lapidar dahingesagten Worte Lügen. Ira seufzte. »Lass uns weitermachen, ich hab was vorbereitet.«

Ira hatte kleine Zettel beschrieben, die jetzt wie ein Puzzle vor ihnen auf dem Tisch lagen.

Verena – von Richard vergiftet, tot.

Richard – selber vergiftet, tot.

Michel – tot. Todesursache – unbekannt.

Michel – nach Karls Tod verschwunden.

Karl Weyer – tot, erschossen von Julian, im Beisein seines Vaters Markus.

Richard – Kindheit im Kinderheim Wilhelmshof.

Karl – als Jugendlicher im Wilhelmshof vergewaltigt.

Karl hasst Markus – weil?

Sie nahmen die Zettel in die Hand, schoben sie hin und her, versuchten, Zusammenhänge zu finden, konstruierten welche, stellten Vermutungen an, verwarfen sie wieder.

Ira raufte sich die Haare. »Über eure Familiengeschichte könnte man wirklich ein Buch schreiben.«

Andy grinste schief: »Das würde uns doch keiner glauben.«

»Wir sollten Tante Sophie und Tante Friedchen noch mal interviewen. Die sind viel fitter, als ich dachte, und sie haben für ihr Alter ein famoses Gedächtnis. Ohne sie wüssten wir zum Beispiel nichts über das Trauma deines Vaters.«

»Eigentlich ist mir heute eher nach Bordeaux als nach Brakenschnaps zumute, aber du hast wohl recht, gehen wir rüber.«

Obwohl die Wohnküche der Kate mit Möbeln, Geschirr, Töpfen, Pfannen, Tiegeln, Flaschen und Kräutersträußen überfüllt war und Ira eigentlich in solchen Räumen leicht Platzangst bekam, fühlte sie sich hier ausgesprochen wohl. Tante Friedchen hatte ihnen die Tür geöffnet, und der köstliche Geruch von Westfälischem Lappenpickert schlug ihnen entgegen.

»Pickert! Da kommen wir ja genau richtig!«, sagte Andy.

Friedchen tätschelte ihm die Wange: »Och, Junge, das kriegst du doch hier immer, wenn du willst! Das hattest du doch als lüttjen Bengel schon spitzgekriegt!«

Ira konnte sich kaum daran erinnern, wann sie zuletzt echten Pickert gegessen hatte, und ihr lief das Wasser im Mund zusammen. Tante Sophie, die mit einem kalten Zigarrenstumpen im Mund vor dem alten Herd stand, bereitete sie auf einer gusseisernen Pickertplatte zu. Aus dem Dutt in ihrem faltigen Nacken hatten sich ein paar feine Strähnen gelöst, und sie trug, wie immer, einen geblümten Kittel. Ira sah ihr zu, wie sie die Platte mit dünnen Speckscheiben belegte, den Teig aus geriebenen Kartoffeln mit einer Schöpfkelle aus Emaille darauf verteilte und ihn anschließend beidseitig bräunte.

Sie aßen alle mit gutem Appetit, nahmen sich mit Leberwurst bestrichene Graubrotscheiben von einem großen Teller und tranken dazu heißen Hagebuttentee.

Nachdem Andy das eine oder andere Stichwort gegeben hatte, erzählten die beiden alten Frauen bereitwillig, und Ira hörte fasziniert zu. Ab und zu musste sie über ostwestfälische Wörter und Redewendungen schmunzeln, die sie seit Jahrzehnten nicht mehr gehört hatte, der Dialekt hatte irgendwie etwas Tröstliches und nahm dem Inhalt der Erzählungen ein wenig von der Tragik.

Karl Weyer wurde Ende August 1995 auf dem Rehmer Friedhof bestattet. Auf dem Kirchplatz standen schon die ersten Buden der Schausteller, denn eine Woche später, am letzten Mittwoch und Donnerstag im August, war Rehmer Markt.

Mit wehmütigem Lächeln dachte Ira an diese Kirmes: Weihnachten, Geburtstag und Rehmer Markt waren die höchsten Feiertage ihrer Kindheit gewesen. Sie erinnerte sich an das bunte Treiben vor der alten Kirche, wie es in den Sechziger- und Siebzigerjahren gewesen war: die Ponys im Garten des Dorfkrugs, die Raupe vor der Mauer zu Bauer Hinke, das Kettenkarussell oder der Autoselbstfahrer gegenüber. Autoselbstfahrer – auch das Wort hatte sie vergessen, seit es Autoscooter hieß. Bratwurststand, Schießbude, der Wagen mit den Lebkuchenherzen und den Äpfeln mit rotem Zuckerguss, sie roch Zuckerwatte und gebrannte Mandeln und schmeckte die Süße von Apfelsinensprudel, Dunkelbier und Florida Boy. Der Marktplatz und die Kirchstraße waren eng zugestellt mit Karussells, Buden und Ständen, die Frauen vom Gartenbauverein verkauften Eingewecktes, es gab Blumenzwiebeln und Knöpfe, eingelegte Gurken und Schmalzbrote, Pils und Korn, Bratwurst und Pommes frites.

Ira seufzte leise bei all diesen Erinnerungen, dann richtete sie ihre Aufmerksamkeit wieder auf Andy und die Tanten. Sophie sagte gerade: »Unser Karl war noch nicht ganz unter der Erde, da ist der Michel ausgebüxt. Ach Jottchen, unsere Elsa konnte das alles gar nicht verknusen, obwohl sie wohl drei Kreuze gemacht hatte, als er tot war …« Friedchen nickte: »Ja, wenn der auf Schlür gewesen war und genug Schluck intus hatte, dann hat er die Stöcker rausgeholt, und deine Mutter …« Sie brach den Satz an dieser Stelle ab. Andy war sichtlich entsetzt.

Ira sah ihn erstaunt an. »Du hast das alles wirklich nicht gewusst? Du hast nicht gewusst, wie gewalttätig dein Vater war, wenn er was getrunken hatte?«

Sie zuckte zusammen, als Andy mit der Faust auf den Tisch schlug und rief: »Verdammt noch mal, ja! Vielleicht hab ich es geahnt, aber ich hab einfach nicht richtig hingeguckt.« Seine Stimme wurde leise. »Ich war zu sehr mit mir selbst beschäftigt.« Es klang schuldbewusst.

Sie hörten Tante Sophie und Tante Friedchen weiter zu, als diese sich laut erinnerten, wie Michel Weyer sich schon kurz nach der Beisetzung seines Vaters mit siebentausend Mark aus dem Staub gemacht hatte.

Davon hatte Elsa ihr ja schon erzählt. Sie war außer sich gewesen vor Sorge, rief in den Krankenhäusern der Umgebung an, rannte panisch durchs Dorf und fragte jeden nach ihrem Jungen. Niemand wusste etwas.

Nach ein paar Tagen gab sie eine Vermisstenanzeige auf. »Da kam aber nix, der Bengel war großjährig, und solange dem nix passiert war, konnte die Polizei nicht nach ihm suchen«, sagte Sophie. Der Polizist Günter Friese, Verenas Vater, hatte aber doch herausgefunden, dass Michel auf dem Rehmer Markt mit einem Mann am Kassenhäuschen der Raupe geredet hatte, und der erinnerte sich an das Schild: »Junger Mann zum Mitreisen gesucht!« Nun hatte Elsa eine Spur. Sie war sicher, dass Michel noch lebte, und sie glaubte fest daran, dass er sich irgendwann melden und wieder nach Hause kommen würde.

Ein knappes Jahr nach Karls Tod verkaufte sie alles: Kühe, Schafe, Schweine und das Weideland an der Weser. Außerdem kaufte die Stadt ihr ein riesiges Gelände ab, auf dem ein Golfplatz angelegt werden sollte. Auch der Maschinenpark, Mähdrescher, Pflüge, Eggen, Trecker und die Melkanlage wurden zu Geld gemacht. Da Karls Tod zweifelsfrei ein Unfall war, zahlte die Lebensversicherung eine sechsstellige Summe.

Tante Sophie nickte versonnen: »Jaja, unser Elsa ist ’ne reiche Witwe geworden.«

Es war schon nach Mitternacht, als Ira nach Hause fuhr. Im Radio lief der Achtzigerjahre-Song »Tainted Love« von Soft Cell mit voller Lautstärke. Ira schlug genervt auf das Lenkrad: Verdammt noch mal, es müsste doch möglich sein, diesen Schausteller ausfindig zu machen, für den Michel gearbeitet hatte.

Sie parkte das Auto in der Tiefgarage und ging mit Tante Erna noch einmal um den Block. Es war ein einsamer Spaziergang, um diese Zeit war am Bielefelder Johannisberg kein Mensch mehr unterwegs.

Um ein Uhr saß sie im Pyjama am Schreibtisch und fuhr ihren Computer hoch. Sie gab verschiedene Suchbegriffe ein: Schausteller Minden, Schausteller Ostwestfalen, Niederwittlers Raupenbahn.

Nach wenigen Klicks im Internet fand sie eine Homepage des Familienunternehmens. Ira notierte sich die Telefonnummer aus dem Impressum und legte den Zettel auf die Tastatur. Sie würde ihn gleich am Vormittag anrufen. Aber jetzt brauchte sie erst mal eine Mütze voll Schlaf. Dringend.

Nach einem ausgiebigen Frühstück mit mehreren Tassen Kaffee setzte Ira sich am nächsten Morgen wieder an ihren Schreibtisch und rief Heinz Niederwittler an. Sie erklärte ihm in wenigen Worten, worum es ging, und der Mann gab ihr freundlich und bereitwillig Auskunft. Als sie aufgelegt hatte, schüttelte sie den Kopf.

Es war so einfach gewesen. Warum war Andy nicht auf diese Idee gekommen? Meine Güte, diese Passivität und Ignoranz passten gar nicht zu ihm, er war doch sonst so ein souveräner Mann.

Sie wählte seine Nummer, er meldete sich sofort. »Ira, schön, dass du anrufst! Gibt's was Neues?«

»Ich habe gerade mit dem Schausteller gesprochen. Den hättest du allerdings auch selbst ausfindig machen können, dafür hättest du mich gar nicht gebraucht.« Stille am anderen Ende. »Also: Dein Bruder hat ein paar Jahre bei den

Schaustellern gearbeitet. Das war schon damals ein großes Unternehmen mit mehreren Fahrgeschäften. Irgendwann wurde er gefeuert.«

»Warum?«

»Mindener Messe auf Kanzlers Weide, diese große Kirmes an der Weser, die kennst du ja. Michel hat irgendeine wichtige Sicherung nicht montiert. Ich hab vergessen, wie sie heißt. Jedenfalls hat sich deswegen eine Gondel des Kettenkarussells gelöst – und zwar bei voller Fahrt.«

»Oh, mein Gott! Und weiter?«

Ira beruhigte ihn: »Es war zum Glück eine Probefahrt, bevor der Betrieb begann. Es saß also niemand im Karussell, und die Gondel hat auch niemanden erschlagen. Obwohl das schnell hätte passieren können: Sie ist nämlich genau zwischen zwei Wohnwagen geknallt. Du kannst dir denken, welches Tempo so ein Ding draufhat, wenn es fliegt. Schwein gehabt. Trotzdem war es für seinen Chef Grund genug, Michel fristlos zu kündigen, denn er war stockbesoffen, als das passierte.«

»Konnte der Mann dir sonst noch was von Michel erzählen?«

Ira blätterte in ihren Notizen. »Ja. Er soll nach Minden gezogen sein und als Helfer auf dem Bau gearbeitet haben, aber mehr wusste der alte Herr auch nicht. Erinnerst du dich daran, was mir dieser Ditze am Busbahnhof über Michel erzählt hat? Wie er seine Frau kennengelernt hatte?«

»Du meinst diese Sanne Sonntag?«

»Genau. Die beiden hatten sich geprügelt und sind mit abgeschlagenen Flaschen aufeinander losgegangen. Sie fiel ins Koma und ist am 1.6.2005 gestorben. Ditze erinnerte sich noch an das Datum, weil Michel es auf seine Jacke gemalt hatte. Wenn ich jetzt all die Informationen nehme, die wir inzwischen haben, ist Michel 1995 aus Rehme abgehauen und war dann ein paar Jahre bei den Schaustellern. Danach muss er mehrere Jahre auf dem Bau gewesen sein, hat in der Zeit geheiratet, warte mal, das war dann wohl 2004, ein Jahr später war diese Sanne tot. Danach ging es rapide bergab. Michel war lange Zeit obdachlos und ist getippelt. Den Rest wissen wir auch: Entzug in der Geschlossenen in Lübbecke, später dieser Job als Spüler in der Diskothek im Werrepark. Und dann, Andy, was war dann?«

»Was meinst du?«

»Das Nächste, was wir von deinem Bruder wissen, ist, dass er verwest in seiner Wohnung lag. Zuletzt war er auf Hartz IV, er hat also nicht mehr gearbeitet. Aber was war vorher? Was war, nachdem er aus der Geschlossenen kam und wieder nach Oeynhausen zog? Ich meine, wenn einer einen Entzug macht, dann ist er doch nicht automatisch geheilt. Findet so jemand alleine und ohne weitere Hilfe ins normale Leben zurück? Nein, das glaube ich nicht!«

»Aber Michel hatte doch noch nie ein normales Leben. Vielleicht war er ja in so einer Art Selbsthilfegruppe?«

»Das könnte es sein!«, rief Ira, und sie spürte, wie ihre Kopfhaut vor Aufregung zu kribbeln begann. »Du meinst die Anonymen Alkoholiker oder so was? Ja, Andy, das kann tatsächlich sein, vielleicht ist das eine Spur!«

»Eine Spur wohin?«

Ira atmete tief durch. »Pass auf: Amelie Schäfer hat mir erzählt, Verena habe versucht, mit dem Trinken aufzuhören. Sie sei in einer Selbsthilfegruppe gewesen. Vielleicht waren sie und Michel sogar in derselben Gruppe? Ich meine, Bad Oeynhausen ist eine kleine Stadt, und die Trinker, die sich Hilfe holen, kennen sich wahrscheinlich. Kann es sein, dass Michel und Verena sich daher kannten?«

»Das kann man sicher rausfinden. Aber dann weiß man immer noch nicht, warum Richard meinem Bruder ein Handy gekauft hat und warum der Zettel mit der Nummer in Verenas Tasche war.«

»Andy Weyer, falls du mit ›man‹ mich meinst, dann ist die Antwort: Das finde ich auch noch raus. Verlass dich drauf!«

12

Als Ira in die Siedlung kam, fühlte sie sich für einen Moment wieder wie das kleine Mädchen, das in den Sechzigerjahren hier fast täglich zu Besuch gewesen war. Das verklinkerte Haus hatte inzwischen neue Fenster, und der alte Maschendrahtzaun war einer niedrigen Hecke gewichen. Die Rabatten im Vorgarten schienen mit Maßband und Zirkel angelegt zu sein, der Fliederbusch in der Mitte des Hauses war ordentlich zurückgeschnitten. Kein Grashalm wagte es, zwischen den Waschbetonplatten auf dem Weg zur Haustür zu wachsen.

Wie viele Jahre lag es zurück, dass sie zum ersten Mal diese drei Stufen hinaufgegangen war? Das musste 1966 gewesen sein. Damals musste sie sich auf die Zehenspitzen stellen, um die Klingel zu erreichen.

Jetzt zögerte Ira, auf den Knopf zu drücken.

Ira und Verena trafen sich jeden Morgen am Kriegerdenkmal und betraten gemeinsam den Schulhof, Arm in Arm.

Verena wurde ihr zweites Ich, ihr Zwilling, auch wenn sie äußerlich unterschiedlicher kaum sein konnten. Sie waren zwar etwa gleich groß und hatten die gleiche Frisur mit akkurat seitlich gescheitelten und mit einer Klemme aus der Stirn gebannten Haaren, aber Verenas Haare waren glatt, glänzend und goldblond, und sie hatte diese graublauen

Sternchenaugen, während Iras Augen dunkelgrün mit gelben Stippen waren und die strohigen Locken von einem fahlen Aschblond.

»Grüne Augen, Froschnatur, von der Liebe keine Spur. Blaue Augen, Himmelsstern, küssen und poussieren gern«, sangen die großen Mädchen manchmal. Na und, dann hatte Ira eben Froschaugen. Sie hatte aber auch eine Freundin, der das total egal war.

Ira seufzte. Das war alles so unglaublich lange her. Dennoch konnte sie sich genau an den Tag erinnern, an dem ihre Freundschaft begann:

In der Schule kam Ira gut voran, sie brauchte sich nicht besonders anzustrengen. Nach kurzer Zeit hatten sie das ABC gelernt, und Ira konnte schon bald lesen. Nach den Weihnachtsferien würde sie in die zweite Klasse kommen: Es gab zwei Kurzschuljahre, weil künftig das neue Schuljahr einheitlich überall nach den großen Ferien und nicht mehr nach Ostern beginnen sollte.

Auf Hausaufgaben hatte sie meistens keine Lust – dann machte sie eben keine. Ihre Mutter fragte jeden Mittag nach dem Essen: »Was habt ihr heute auf?«

Ira erfand irgendetwas oder behauptete einfach, sie hätten nichts auf. Ihre Mutter guckte es sowieso nicht nach.

Im Unterricht wartete sie gelassen ab, ob Frau Detering sie drannahm oder nicht. Wenn ja, erfand sie einen Vorwand, der begründete, warum sie keine Hausaufgaben hatte machen können. Dass Frau Detering der Mutter einen Brief schreiben und sie zu sich in die Schule bestellen würde, konnte sie natürlich nicht ahnen.

Eines Abends kam ihre Mutter ins Kinderzimmer gestürmt, riss ihr das Buch aus der Hand und verpasste ihr dann eine schallende Ohrfeige.

»Was ist eigentlich in dich gefahren, Frollein? Wie kannst du uns das antun und solche Lügengeschichten erzählen? Aber das eine sage ich dir, deine Lehrerin weiß jetzt Bescheid, der machst du nichts mehr vor!«

Ira duckte sich unter ihren Schlägen.

»Wie kannst du uns nur so blamieren? Was soll Frau Detering denn jetzt von uns denken?«

Ira antwortete nicht und stellte ihre Augen unscharf, sodass sie durch die Tränen nur noch verschwommen sah.

»Hausarrest! Zwei Wochen! Na warte, wenn Vater das erfährt. Dann kannst du was erleben …«, hörte Ira sie im Rausgehen sagen. Hausarrest war die schlimmste Strafe von allen. Ihre Mutter ließ sie dann nicht aus dem Kinderzimmer. Das war wirklich nicht auszuhalten.

Am nächsten Morgen sah Ira noch immer so verheult aus, dass ihre Sitznachbarin Verena sich besorgt erkundigte, was denn los sei. Aber sie konnte nicht antworten, weil sie sofort wieder anfing zu weinen.

Ira hatte Angst vor Frau Detering, und sie schämte sich, weil sie den Eltern eine solche Blamage bereitet hatte. Sie hasste den Hausarrest, der vor ihr lag, und überhaupt war sie todunglücklich.

Frau Detering forderte die Kinder auf, die Fibeln rauszuholen. Als Ira mit Vorlesen dran war, bekam sie einen heißen Kopf und brachte keinen Ton heraus. Die Lehrerin sah sie mit forschendem Blick an.

»Ira, du kommst nach der großen Pause mal zu mir ins

Lehrerzimmer«, sagte sie und klang dabei eigentlich ganz nett. Iras Herz schlug wild, und ihre Augen wanderten hektisch von einem Mitschüler zum anderen. Ja, sie glotzten und gafften und waren gierig auf eine kleine Sensation. Ira sah es an ihren Gesichtern.

In der Pause hakte Verena sie plötzlich unter und zog sie auf dem Schulhof unter die Linde am kleinen Tor, gegenüber der Einfahrt zum Hof Eskendor. Sie setzten sich auf die Holzbank, die um den dicken Stamm gebaut war.

»Sag schon, was los ist«, forderte Verena sie auf, und Ira erzählte ihr alles. Verena hörte aufmerksam zu. Als Ira fertig war, nahm Verena sie fest in den Arm und sagte: »Sei froh, dass du 'ne Mama hast. Meine ist tot.«

Ira stockte der Atem. Das hatte sie nicht gewusst.

Bilder rasten durch ihren Kopf: Keine Mutter, wenn sie nach Hause kam, niemand, der morgens die Kinderzimmertür aufriss und rief: »Sieben Uhr, raus den Federn!«, eine leere Küche, in der niemand mit Geschirr klapperte, keine kühle Hand, die ihr ein Fieberthermometer gab, keine Ohrfeigen. Und kein Hausarrest.

Wohin kamen Kinder, wenn sie keine Mutter mehr hatten? Ins Kinderheim Wilhelmshof? Wohin kamen überhaupt tote Mütter? In den Himmel? Und wer kochte den Vätern das Essen, wenn keine Mutter mehr da war?

Verena klemmte sich die langen blonden Haare hinter die Ohren und sah Ira mit graublauem Blick fest an. »Sie konnte zum Schluss nur noch in einem Autoreifen sitzen. Sie hatte Krebs in ihrem Unterleib. Es hat ihr alles wehgetan.«

Ira schluckte.

»Ist sie schon lange …«, sie zögerte, das Wort auszusprechen, tat es dann aber doch, »tot?«

Verena schüttelte den Kopf.

»Seit Winter. An meinem Geburtstag war sie noch da. Aber Weihnachten nicht mehr.« Ira nahm sie fest in den Arm.

Von diesem Moment an waren Ira und Verena unzertrennlich.

Sie gingen nach der Pause zusammen zum Lehrerzimmer. Verena drückte Iras feuchte Hand, als Frau Detering um die Ecke kam und Ira mit gesenktem Kopf auf sie zuging. Die Lehrerin fasste ihr mit dem Zeigefinger unters Kinn und hob ihren Kopf. »Lügen haben kurze Beine. Du bist ein starkes Mädchen, Ira, du musst nicht lügen.«

Ira spürte heiße Tränen die Wangen herunterlaufen. Aus dem Augenwinkel sah sie Verena an der Ecke stehen. Sie war nicht allein.

»Nicht weinen, Kind. Es wird alles gut«, sagte Frau Detering und fuhr ihr mit der Hand über den Kopf. In diesem Moment liebte Ira sie heiß und innig. Sie schwor, ihre Lehrerin nie wieder anzulügen – und überhaupt nie wieder zu lügen.

Bei Verena zu Hause war alles anders, nicht nur, weil sie keine Mutter mehr hatte. Als Ira zum ersten Mal gemeinsam mit ihrer neuen Freundin vor dem Haus in der Siedlung stand, machte es auf sie einen ganz normalen Eindruck. Auf der überdachten Veranda vor der Haustür stand eine Bank, deren Farbe abblätterte, darunter lag ein schlapper Ball.

Verena zupfte sie am Ärmel und sagte: »Komm hier lang, wir müssen hinten rum.«

»Wie bei uns, ich darf auch nicht klingeln.«

Sie gingen an verwilderten Beeten vorbei hinters Haus. Braune Stängel mit verdorrten Blättern reihten sich an einem rostigen Maschendrahtzaun entlang und waren wie bizarre Blumen unter dem Frost erstarrt.

Hinter dem Haus lag eine Wiese und ein kleiner Acker, aber anders als im Garten von Iras Eltern wuchs dort nichts. Auch jetzt im November war ihre Mutter oft draußen und erntete an trockenen Tagen Wirsing und Rosenkohl, Grünkohl, Porree und Winterzwiebeln. Die Reihen zwischen den Beeten waren säuberlich geharkt, und das Laub von den Bäumen lagerte ordnungsgemäß auf dem Komposthaufen.

Hier klebten zähe schwarzbraune Eichenblätter auf zerrupftem Rasen, das verrostete Untergestell eines alten Kinderwagens lag in einer Ecke, in den Speichen der himmelwärts zeigenden Räder hatte sich ein Stück Papier verfangen. Sie gingen daran vorbei. Automatisch zog Ira vor der Tür die Schuhe aus, stellte sie ordentlich auf die Fußmatte und war erstaunt, als Verena es nicht ebenfalls so machte.

Die Hintertür führte in einen Anbau, der offensichtlich einmal ein Stall gewesen war. Überall lagen Kartons und Zeitungen herum; eine Holztür, die man nur mit einem Metallhaken schließen konnte, stand offen und gab den Blick auf ein Plumpsklo frei. Es stank fürchterlich, und Ira atmete automatisch durch den Mund. Sie gingen ein paar Stufen hinauf und kamen in einen engen Flur. Kein Bild, kein Teppich, keine Garderobe mit Kleiderbügeln mit rotem Kunstlederüberzug wie bei Ira zu Hause, kein Schirmständer, kein

Spiegel. Nur vergilbte Tapeten und dunkelbraune Türen. Der Fußboden war aus dunkel gemustertem Kunststoff.

»Ommi Lene? Ich hab meine Freundin Ira aus der Eschentorstraße mitgebracht.«

Eine Tür flog auf, und eine große Frau mit strengen schwarzen Augen und einem beeindruckenden Kinn stand vor ihnen. Sie musterte Ira mit schief gelegtem Kopf von oben bis unten. Ira hatte Angst vor dieser Frau, streckte ihr aber artig die Hand entgegen.

»Soso, Ira.« Sie machte eine Pause, die Ira endlos vorkam. »Was wollt ihr im Haus?«, fragte sie, an Verena gewandt.

»Dürfen wir oben mit der Puppe spielen?«

Ommi Lene nickte, drehte sich wortlos um und schlug die Tür wieder hinter sich zu.

Sie stiegen eine knarrende Treppe hinauf und gingen oben in ein kaltes Zimmer mit schrägen Wänden. Ein Doppelbett gab es darin, eine Frisierkommode und zwei Nachttischchen. Darauf standen kleine grüne Lampen mit Schirmen wie Faltenröckchen. Die Vorhänge waren senfgelb, die Bettvorleger abgewetzt und hässlich.

Verena zog einen Karton unter dem Bett hervor und zeigte Ira ihre Puppe.

»Gehen wir damit jetzt ins Kinderzimmer?«, fragte Ira.

Verena lachte auf. »Ich habe kein Kinderzimmer, ich schlafe hier mit Ommi Lene.« Verena lächelte weich. »Sie ist Mamas Mutter. Sie ist bei uns, seit Mama … weg ist.«

Sie saßen lange in dem hässlichen, kalten Schlafzimmer, das nach alten Kleidern roch; so lange, bis es draußen dunkel wurde und die Laternen angingen. Das war für Ira das Zeichen, sich sofort auf den Heimweg zu machen.

Verena und Ira gluckten täglich zusammen, machten ihre Hausaufgaben gemeinsam, spielten mit Puppen, verkleideten sich mit alten Kleidern als feine Damen und stöckelten in viel zu großen Schuhen durch das kalte Haus. Ommi Lene beachtete sie meist gar nicht, sie werkelte in der Küche herum oder war oben in dem muffigen Schlafzimmer mit den senffarbenen Wänden beschäftigt.

Ira schrak zusammen, als die Haustür aufging und Günter Friese plötzlich vor ihr stand.

»Sag mal, Ira! Warum klingelst du denn nicht?«

»Entschuldigung. Ich war grad ganz in Gedanken …«

Sie trat ein. Nichts erinnerte mehr an das Haus von 1966. Raufasertapeten, gestickte Bilder in rustikalen Rahmen, Zinnteller an den Wänden, Eichenmöbel, Zimmerpflanzen in Messingtöpfen, Perserteppiche auf Auslegware, überheizte Räume. Günter Friese hatte wieder geheiratet, als Verena ungefähr zwölf war. Die neue Frau hatte das kleine Haus auf Vordermann gebracht und versucht, sich um Verena zu kümmern. Verena mochte sie nicht, sagte immer, sie habe ihr den Vater weggenommen. Die Stiefmutter war inzwischen auch längst gestorben, Günter Friese hatte es wirklich nicht leicht gehabt. Ach, Verena, dachte Ira, heute ist mir klar, warum du mir später jeden Jungen ausspannen musstest, so weit reicht meine Küchenpsychologie allemal. Du wolltest von allen geliebt werden, du hattest Panik davor, wieder einmal verlassen zu werden. Damals hab ich dich dafür gehasst. Und nun bist du tot.

13

An der Tülle der Kaffeekanne hing ein Tropfenfänger aus Schaumgummi, er wurde am Deckel der Kanne eingehakt, und vorn klemmte ein Plastikschmetterling. Friese hatte den Kaffee in der Kanne aufgebrüht, jetzt legte er ein kleines Sieb auf einen Teller. Ira lächelte. »Pröttkaffee, der beste Kaffee der Welt. Darf ich?«

Er nickte, und Ira goss den dampfenden Kaffee durch das Sieb in Tassen mit Indisch-Blau-Dekor, den Prött, den Kaffeesatz, leerte sie auf den Teller.

Seit Verena ausgezogen und seine zweite Frau gestorben war, lebte Günter Friese allein in dem alten Haus. Er hatte sich nach seiner Pensionierung ein Hobby zugelegt: das Internet. Zwei große Computer standen unter dem überdimensionalen Schreibtisch vor dem Fenster, drei Bildschirme, ein Laptop, Lautsprecher und zwei Tastaturen waren akkurat angeordnet und liefen im Ruhemodus. Auf einem Bildschirm sah Ira Raubvögel, auf dem zweiten Raubkatzen und auf dem dritten Schlangen.

Ein gellender Pfiff und das fast zeitgleiche Bellen von Tante Erna ließen Ira heftig zusammenfahren. Die Pudeldame war aufgesprungen und nahm Habachtstellung ein.

»Du Spaßvogel, du!«, rief jemand mit schriller Stimme. Ira sah sich erschreckt um. Es war niemand im Raum.

»Gleich is' hier aber zappenduster!«, rief die Stimme. Friese lächelte.

»Das sind Dolly und Hubert, meine Graupapageien.«

Ira stand auf und ging in den hinteren Teil des Wohnzimmers, der als Essbereich möbliert war. Tante Erna folgte ihr nervös trippelnd. In einer zimmerhohen Voliere saßen zwei große Vögel. Der eine legte den Kopf schief, sah Ira direkt ins Gesicht und sagte: »Friiiiese, wer spricht?« Ira musste lachen. »Mach kein Theater«, sagte der Vogel, und der andere mischte sich ein: »Ist nur der Briefträger!«

Friese sagte: »Die beiden habe ich seit zwei Jahren. Handaufzucht, kluge Tiere. Ich fühle mich nicht so allein, wenn jemand hier ist, der mit mir spricht. Auch wenn es nur Vögel sind.«

Als sei es ein Stichwort gewesen, krächzte der Papagei mit Namen Hubert: »Sie kommt nicht mehr. Sie kommt nicht mehr.« Und Dolly antwortete prompt: »Verenakind. Verenakind.«

Friese und Ira sahen sich an. Sein Grinsen wirkte hilflos.

»Sie war ein fleißiges Mädchen, Ira, du weißt, dass sie ein fleißiges Mädchen war!«

Er hatte recht, man konnte Verena vieles nachsagen, aber faul war sie nicht gewesen. Jedenfalls nach der Lehre nicht. Sie hatte die Hauptschule besucht, während Ira aufs Gymnasium gegangen war. Damals sahen sie sich schon seltener, es waren andere Themen, andere Umstände, andere Hobbys, die die Mädchen beschäftigt hatten. Verena hatte sich während der Pubertät total treiben lassen. Jungs, Schminke und Klamotten interessierten sie mehr als Bücher, Emanzipation und Karriere. Ihre Zukunftspläne waren vage, sie hatten immer mit Mann, Hochzeit und Kinderkriegen zu tun.

Iras Wechsel aufs Gymnasium konnte Verena nicht nachvollziehen. Wozu noch ein paar Jahre länger zur Schule gehen, wenn man damit auch nach kürzerer Zeit fertig sein konnte. Sie entschied sich für eine Lehre als Friseuse. Ira schmunzelte, als sie mit Friese jetzt darüber sprach: »Damals sagte man noch nicht Friseurin, aber da hieß Twix auch noch Raider, und Telefone hatten Wählscheiben.«

Während Verena alles über Dauerwellen, Wasserwellen und den Fassonschnitt lernte und mit Lehrlingslohn und Trinkgeld immerhin knapp hundert Mark im Monat verdiente, drückte Ira noch die Schulbank und verdiente sich in der Oberstufe ein paar Mark als freie Mitarbeiterin der Tageszeitung dazu. Und als Verena ausgelernt hatte, paukte Ira noch immer Deutsch, Mathe und Englisch, sogar mit einer Ehrenrunde, wie sie ihr Sitzenbleiben nannte. Ira bestand das Abitur, als Verena im zweiten Gesellenjahr war, ein eigenes Appartement und den Führerschein hatte und mit einem nagelneuen Renault R4 durch den Ort flitzte. Sie sahen sich jetzt nur noch selten, aber jedes Mal, wenn sie sich begegneten, war Verena gerade frisch verliebt oder verlobt.

Aber dann »kriegte Verena doch noch die Kurve«, wie ihr Vater es ausdrückte: Von seinen Ersparnissen finanzierte er ihr die Meisterschule und bereute diese Investition nie. Verena machte sich Ende der Achtzigerjahre mit einem eleganten Salon am Kurpark selbstständig, nur wenige Schritte vom vornehmen Hotel Schäfer entfernt. Sie mietete zusätzlich Räume im Nebenhaus an und eröffnete dort das erste Solarium der Stadt. Später erweiterte sie ihr Angebot um Bademoden, Maniküre und Pediküre und beschäftigte bald sechzehn Angestellte.

»Der Salon lief richtig gut«, sagte Friese. Und in diesem Salon begegnete Verena eines Tages Richard Schäfer, dem eleganten, gut aussehenden Hotelierssohn.

Ira trank einen Schluck Kaffee und starrte in die Tasse, als könne sie darin die Vergangenheit lesen. »Ich weiß noch, wie sie mir am Telefon erzählte, dass sie dem Mann ihres Lebens die Haare geschnitten hatte. Sie sagte: Jetzt bin ich fast dreißig, und ich bin mit Männern so oft auf die Schnauze gefallen! Dabei wohnt der Mann, auf den ich mein Leben lang gewartet habe, nur ein paar Häuser weiter.«

Im Gegensatz zu Verena war es bei Richard keine Liebe auf den ersten Blick, aber sie bekam ihn, so wie sie alle Männer bekommen hatte, wenn sie es darauf anlegte. Sie hatten ab und zu Sex. »Nichts Wildes, und es ist auch nichts Festes«, berichtete Verena ihrer Freundin damals. Sie war dennoch glücklich. »Ich weiß, dass wir füreinander bestimmt sind, ich liebe ihn, und ich werde ihn bekommen, das weiß ich genau.«

Zuerst bekam sie jedoch einen Sohn von Richard: Patrick. Das Kind änderte nichts an ihrer eher distanzierten Beziehung, abgesehen davon, dass Richard freiwillig mehr Unterhalt zahlte, als er musste, und dass er den Kleinen so oft wie möglich sehen wollte.

Friese sagte: »Meine Tochter hat es schwer gehabt. Sie hat das Kind allein erzogen und den großen Salon geführt, und sie hat gut verdient.«

Ira schmunzelte. Sie hatte Verena mal während eines Besuches in Bad Oeynhausen abends nach Feierabend im Salon abgeholt; ach Gott, wie lange war das her? Verena hatte die Kasse gezählt und sich drei Hunderter in die Handtasche gesteckt. Als sie Iras Blick sah, sagte sie lachend: »Cash in de Täsch, Schatzi, jeden Tag drei Kundinnen schwarz, das ist eine gesunde Kalkulation!«

Ira überlegte laut: »Was passiert jetzt eigentlich mit dem Salon?«

»Das muss Patrick entscheiden, er hat alles geerbt, auch das Geschäft seiner Mutter.«

Patrick war neun Jahre alt, als Verena und Richard heirateten: Am 9.9.99 hatte sie es endlich geschafft, und sie gaben sich in der Auferstehungskirche das Ja-Wort. Amelie und Alois Schäfer hatten geholfen, Verenas Traum wahr werden zu lassen. Sie wollten die Erbfolge für das Hotel sichern und bestanden auf ordentliche Verhältnisse. Richard fügte sich dem Wunsch seiner Eltern, und Verena war selig.

»Sie waren wirklich ein schönes Paar«, sagte Ira. Friese stand auf, ging zur Schrankwand, nahm ein gerahmtes Foto heraus und reichte es Ira. Wie hübsch Verena damals war.

Es war ein richtiger Schock gewesen, als sie sich vor ein paar Jahren in Köln wiedersahen: Verenas Gesicht war aufgedunsen, ihre »Sternchenaugen« waren nur noch zwei gerötete Schlitze unter Schlupflidern, und statt eines ihrer eleganten Etuikleider trug sie einen Kaftan, der wie ein Zelt aussah und sie noch unförmiger wirken ließ. Ira schüttelte den Kopf. Damals hätte sie merken müssen, dass Verena nicht einfach nur etwas zu viel trank, sondern ein massives Alkoholproblem hatte. Sie hatte nicht richtig hingesehen, war genervt gewesen von Verenas Jammerei: »Ich bin zu dick. Ich bin zu hässlich. Richard kümmert sich überhaupt nicht um mich …«

Ira ließ das Foto langsam sinken.

»Was ist los?«

»Mir fällt grad siedend heiß etwas ein. Silvester 2000 haben wir telefoniert, Verena und ich, wir haben uns kurz nach Mitternacht ein frohes neues Jahr gewünscht. Ich erinnere mich, weil es die Jahrtausendwende war. Damals lebte ich noch in Köln mit meinem Freund Alex zusammen. Wir standen mit einer Clique auf der Domplatte, zwischen ein paar Tausend anderen Feiernden, und dann rief Verena mich auf dem Handy an. Ich konnte sie kaum verstehen, es war ja ein wahnsinniges Feuerwerk mit Böllern und Knallerei, und die Menschen johlten und sangen und kreischten. Und dann hat Verena was gesagt … Mensch, Günter, das hatte ich total vergessen, oder ich hab es vielleicht auch verdrängt, was weiß ich.«

»Wovon redest du?«

Ira überlegte einen Moment, ob sie es ihm sagen sollte. Dann sah sie Günter Friese in die Augen: »Sie hatte auf Richards Laptop Pornos gefunden. Da spielten nur Männer mit. Sie ist total ausgerastet, hatte ihn an diesem Silvesterabend zur Rede gestellt, ihn angeschrien, dass sie nur ein Alibi für ihn sei.«

Friese wandte den Blick nicht ab. Er biss die Zähne zusammen, fest, Ira sah es an seinen Wangenknochen. Und wie in einem schlechten Film krakeelte der Papagei nebenan: »Verenakind. Kommt nicht mehr.«

Friese stand auf, abrupt, mit knackenden Gelenken. Er nahm das Foto und stellte es zurück an seinen Platz. Dann setzte er sich wieder in den Sessel.

»Ich wusste von ihrem Verdacht. Sie hat ihn mir gegenüber auch ein paarmal geäußert. Sie glaubte, dass Richard was mit seinem Jugendfreund Markus hatte. Das war natürlich völlig absurd, Markus Weyer ist ein seriöser Geschäftsmann und hat Frau und Kind. So einer ist doch nicht … Aber Verena verrannte sich da in etwas. Sie hat Richard abgöttisch geliebt. Viel zu sehr, wenn du mich fragst. Und sie wollte um ihn kämpfen.« Er schlug plötzlich die Hände vors Gesicht. »Das hat sie nicht geschafft. Sie hat den Kampf verloren. Immer mehr hat sie getrunken. Er hat sie umgebracht. Mein Verenakind. Umgebracht!«

Als Friese zu schluchzen begann, setzte Ira sich auf die Lehne seines Sessels, legte die Hand auf seine Schulter und ließ ihn weinen.

Es dauerte lange, bis er sich wieder etwas beruhigt hatte. Stockend erzählte er, Verena habe immer wieder Therapien gemacht, um von der Sauferei loszukommen. Sie hatte gewusst, dass es so nicht weitergehen konnte, wusste auch, dass sie mit ihrem Trinken alles aufs Spiel setzte. Als Friese sagte, dass sie im letzten Jahr zu den Treffen der Anonymen Alkoholiker gegangen war, schlug Ira sich auf den Schenkel. »Also doch!«

Friese schaute sie verwundert an. »Spielt das denn noch eine Rolle?«

Ira nickte. »Günter, ich hab da eine Vermutung, aber ich erzähle es dir erst, wenn ich mir ganz sicher bin, dass ich recht habe.«

Sie verabschiedete sich eilig und entschuldigte sich im Hinausgehen für ihren überstürzten Aufbruch. »Ich melde mich, schon bald, versprochen!«

Der alte Mann sah ihr verdutzt hinterher.

Auf dem Weg zum Auto rief Ira Andy an: »Hast du heute Abend Zeit? Es geht voran! Ich treffe mich gleich mit Patrick, und dann komme ich zu dir.«

»Patrick?«

»Mensch Andy, Patrick Schäfer, Verenas und Richards Sohn! Ich habe eben im Hotel angerufen, ich muss ihn sprechen.«

14

Ira parkte direkt vor Andys Haustür und sprang aus dem Auto. Tante Erna folgte ihr, lief zur Rasenfläche und pinkelte. Gegenüber im Hofladen riss Thomas die Tür auf und brüllte: »Bist du verrückt geworden, hier so auf den Hof zu brettern! Hier wohnen Kinder! Und sich zu, dass deine Töle hier nicht überall hinpisst!« Gundis tauchte hinter seinem breiten Rücken auf, warf ihren geflochtenen Zopf mit einer fast aggressiven Geste nach hinten, stemmte die Hände in die Hüften und nickte eifrig.

»'tschuldigung!«, rief Ira und winkte hinüber. Sie klopfte an Andys Haustür, öffnete sie, hielt sie für den Hund auf und trat ein.

»Ich bin hier!«, rief Andy, und Ira folgte der Stimme in die Küche.

»Hm, das riecht aber lecker, was machst du da?«

Andy wischte sich die Hände an dem Handtuch ab, das er sich in den Gürtel der Jeans gesteckt hatte.

»Eintopfbüfett für die Jahreshauptversammlung des Rehmer Heimatvereins!« Er ließ Ira in die Töpfe gucken: Linsen mit Rauchenden, Erbsensuppe mit Speck und Graupeneintopf mit Rindfleisch. Ohne sie zu fragen, füllte er eine Tasse mit Graupensuppe und stellte sie ihr hin. »Und für Tante Erna gibt es Markknochen, die sind schon abgekühlt.« Die

Pudeldame nahm den hingehaltenen Knochen begeistert aus Andys Hand und machte es sich damit vor dem Kamin gemütlich.

Ira löffelte die Suppe. »Köstlich! Also kochen kannst du eins a, Andy Weyer!«

Er grinste. »Och du, ich kann auch noch ganz andere Sachen!«

Ira schaute ihn kurz irritiert an, sah den Schalk in seinem Blick und lächelte. »Das glaube ich dir sogar. Und wenn du so charmant guckst, dann …« Sie wurde sofort wieder ernst: »Aber jetzt hör mir mal zu: Wir waren nämlich auf der richtigen Spur! Amelie Schäfer hatte ja schon eine Selbsthilfegruppe erwähnt, und Günter Friese hat jetzt bestätigt, dass Verena zu den Anonymen Alkoholikern gegangen ist. Ich hatte dann so eine Eingebung, bin zum Hotel Schäfer gefahren und habe Patrick gefragt, ob er etwas davon weiß.«

Sie löffelte ihre Graupensuppe und konnte sich ein triumphierendes Lächeln nicht verkneifen.

»Du machst es spannend, nun erzähl schon!« Andy klang ungeduldig.

Ira legte den Löffel beiseite, schob die Suppentasse weg und tupfte sich mit der Serviette den Mund ab.

»Die Geschichte ist eigentlich eher tragisch als spannend. Patrick sagte, dass die Ehe seiner Eltern eine Katastrophe gewesen sei. Verena habe Richard ständig nachspioniert, ihm aufgelauert, ihm peinliche Szenen gemacht. Wenn sie getrunken hatte, was häufig der Fall war, war sie besonders penetrant. Das kann ich bestätigen, ich muss nur an das Telefongespräch am Silvesterabend denken.«

Andy schaute sie fragend an. »Sorry, ich dachte, das hätte ich dir erzählt.«

Andys Augen weiteten sich, als Ira berichtete, dass Verena ihren Mann zur Jahrtausendwende wegen der Pornos auf seinem Laptop zur Rede gestellt hatte.

»Verena muss auch ihrem Sohn Patrick von dem Verdacht erzählt haben, dass sein Vater schwul war. Patrick machte so eine Andeutung, dass Verena nicht ganz unrecht gehabt haben könnte, aber er wollte nicht weiter darüber reden.«

Andy nickte. »Verstehen kann ich das. Wie geht ein junger Mann damit um, wenn seine Mutter behauptet, der Papa sei wahrscheinlich schwul?«

»Das weiß ich nicht. Ich stelle es mir schockierend vor. Aber darum ging es in unserem Gespräch wirklich nur am Rande. Das Wichtigste war: Verena und Michel kannten sich. Und das ist sicher.«

»Hat der Junge das gesagt?«

Ira nickte. »Ja, er hat seine Mutter mit Michel gesehen. Er kannte natürlich seinen Namen nicht, aber er sagte, da sei mal so ein heruntergekommener Typ mit langen Haaren und einer bemalten Lederjacke im Hotel aufgekreuzt und habe nach seiner Mutter gefragt. Der Beschreibung nach war es zweifelsfrei Michel.«

»Was fangen wir mit diesem Wissen an?«

»Andy, du oder ich oder wir beide müssen mit Markus Klartext reden. Nur er kann uns sagen, ob Verena sich die Verbindung zwischen Richard und ihm im Suff zusammenfantasiert hat oder ob sie wirklich ein Verhältnis hatten.«

»Na, ob er darüber spricht, wage ich zu bezweifeln. Wenn

Markus schwul ist oder bisexuell, was weiß ich ... ich meine, er hat eine Frau und einen Sohn, so schwul kann er ja dann auch nicht sein. Und was hat das überhaupt mit Michel zu tun? Was hatte der im Hotel zu suchen? Und was wollte er von Verena? Scheiße, ich sehe da die Zusammenhänge einfach nicht.«

»Echt nicht? Ich finde, dass sich so langsam alles entwirrt.« Ira stand auf. »Lass uns ein bisschen spazieren gehen, der Hund braucht Bewegung – und ich auch.« Sie räumte die Suppentasse in die Spülmaschine. Andy rührte noch einmal in den Töpfen, schaltete dann den Herd aus und holte seine Jacke. Gemeinsam verließen sie seine Wohnung.

In der breiten Hofeinfahrt trafen sie auf Tante Sophie. Sie saß in einem Anglerstuhl neben dem steinernen Pfeiler, hatte sich in ein großes Wolltuch gehüllt, paffte die unvermeidliche Zigarre und beobachtete die spielenden Kinder auf dem gegenüberliegenden Schulhof.

»Kinners, wollt ihr noch auf Schlür?«, sagte sie grinsend zwischen den Zähnen hindurch, den Stumpen noch immer im Mund.

»Ja«, sagte Andy, »es gab ein paar Neuigkeiten, die mich ganz kirre machen, jetzt brauchen wir erst mal frische Luft.«

»Wartet mal.« Tante Sophie erhob sich ächzend. Eine Hand in den Rücken gestemmt, in der anderen den glimmenden Stumpen, stand sie vor Ira und Andy. »Mir ist da nämlich noch was eingefallen. In der Nacht bevor das Unglück mit unserm Karl passierte, da war ich noch vor der Hütte, konnte nicht schlafen. Das war eine schwüle Nacht, viel zu heiß zum Schlafen. Da bin ich im Nachthemd noch mal um die Kate gelaufen und habe eine geschmoikt.«

Ira musste bei der Vorstellung grinsen, Tante Sophie eignete sich vorzüglich als Nachtgespenst. Doch das Grinsen verging ihr, als die alte Frau weitersprach.

»Es war ja zappenduster, und da kam der Markus nach Hause. Mitten inne Nacht. Der hatte die Lichter an seinem Wagen ausgemacht und ist ganz leise auf den Hof gerollt. Wie im Fernsehen!«

Markus war ausgestiegen, mit einer Tasche in der Hand, und hatte die Autotür fast lautlos geschlossen. Plötzlich eine zischende Stimme – Karls Stimme. Er hatte seinem Sohn aufgelauert, in einer dunklen Ecke auf ihn gewartet. Er schrie ihn an, riss ihm die Tasche weg, machte sie auf, griff hinein, zog etwas heraus, sah, was es war, warf es auf den Boden, trampelte darauf herum und schien dabei fast durchzudrehen.

»Was war denn in der Tasche?«, fragte Andy, und er klang ein wenig atemlos.

»Junge, das weiß ich doch nicht, das war ja duster, und die beiden waren hinten am Schweinestall, da, wo früher die Autos standen. Und so gut konnte ich da auch schon nicht mehr gucken.« Tante Sophie konnte nicht alles verstehen, was zwischen Vater und Sohn geredet wurde. »Aber unser Karl war ordentlich sauer und ramenterte weiter rum. Ich nehm dir den Jungen wech, da kannste dich drauf verlassen, und solche Sachen hat er gesagt. Donnerlittchen, hat er da rumgebölkt, so laut, dass ich dachte, der weckt uns noch die ganze Nachbarschaft auf. Aber eins hab ich ganz genau verstanden, und ich werd das auch mein Lebtag nicht vergessen: Der Karl sagte, dass er Markus ins Kittchen bringen würde, wo eine Drecksau wie er hingehöre. Jawoll, das hat er gesagt, zu seinem eigen Fleisch und Blut.« Tante Sophie begleitete ihre Worte mit einem steten Nicken, als wolle sie jedes einzelne damit bekräftigen.

Ira und Andy gingen schweigend hinunter zur Weser. Auf der Rehmer Insel ließen sie Tante Erna ohne Leine laufen. Schließlich sagte Andy: »Noch mal ganz langsam, zum Mitschreiben, okay? Ich hab das alles richtig verstanden: Markus kam spätnachts nach Hause. Mein Vater lauerte ihm auf. Mein Bruder hatte eine Tasche dabei, in der etwas war, das meinen Vater sehr wütend machte. Der Alte drohte meinem Bruder damit, ihm den Sohn wegzunehmen und ihn in den Knast zu bringen. Ist das so weit richtig?«

»Ja.«

»Und am nächsten Tag ist mein Vater tot. Erschossen vom achtjährigen Sohn meines Bruders. In dessen Beisein. O Mann, das muss ich erst mal sacken lassen.«

Es vergingen einige Wochen, in denen Ira nicht vorankam. Sie tauchte durch ihre Arbeit wieder tief in das Leben der Provinz ein, besuchte seit etlichen Jahren mal wieder ein Schützenfest und schrieb über die »Majestäten«, interviewte den Vorstand eines Rassegeflügelzüchtervereins und fotografierte seine preisgekrönten Hühner, sie berichtete über eine Feuerwehrübung in einem Altenheim und den Tag der offenen Tür, in der Redaktion »ToT« abgekürzt, in einer Kindertagesstätte. Wenn sie in der Nähe war, traf sie sich mit Andy in Rehme auf einen Kaffee.

Er hatte mehrfach versucht, mit seinem Bruder zu reden, aber jedes Mal schob der wichtige berufliche Termine vor.

Markus war einfach nicht zu greifen, er wich ihnen ständig aus. Angeblich musste er zur Hannover Messe und übernachtete dort. Er ging nicht an sein Handy, reagierte nicht auf SMS und beantwortete keine Mails.

Elsa wusste nichts von einer Tasche und einem nächtlichen Streit zwischen ihrem Mann und ihrem Sohn: »Ach, als der Karl noch lebte, da war hier doch immer Zank und Streit, was weiß ich, ob es an dem Tag auch Theater gab oder nicht.«

Andy hatte auch Linda gefragt, ob sie damals die Schreierei zwischen ihrem Mann und dem alten Karl Weyer mitbekommen hatte. Immerhin hatte sich die Szene unter ihrem Schlafzimmerfenster abgespielt.

»Nein. Ich werde wohl geschlafen haben, wenn es mitten in der Nacht war. Und Markus hat mir auch nichts davon erzählt. Jedenfalls kann ich mich nicht daran erinnern, ist ja schon eine Weile her«, sagte sie und wich seinem Blick aus.

Thomas und Gundis waren überhaupt nicht bereit, mit Andy über das Thema zu reden. Thomas weigerte sich grundsätzlich, sich mit etwas zu befassen, das Eskendor ins Gerede bringen könnte. Schwitzend und mit hochrotem Kopf hatte er Andy angebrüllt, als der ihn ebenfalls nach dem besagten Abend befragte.

Es war der 30. April, Ira hatte nach einem Zeitungstermin im Werrepark – ein großer Filialist feierte Geschäftseröffnung, und sie berichtete darüber – nichts weiter vor, und Andy reagierte spontan auf ihre SMS: *Lust auf einen Kaffee? Bin in dreißig Minuten im Galerie-Café.*

Seine Antwort kam mit einem Smiley: Du willst nicht

wissen, worauf ich Lust habe – Kaffeetrinken mit dir steht natürlich an allerererster Stelle!

Nun saßen sie in der Oberen Klosterstraße, und Andy erzählte von seinen missglückten Recherchen.

Thomas hatte im Hofladen gestanden, Gundis wie immer stumm und nickend neben ihm, und geschnauzt: »Andy, wir leben von diesem Hof! Du, Mutter, Tante Friedchen und Tante Sophie. Und meine Wenigkeit hat Frau und drei Kinder mit diesem Hof zu ernähren. Das ist unsere Existenz, falls du das noch immer nicht begriffen haben solltest. Eine Existenz setzt man nicht dadurch aufs Spiel, dass man in alten Geschichten rumwühlt und die Leute mit der Brechstange darauf aufmerksam macht, welche Leichen man im Keller hat. Du willst es einfach nicht begreifen, oder bist du wegen dieser Zeitungstussi so vernagelt, dass du nicht mehr klar denken kannst?«

Ira lachte: »Das hat er gesagt?« Als Andy nur grinsend mit den Schultern zuckte und nicht sofort antwortete, hakte sie nach: »Und? Bist du wegen der Zeitungstussi so vernagelt?«

»Wer weiß. Vielleicht ist das nicht das richtige Wort, aber dass wir beide gut klarkommen, ist doch eindeutig, oder?«

»Soso, wir kommen gut klar?« Ira konnte nicht anders, sie musste ihn ein bisschen aus der Reserve locken.

»Findest du nicht?«

Sie lächelte ihn an. Er gefiel ihr, war auf eine vertraute Weise anziehend. Zum ersten Mal bemerkte Ira, dass er Gel benutzte, um diesen verwuschelten Look im Resthaar hinzukriegen. Er war unrasiert, wirkte dadurch lässig, ein bisschen verwegen sogar. Ira betrachtete die Falten in seinen

Augenwinkeln, die beginnenden Tränensäcke, den Ansatz eines Doppelkinns. Ihrem analytischen Blick entging nichts, aber sie mochte dieses verknautschte Gesicht, und besonders mochte sie es, wenn er nur mit den Augen lächelte und sich die Fältchen darum vertieften. Er trug ein hellblaues Hemd unter einem Pulli mit V-Ausschnitt, ein sportliches Sakko, Jeans, Sneakers. Groß, breitschultrig, attraktiv, fasste Ira in Gedanken zusammen.

Andy hatte ihr beim Denken zugesehen und die ganze Zeit gelächelt. Nur mit den Augen.

Sie unterhielten sich: über die Stadt, die heute erfreulich belebt war, über Iras Arbeit, über Andys Catering-Service. Aber sie sprachen an diesem Nachmittag nicht über die Toten, über die Rätsel, über die Tragödien.

Nachdem sie ihren Kaffee ausgetrunken hatten, gingen sie mit Tante Erna im Sielpark spazieren, ließen amEntenteich Steine flitschen, schlenderten um die Saline herum, nahmen den Weg durch den Sültebusch zurück in die Stadt, holten sich bei Cordella ein Eis in der Waffel – und standen plötzlich vor dem Hotel Schäfer.

Andy stieß einen Pfiff aus. »Nobler Schuppen, ich war lange nicht mehr in dieser Straße. Und das alles hat Patrick geerbt?«

»Ja, und den großen Friseursalon am Ende der Straße noch dazu.«

»Wie kommt der Junge wohl zurecht?«

Ira sah Patrick Schäfer vor sich, sah Verenas Augen in einem Gesicht, in dem die Akne Spuren hinterlassen hatte, sah die wuscheligen blonden Locken, das schüchterne Lächeln eines jungen Menschen, dem das Leben viel zu früh zu viel zugemutet hatte. »Ich denke, dass seine Großeltern ihn auffangen können. Sie sind zwar auch nicht mehr die Jüngsten, aber noch ziemlich fit. Seinen Großvater kenne ich nicht, aber Amelie Schäfer leidet, das siehst du ihr an und spürst es in jedem Satz, den sie sagt.«

»Das ist wohl verständlich. Wenn ich mir vorstelle, ich würde meine Tochter Tessa tot in ihrem Bett finden …« Andy sprach den Satz nicht zu Ende.

Ira hakte sich bei ihm ein, sie gingen weiter, am Kurpark entlang Richtung Jordansprudel. Tante Erna stolzierte elegant neben ihnen her.

»Siehst du sie eigentlich oft?«

»Tessa? Nein. Leider nicht. Früher war sie in den Ferien manchmal bei mir auf dem Schiff, und nach Vaters Tod hat sie auf Eskendor ein paarmal Ferien gemacht. Sie lebt jetzt in Málaga, studiert dort Medizin. Wir skypen ab und zu und mailen uns, aber gesehen habe ich sie zuletzt vor zwei Jahren. Sie kommt vielleicht im August zum siebzigsten Geburtstag meiner Mutter!«

»Elsa wird schon siebzig?«

Andy nickte. »Ja, das nächste Familientreffen steht auf dem Programm. Diesmal ist der Anlass aber Gott sei Dank erfreulich.«

»Vielleicht haben wir das Rätsel um Michel, Richard und Verena bis dahin ja endlich gelöst, damit Elsa diesen Tag wenigstens ein bisschen genießen kann«, sagte Ira. »Meist ist ja der siebzigste der letzte runde Geburtstag, an dem man noch mal richtig feiern kann. Zum Achtzigsten gibt es wohl eher Schonkost und Tee anstatt Büfett, Bier und Braken.«

Sie dachte an den letzten runden Geburtstag ihrer Mutter

zurück: Christa Wittekind hatte im Forsthaus in Oberbecksen gefeiert, mit einem Alleinunterhalter an der Hammondorgel, mit Walzer, Ententanz und jeder Menge Klatsch und Tratsch. Sobald jemand den kleinen Festsaal verlassen hatte, begannen alle wie auf Kommando zu lästern. Ihre Mutter lebte für Tratsch und Nachbarschaft. Hermann, ihr Lebensgefährte, sagte immer, Christa ersetze jede Zeitung und es sei gar kein Wunder, dass ihre Tochter eine von »diesen Pressegeiern« geworden sei.

Ira wollte nach Hause. »Schon?«, fragte Andy, und in seiner Stimmung lag ein wenig Enttäuschung.

»Ja, ich muss den Artikel über die Geschäftseröffnung im Werrepark heute Abend noch schreiben, und ich will noch ein paar Lebensmittel einkaufen. Vergessen? Morgen ist Feiertag, erster Mai, und am Wochenende habe ich frei und will mal so richtig faulenzen.«

Andy blieb stehen, stellte sich vor Ira, legte ihr die Hände auf die Schultern und sah sie mit einem Blick an, der ihr Herz schneller schlagen ließ. »Wie wäre es, wenn du mit mir in den Mai tanzt?«

»In den Mai tanzen?«, wiederholte Ira.

Er grinste. »Jaja, es ist hier in Ostwestfalen ein durchaus bekannter Brauch, mit einer Dame in den Mai zu feiern. Wir könnten uns fein anziehen, ins Adiamo im Kaiserpalais gehen und uns dort ins Gewühl stürzen.«

Sie knuffte ihn lachend in die Seite. »Das weiß ich auch, dass es ein bekannter Brauch ist! Wir können aber auch schnapstrinkend in Werste um einen Maibaum herumtanzen bis wir umfallen, das ist auch ein hiesiger Brauch!«

Andy tat, als dächte er ernsthaft über diesen Vorschlag nach, strich Ira wie selbstverständlich eine Haarsträhne aus dem Gesicht und sagte: »Wir können aber auch bei mir feiern. Ich mach uns was Leckeres zu essen und setze eine stilechte Waldmeisterbowle an.«

Sie sah ihn verschmitzt an. »Ist das ein unsittliches Angebot, Andy Weyer?«

Statt einer Antwort legte er eine Hand in ihren Nacken, zog ihr Gesicht zu sich und küsste sie.

»Mitten auf der Straße!«, protestierte sie leise, als er sie schließlich wieder losließ. »Und das in unserem Alter!«

Andy grinste, legte den Arm um ihre Taille, und sie schlenderten weiter, als sei dieser Kuss das Normalste der Welt gewesen.

Er begleitete sie zum Auto, und Tante Erna hüpfte auf die Rückbank. Andy hielt Ira die Fahrertür auf und beugte sich zu ihr hinunter, nachdem sie eingestiegen war. »Bis morgen. Um sieben Uhr wird gegessen. Und fahr vorsichtig.«

Als Ira später die Tür zu ihrer Wohnung aufschloss, stellte sie fest, dass sie den ganzen Weg von Oeynhausen nach Bielefeld vor sich hin gesummt hatte.

Ira wählte auf ihrem Smartphone die Playlist von Placido Domingo, zündete Teelichter auf dem Badewannenrand an und ließ Wasser einlaufen. Ihr war nach Entspannung und ein wenig Luxus zumute. Sie legte sich in die Wanne und rekelte sich lange im duftenden Wasser.

Andy. Sie lächelte unwillkürlich. Wieso küsste er sie einfach mitten auf der Straße? Aus heiterem Himmel? Oder hatte er auf eine günstige Gelegenheit gewartet? Und warum hatte sie es so selbstverständlich genossen? Bahnte sich da womöglich etwas zwischen ihnen an? Und wenn ja, wollte sie das überhaupt? Ira hatte bisher wenig Glück mit Männern gehabt, irgendwann waren sie immer wegen einer anderen gegangen. Als die Geschichte mit Alex zu Ende gewesen war, hatte sie sich geschworen, für immer Single zu bleiben. Meine Güte, nun hatte Andy sie geküsst, ja und? Deswegen würden sie ja nicht gleich ein Paar sein. Sie wollte keine Beziehung, kein gemeinsames Leben, keine Enttäuschungen mehr, so viel stand fest. Sie gehörte nicht zu den Frauen, die nur glücklich sein können, wenn sie einen Partner haben. Sie war selbstständig, finanziell gut aufgestellt, und sie war nicht einsam.

Nein? Nicht einsam?

Wen hatte sie denn, seitdem sie wieder in Ostwestfalen wohnte? Ihre Kölner Freundinnen Marita und Kathy mailten ab und zu, aber auch da schien sich der Spruch »aus den Augen, aus dem Sinn« einmal mehr zu bestätigen. Die Kollegen von *Tag 7* waren nichts weiter als Kollegen, sie begegneten sich nicht oft, denn sie hatte selten in der Redaktion zu tun. Früher, als die Reporter noch analog fotografierten und die Filme in der Dunkelkammer entwickelten, als man die Artikel noch in der Redaktion in den Computer tippte, da gehörten alle zu einem »richtigen« Team. Heute machte jeder freie Mitarbeiter seinen Job per Mail, Skype und Handy, und auch die Redakteure und Pauschalisten mussten immer seltener in der Redaktion arbeiten.

Keine Kollegen. Keine Freunde. Eigentlich.

Seit dem Umzug war sie außerhalb des Jobs meist alleine gewesen. Und nach Verenas Beerdigung hatte sie ihre Freizeit fast nur mit den Recherchen und Gesprächen in der Familie Weyer verbracht. War das wirklich erst knapp vier Monate her?

Hatte Andy sich vielleicht in sie verliebt? Ira hielt die Luft an und tauchte im Badewasser unter, hörte ihr Herz schlagen, zählte bis sechzig, einfach so, tauchte wieder auf und wischte sich das Wasser aus dem Gesicht. Die Haut an ihren Fingerkuppen wurde langsam schrumpelig. Sie stieg aus der Wanne und wickelte sich in ein großes, weiches Badetuch. Während sie sich abrubbelte, streckte sie ihrem Spiegelbild die Zunge raus. Blöde Kuh. Verliebt, so ein Unsinn. Der braucht Sex. Männer sind so. Ich hätte eigentlich auch mal wieder Lust …

Sie musste lachen. Und wenn sie morgen nach Eskendor fahren sich mit Andy betrinken würde, und wenn sie danach mit ihm im Bett landen würde, ja und? Ein bisschen Erotik konnte ihr weiß Gott nicht schaden.

Ira trug ein rotes Kleid und genoss Andys bewundernden Blick. Er küsste sie auf die Wange, wuschelte Tante Erna über den Kopf und sagte: »Komm rein, du rote Zora«, ein Name, den Ira wegen ihrer Vorliebe für rote Kleidungsstücke schon öfter zu hören bekommen hatte.

Er führte sie zum liebevoll gedeckten Tisch und setzte sich ihr gegenüber. Bei Kerzenlicht ließen sie sich Spargel mit zerlassener Butter, neuen Kartoffeln und Roastbeef schmecken, redeten, lachten. Im Hintergrund lief leise Musik, Lenny Kravitz.

Er füllte zwei Gläser mit Waldmeisterbowle und stellte eines neben Iras Teller.

»Wolltest du eigentlich nie Kinder?«, fragte er unvermittelt und sah ihr in die Augen.

Ira lehnte sich zurück und zögerte einen Moment, bevor sie ihm antwortete. »Ehrlich gesagt: Nein. Als ich um die dreißig war, gab es mal so eine Phase, in der ich es mir hätte vorstellen können, Mutter zu sein – aber da fehlte mir der passende Partner. Alleinerziehend wollte ich nie sein. All die überforderten, überarbeiteten Mütter, bei denen das Geld vorne und hinten nicht reicht, die immer müde sind, nie alles schaffen, was sie eigentlich schaffen müssten, nein danke. Mein Vater hat meine Mutter wegen einer Jüngeren verlassen, als ich zwölf war. Anfang der Siebzigerjahre war es eine Katastrophe, eine geschiedene Frau zu sein, du erinnerst dich sicher an das Gerede der Leute im Dorf, oder?« Andy nickte und schenkte Bowle nach.

Ira fuhr nachdenklich fort: »Ich weiß heute gar nicht mehr, ob es bei mir eine bewusste Entscheidung war, keine Kinder zu bekommen, oder ob es sich einfach nicht ergab, aber letztlich bin ich froh.« Sie überlegte einen Moment, dann sagte sie: »Weißt du, ich glaube, heile Familie funktioniert einfach nicht. Sie ist nur eine Wunschvorstellung, ein Konstrukt, eine riesige Lüge.«

Andy atmete tief ein, es schien, als wolle er protestieren, aber Ira ließ ihn nicht zu Wort kommen: »Schau dir doch deine eigene Familie an! Ich will dir nicht zu nahe treten, aber nehmen wir nur deine Mutter. Sie hat vier Söhne großgezogen, einer davon ist erbärmlich zugrunde gegangen. Ihr Mann wurde von seinem Enkel erschossen. Guck dir Markus und Linda an: Sie ist eine verbitterte und total humorlose Frau, und offensichtlich bedeuten ihr nur Dinge etwas, keine Menschen. Und wenn es stimmt, dass Markus schwul ist, dann hat die Familie total versagt.«

»Wieso hat die Familie versagt? Was haben wir denn damit zu tun, wie mein Bruder sexuell gepolt ist?«

»Du musst gar nicht so entrüstet tun, Andy. Wenn eure Familie funktionieren würde, dann könnte dein Bruder leben, wie er will – auch wenn er schwul ist.«

»Was wir nicht wissen«, fügte Andy hinzu.

»Was wir nicht wissen«, wiederholte Ira.

Die Waldmeisterbowle tat ihre Wirkung. Ira konnte nicht mehr so schnell reden, wie die Gedanken in ihrem Gehirn auftauchten, deswegen dozierte sie jetzt betont langsam:

»Weiter geht es: Dein Bruder Thomas ist genau so ein Choleriker, wie dein Vater einer war, Gundis ist eine Ökotrulla, die alles macht, was ihr Mann sagt. Über die Kinder der beiden weiß ich nix. Aber nach heiler Welt sieht das auch nur auf den ersten Blick aus, solange man nicht hinter die idyllische Fassade von Hof Eskendor sieht.«

Andy ließ sie reden. Sie konnte aus seinem Gesicht nicht schließen, ob er wie sie dachte oder anderer Meinung war.

»Ich könnte das ewig so weiterführen. Mit deiner Frau Doro und Tessa hat es auch nicht funktioniert, du hast deine Tochter seit zwei Jahren nicht mehr gesehen!« Sie trank einen großen Schluck. »Dein Bruder Michel wird einen Grund dafür gehabt haben, dass er so gesoffen und auch noch eine Säuferin geheiratet hat, Projekt Familie ebenfalls gescheitert. Und damit bin ich wieder bei Verena. Ihre Familie mit Richard hat mit dem Tod geendet. Ich glaube kaum, dass ihr Sohn Patrick jemals in der Lage sein wird, ein harmonisches Familienleben zu führen – bei der Vorgeschichte. Ja, und ihn hätte ich fast vergessen: Julian. Wer im Beisein seines Vaters seinen Opa erschießt – Heilandsack, ich kann nicht mehr. Andy, wo bin ich hier nur reingeraten? Das ist doch alles ein deprimierender Scheiß.«

»Jetzt mach aber mal halblang, Ira. Tante Sophie sagt immer: Unter jedem Dach ein Ach. Wir haben beide mehr als ein halbes Jahrhundert auf dem Rücken. Da hat man viel gesehen und viel erlebt. Aber deswegen ist nicht gleich die ganze Welt schlecht.«

Er stand abrupt auf und räumte den Tisch ab, trug das Geschirr in die Küche.

Als Ira ebenfalls aufstand, um ihm zu helfen, schwankte sie ein bisschen. Sie war angetrunken und irgendwie wütend. »Die ganze Welt ist nicht schlecht, Andy Weyer, aber die Menschen, die darin leben, sind es.« Sie überließ ihm das Abräumen, ging zum Sofa, zog die Pumps aus und legte ihre Füße auf den kleinen Tisch mit den Zeitungen. Andy kam mit zwei gut gefüllten Weingläsern zurück und reichte ihr eins.

»Was ist das?«

»Weißwein. Die Bowle ist alle.«

Kein Wunder, dass sie blau war. Er setzte sich neben sie, sie stießen an. Ira sah in sein Gesicht. Sie wusste, was gleich passieren würde, wenn sie sich ein klein wenig vorbeugte. Er würde sie küssen, und dann würden sie Sex haben. Wollte sie das überhaupt? Sie trank einen großen Schluck Wein. Andy runzelte die Stirn. »Trink langsam, es ist genug da.«

Iras Zunge fühlte sich schwer und dick in ihrem Mund an. »Andy Weyer, weißt du was?« Sie kuschelte sich in die Sofaecke, zog das Kleid wieder über die Knie, strich sich die widerspenstigen Locken aus der Stirn und versuchte, sich zu konzentrieren. Dann hörte sie sich leicht unartikuliert sagen: »Die meisten Männer wollen doch immer nur das eine.«

»Wie bitte?«

»Ist doch wahr. Bei Männern geht es immer nur um Thema Nummer eins, und alles, was sie tun, tun sie, um ihr Ziel zu erreichen.« Andy sagte nichts, sah sie nur mit hochgezogenen Augenbrauen an.

»Du brauchst gar nicht so fassungslos gucken. Ich weiß schon, das ist ein Klischee, stimmt aber trotzdem: Männer wollen immer und immer nur Sex. Frauen wissen das und machen mit, um ihrerseits ihre Ziele zu erreichen.«

Andy schaute in sein Weinglas, lächelte, dieses Lächeln mit dem rechten Augenwinkel, das herablassend, spöttisch oder liebevoll sein konnte. »Soso«, sagte er schließlich. Nichts weiter, nur »Soso«. Schmunzelte, trank, sah sie wieder an. Seine Reaktion nahm Ira völlig den Wind aus den Segeln.

Schließlich rückte er ein Stück näher an sie heran, stellte das Glas auf dem Tisch ab, legte den Zeigefinger unter ihr Kinn, hob es sanft an. »Du erfahrene, superschlaue Männerkennerin. Deiner Meinung nach habe ich dich also hierhergelockt, für uns gekocht und dich mit Bowle abgefüllt, um dich gefügig zu machen und dann zu vernaschen?«

Ira verkniff sich ein Grinsen und nickte. »Ganz genau.«

Er fuhr fort: »Und das heißt, du bist heute hier, weil du das alles so genau weißt und weil du dich genau darauf einlassen willst, um im Umkehrschluss dein Ziel zu erreichen?«

»Blödmann!« Ira prustete los, griff eins der Sofakissen

und holte damit aus. Er fing ihren Arm ab und hielt sie am Handgelenk fest. Sein Gesicht war jetzt sehr nah vor ihrem. Brian Adams sang »Have you ever really loved a woman«. Ausgerechnet, dachte Ira.

»Jetzt hörst du mir bitte mal zu. Du bist eine faszinierende Frau, ja. Als ich dich auf der Beerdigung gesehen habe, hat es mich umgehauen. Ja, ich finde dich sexy und erotisch, und ich würde weiß Gott gerne mit dir ins Bett gehen.«

Ira öffnete den Mund, um etwas in der Art von »Siehste! Wusste ich's doch!« zu sagen, aber er verschloss ihre Lippen mit seiner großen, warmen Hand.

»Natürlich werden wir beide im Bett landen, Ira, das weißt du so gut wie ich. Sag jetzt nichts! Wir werden im Bett landen, weil du es willst. Aber nicht heute. Wir werden jetzt das Thema wechseln und uns weiter betrinken. Und wir werden nicht mehr darüber reden, verstanden?«

Das war der Moment, in dem Ira sich in ihn verliebte.

Die folgenden Wochen behielt Ira später in nahezu romantischer Erinnerung, obwohl sie sich tapfer gegen jede Form der Romantik wehrte.

Sie arbeitete viel, um sich ihren Status bei Tag 7 zu sichern. Als Journalistin für Text und Bild war sie fest angestellt, musste sich im Gegensatz zu den Redakteuren aber nicht um die Produktion, das Layout und das Redigieren der einzelnen Zeitungsseiten kümmern. Redaktionsleiter Horst Horstmann, den sie schon gekannt hatte, als er noch als Jungredakteur im Sportressort arbeitete, hatte ihr als Reporterin den gesamten Bereich Ostwestfalen-Lippe zugeteilt. Er kannte ihre Stärken: Ira konnte sich auf Menschen einstellen, sie »aufmachen«, sie dazu bringen, ihr zu vertrauen und ihre Geschichte zu erzählen. Ob es sich dabei um einen Obdachlosen handelte, neben dem sie sich unter die Brücke setzte und ihm zuhörte, um eine Lokalpolitikerin, die der Queen die Hand geschüttelt hatte, einen Bäcker, der eine Auszeichnung für sein Bauernbrot bekommen hatte – sie konnte mit allen reden. Und sie liebte es, hinter die Kulissen ganz normaler Leben zu schauen, das Besondere darin zu finden, Leute »ins Blatt zu heben«, ihnen eine Stimme zu geben und ihre Story zu erzählen. In Köln hatte sie in großen Redaktionen gearbeitet, hauptsächlich fürs Feuilleton und ein paar Jahre lang als Gerichtsreporterin. Aber diese Arbeit, der Kontakt zu Menschen, die nie in der Öffentlichkeit standen, die in der Zeitung nur erwähnt werden, wenn sie als Kassenwart ihres Vereins wiedergewählt wurden oder wenn sie gestorben waren, diese Arbeit hatte ihr gefehlt. Ira arbeitete oft abends und an den Wochenenden, aber das machte ihr nichts aus. Nicht nur, weil es dafür finanzielle Zulagen gab, die sie in einen Fond und in kleine Aktienpakete investierte, um die Bezahlung ihrer Wohnung abzusichern, sondern weil Andy Weyer in diesen Monaten ebenfalls fast jedes Wochenende für eine Hochzeit, einen runden Geburtstag oder eine Firmenfeier kochen musste. Sie trafen sich unter der Woche in der Stadt, gingen spazieren, Kaffee trinken, redeten. Und natürlich kamen sie sich näher. Viel näher. In der Nacht vom 14. auf den 15. Juni feierten sie in Iras Geburtstag hinein. Zu zweit, auf Hof Eskendor, in Andys Bett.

Sie hatte es sich gewünscht.

15

Der 15. August, Elsa Weyers siebzigster Geburtstag, fiel auf einen Samstag. Das Wetter war perfekt: Sonnenschein und sechsundzwanzig Grad. Schon Tage vorher hatten die Vorbereitungen begonnen, immerhin wurden fast hundert Gäste erwartet. Thomas und Gundis hatten Tische und Bänke unter den Kastanien aufgestellt und mit Dahliensträußen aus dem Bauerngarten geschmückt, an den knorrigen Ästen der alten Bäume schaukelten Lichterketten und Girlanden. Für die bunten Lampions hatte Thomas spezielle Gestelle gebaut, sie säumten alle Wege auf Eskendor und die gesamte Hofeinfahrt. Zwischen den Eschen am großen Tor hingen eine riesige blumengeschmückte »70« und der Schriftzug »Wir gratulieren Elsa«. Die Nachbarn hatten diesen Gruß in der Nacht zuvor heimlich aufgehängt.

Alle Bewohner von Eskendor, einschließlich der Mieter, waren an den Vorbereitungen beteiligt gewesen.

Sie hatten Torten und Kuchen gebacken, die Gundis nun auf einem üppigen Büfett vor dem Hofladen präsentierte. »Wie im Schlaraffenland!«, hatte eben eine Besucherin bewundernd gesagt und ein Foto von den Köstlichkeiten gemacht. »Das muss ich meiner Nachbarin zeigen, die wird sich schwarz ärgern, dass sie nicht kommen konnte«, erklärte sie Ira, die darüber herzlich lachen musste.

Der Frauenchor der Arbeiterwohlfahrt brachte ein Ständchen, ebenso die Frauen vom Gartenbauverein, und die Seniorinnen des Turnvereins lasen eine Art Büttenrede vor. Elsa kannte alle Gratulanten beim Namen und freute sich über die vielen Glückwünsche und Geschenke. Gegen Abend war das große Kaffeetrinken zu Ende, den Rest ihres Ehrentages wollte Elsa im Familien- und Freundeskreis feiern. Andys Tochter Tessa war aus Málaga angereist, eine freundliche, hübsche junge Frau mit langen dunklen Haaren und fröhlichen Augen.

Das Abendessen hatte Andy vorbereitet, natürlich ließ er es sich nicht nehmen, für seine Mutter und ihre Gäste höchstpersönlich zu kochen.

Nun war es spät, fast zehn Uhr abends, und sie saßen alle an Elsas großem Esstisch: Linda, die sich schon den ganzen Tag ungewohnt freundlich benommen und sogar mit Ira ein paar Sätze gewechselt hatte. Markus, der sich mit seinem Sohn Julian unterhielt und schon mehrere Schnäpse mit ihm getrunken hatte. Gundis und Thomas hatten einen Babysitter engagiert, sie saßen recht entspannt nebeneinander und stießen mit ihrer Mutter an. Tante Sophie und Tante Friedchen hatten am Nachmittag dem Erdbeerwein zu sehr zugesprochen und waren früh schlafen gegangen.

Ira wandte sich an Andy: »Deine Tochter scheint sich mit Julian gut zu verstehen.«

Tessa und Julian waren fast gleich alt, sie waren beide auf Eskendor geboren – aber sie kannten sich kaum.

»Meine Mutter und ich sind nach Mallorca gezogen, als ich drei war«, erklärte Tessa soeben, und Julian hörte ihr interessiert zu. Dabei kaute er immer wieder an seinen Fingernägeln.

Die beiden versuchten gerade herauszufinden, ob sie sich als Kinder in den Ferien auf Eskendor begegnet sein könnten. »Als ich das erste Mal die Sommerferien hier verbracht habe, war ich zehn. Vorher ließen meine Eltern mich nicht alleine fliegen. Ich kann mich aber nicht an dich erinnern, Julian«, sagte Tessa.

Julian trank sein Bier in einem Zug aus. »Wann genau warst du denn zehn?«

»Wie meinst du das?«

»In welchem Jahr warst du zehn?«

Tessa lachte unbekümmert: »Da ich Jahrgang 1986 bin, war 1996 zehn.«

Julian knallte die Flasche Bier auf den Tisch und sagte: »Tja. Da haben wir uns knapp verpasst. Dann können wir uns hier nicht gesehen haben, mich haben sie 1995 weggesperrt.«

Plötzlich war es totenstill im Raum. Tessa sah erst Julian verständnislos an, dann blickte sie fragend in die Runde.

»Was geht denn jetzt hier ab?«

Ira wusste, was heute für ein Datum war. Heute war nicht nur Elsas Geburtstag, heute war auch Karl Weyers Todestag. Heute vor vierzehn Jahren hatte Julian seinen Großvater erschossen. Dieser Tag musste für ihn der Horror sein.

Elsa fand zuerst ihre Stimme wieder. »Darüber wollen wir heute aber nicht reden«, sagte sie leise.

Julian sprang auf: »Natürlich nicht. Hier wird nicht geredet, hier wird immer alles schön totgeschwiegen. Mit mir wolltet ihr nie reden, ihr habt die Therapeuten mit mir reden lassen, habt euch um alles gedrückt, was mit mir zu tun hatte. Ich war ja ein Monster, nicht wahr, ein Bettnässer, einer, der nicht zur Wohnzimmereinrichtung passte …«

»Julian!«, rief Linda. Sie war kalkweiß im Gesicht. Er sah seine Mutter verächtlich an.

»Spar dir dein Julian! Julian hat keinen Bock mehr auf euren ganzen geheuchelten Scheiß«, sagte er und stürmte aus dem Zimmer.

Markus wollte aufstehen, hinter ihm herlaufen, aber Linda krallte ihre dünnen Finger in seinen Arm und hielt ihn fest. Was sie sagte, konnte Ira nicht verstehen.

Elsa flehte: »Nicht heute, bitte, Kinder, nicht heute! Es war doch so ein schöner Tag …«

Tessa stand auf, sie warf ihr Haar zurück, ihre Augen blitzten: »Wie seid ihr denn alle drauf? Ich fasse es nicht!« Mit einem Kopfschütteln verließ sie den Raum.

Die anderen starrten ins Leere. Linda zupfte am Tischtuch. Thomas drehte sein Bier in der Hand hin und her. Andy rieb sein Kinn mit Daumen und Zeigefinger. Ira beobachtete ihn dabei. »Sie ist deine Tochter, geh ihr nach!«, sagte sie leise.

Er nickte. »Kommst du mit?«

Sie fanden Julian und Tessa auf der Bank im Bauerngarten. Sie hatten sie nur entdeckt, weil Ira das Glimmen einer Zigarette gesehen hatte. Die beiden saßen im Dunkeln und rauchten. Ira setzte sich neben sie, beide rückten bereitwillig zur Seite. Andy hockte sich auf einen wuchtigen Findling, der am Rand eines Beetes mit Stockrosen lag. Sie schwiegen eine Weile, bis Andy schließlich sagte: »Tut mir leid, Julian. Hier ist einiges schiefgelaufen. Ich bin sicher, deine Eltern …«

Julian fiel ihm ins Wort: »… meinten es immer nur gut mit mir, wolltest du das sagen?«

Andy wirkte hilflos.

»Darf ich vielleicht etwas dazu sagen?«, fragte Ira. Julian lachte trocken auf: »Von mir aus. Aber bitte nichts Therapeutisches, ich bin nämlich austherapiert.«

»Nein, das würde ich mir nicht anmaßen. Ich hab nur ein bisschen Küchenpsychologie drauf. Aber die taugt nichts bei der Tragödie, die sich ausgerechnet heute vor vierzehn Jahren abgespielt hat. Was ich sagen wollte, ist, dass ich nicht glaube, dass man mit so einem Drama je normal umgehen kann. Das ist so groß, so grausam, es betrifft so viele Menschen und hat deren Leben beeinflusst. Niemand kann einem sagen, wie man darauf reagieren soll. Und deine Eltern waren mit Sicherheit auch total hilflos.«

»Pah«, sagte Julian, und Ira sah an der Glut, wie tief er den Rauch seiner Zigarette inhalierte. »Meine Mutter ist eine Bitch. Die hat nichts weiter im Kopf als ihre Statussymbole und ihr Beten. Wo leben wir denn? Beten! Und mein Vater ist ein totales Weichei, der kann sich gegen sie nicht durchsetzen, das konnte der noch nie.« Julian zündete sich mit der Glut seiner Zigarette die nächste an.

Sie schwiegen eine Weile, dann sagte Tessa: »Ich hole uns mal was zu trinken.« Bis sie schließlich mit vier Flaschen Bier zurückkam, sprach keiner ein Wort. Aber es war kein peinliches Schweigen, sondern es fühlte sich für Ira beinahe beruhigend an.

Dann begann Julian zu reden. Er wisse nicht mehr, was sich damals wirklich zugetragen habe und was man ihm in endlosen Therapiestunden in den Mund gelegt hatte.

»Immer und immer wieder wurde der Hergang durchgekaut, bis zum Umfallen. Ich konnte es dadurch nicht vergessen, nie. Das kann ich sowieso nicht, mit dieser Schuld muss ich leben. Ich habe einen Menschen getötet. Meinen eigenen Großvater. Das ist Fakt. Ob ich das wollte oder nicht, ob ich acht war oder nicht, alles scheißegal. Ich habe meinen Opa erschossen. Ich habe ihn getötet.«

Niemand konnte etwas darauf antworten. Ira fühlte sich so hilflos wie selten. Gab es überhaupt irgendeinen Trost für diese Verzweiflung?

Die vier schraken zusammen, als Elsa plötzlich neben ihnen stand. »Oma, was machst du denn hier!«, rief Julian.

Andy sagte: »Mutter, was soll das? Dich hier so im Dunkeln anzuschleichen?«

Elsa zeigte auf das Haus. »Da ist mein Schlafzimmer, und das Fenster steht auf Kippe. Ich war drinnen und wollte mir ein Taschentuch holen, da habe ich euch gehört.« Sie zögerte, dann stieß sie mit gepresster Stimme hervor: »Ich muss dir was sagen, Julian. Du warst das nicht. Ich habe den Karl getötet, ich war es.«

Sie hatte die Worte kaum ausgesprochen, als die Beine unter ihr nachgaben. Sie streckte die Hand aus und griff im Fallen nach Andy. Er konnte gerade noch verhindern, dass seine Mutter ohnmächtig auf dem Boden aufschlug.

16

Elsa lag auf dem Sofa. Andy hatte sie ins Wohnzimmer getragen. Als sie die Augen aufschlug, sah sie sich von ihrer Familie umringt.

Als Elsa zu reden begann, war es totenstill im Zimmer.

»Der Karl war kein guter Mensch. Immer Prügel, immer diese Schreierei und nie ein gutes Wort. Die ganzen Jahre hab ich mir das gefallen lassen. Ich wollte weglaufen, sobald du groß bist, Thomas. Das war mein Halt, dass ich dachte, wenn der Jüngste auf eigenen Füßen steht, laufe ich weg. Es gibt ein Haus, wo Frauen hingehen können, die verprügelt werden, davon hatte ich in der Zeitung gelesen. Von da aus kann man ein neues Leben anfangen. Gute Menschen arbeiten da: Sie helfen einem dabei, sie verstecken einen und sorgen dafür, dass die Männer einen nicht finden. Das wollte ich tun, ein neues Leben anfangen, wenn ihr erwachsen seid. Vorher nicht. Das ging ja nicht. Nicht ohne meine Jungs.«

Sie sah Andy, Thomas und Markus liebevoll an. »Aber dann hat Karl mich wieder verge… er hat … dann wurde Michel geboren. Aus der Traum.« Elsa schwieg, vergrub ihre Finger in der Decke, mit der Andy sie zugedeckt hatte.

»Ich hab gedacht, gut, diese Prüfung musst du auch noch schaffen, die musst du noch aushalten, das ist Schicksal.

Dann gehst du eben erst, wenn der Michel groß genug ist. Ach, was hat mir der Junge viel Kummer gemacht …« Elsa wischte sich mit der Hand die Tränen von den Wangen. »Und dann kam dieser schreckliche Tag.«

Sie sah von einem zum anderen, rang nach Worten, weinte wieder. Dann setzte sie sich auf, wirkte plötzlich entschlossen, atmete hörbar ein und aus.

»Ich komme mit der Schubkarre in die alte Scheune. Da seh ich den Karl auf der Leiter zur Dachluke stehen, seh nur seine Beine und den Hintern, und in dem Moment rumst es ganz schrecklich, und der Karl knallt mir blutend vor die Füße. Ich hör oben den Markus brüllen. Julian, was hast du getan?, ruft er, und der Karl liegt vor meinen Füßen und keucht und blutet. Ganz ruhig bin ich, mein Herz hat wahrscheinlich aufgehört zu schlagen. Ganz ruhig ist alles, nur in meinen Ohren rauscht es. Ich sage zu Markus, er soll schnell ins Haus laufen und nach dem Krankenwagen telefonieren, und er läuft, mit dem Jungen auf dem Arm. Ich seh den Karl, wie er da liegt und mich anstarrt und immerzu keucht und winselt, und ich seh dabei auch seine Augen, wenn er mich schlägt, und höre sein Keuchen, wenn er mich vergewaltigt, und ich kann ihn riechen, kann riechen, wie er stinkt, wenn er gesoffen hat und schwitzt und wenn er sich wie ein Viech benimmt. Da hab ich meine Schürze abgemacht. Ich hab sie zusammengeknüllt und hab sie ihm auf den Mund gedrückt. Ganz fest. Bis er still war. Bis er nicht mehr geatmet und nicht mehr gewinselt hat. Und ich hab zu ihm gesagt: Heute ist mein Geburtstag, du Dreckskerl. Das waren die letzten beiden Worte, die der Karl in seinem Leben gehört hat. Du Dreckskerl. Und dann hab ich die

Schürze von seinem Gesicht runtergenommen und hab sie ihm in den Nacken gelegt, damit er es weich hat.«

Julians Schrei klang wie der eines Tieres, so laut, so gequält, so verzweifelt. Er rutschte vom Sessel und trommelte mit den Fäusten auf den Fußboden.

Andy war der Erste, der sich wieder gefasst hatte. Noch immer sprach niemand, aber es setzte plötzlich eine nahezu hektische Betriebsamkeit ein. Andy lief zu Julian, zog ihn an den Armen hoch und drückte ihn wieder in den Sessel. Er machte Markus ein Zeichen, sich um seinen Sohn zu kümmern. Julian hatte aufgehört zu schreien, aber er schluchzte unentwegt, trocken und heiser. Markus stand hilflos vor ihm. Thomas hatte sich neben seine Mutter auf das Sofa gesetzt, er hielt sie im Arm und streichelte ihr Haar. Ira war gerührt, als sie diese zärtliche Geste sah: Der cholerische, rotgesichtige Koloss wirkte jetzt sanft und fürsorglich. Gundis ging in die Küche und setzte Teewasser auf, Tessa folgte ihr, kam mit einer Flasche Schnaps und einem Tablett voller Gläser zurück und schenkte ein. »Den brauchen wir jetzt wohl alle«, sagte Tessa und reichte Elsa zuerst ein Glas.

Ira hielt es für das Beste, sich zurückzuziehen. Hier gehörte sie nicht dazu, das ging sie nichts an. Dieses Geständnis mussten erst mal alle verdauen. Sie flüsterte Andy zu: »Ich gehe jetzt«, aber Andy hielt sie fest.

»Bitte bleib.«

In seinem Ton lag etwas Flehendes, und sie nickte. Wie auf ein lautloses Kommando hin tranken alle den Schnaps gleichzeitig.

Andy räusperte sich, und seine Stimme war ruhig und fest: »Der Schuss traf unseren Vater ins Herz. Er war absolut tödlich. Der Arzt hat das damals zweifelsfrei festgestellt. Es war genau das, wofür wir es immer gehalten haben: ein schrecklicher Unfall.« Er wandte sich an Elsa: »Mutter, ich kann dich verstehen, wirklich, ich glaube, wir verstehen dich alle. Aber: Er ist an den Folgen des Schusses gestorben.« Dann wanderte sein Blick zu Julian und Markus. »Du konntest nichts dafür, Julian. Du warst doch noch ein Kind, hast nur gespielt. Und du, Markus, du konntest auch nichts dafür, ihr müsst euch nicht euer Leben lang selbst zerfleischen. Es war ein Unfall, ein tragischer Unfall.«

Sie redeten plötzlich alle durcheinander. Zu Ira drangen nur Gesprächsfetzen durch, Fragmente, keine ganzen Sätze. Sie sah die Szene in der Scheune vor sich, den sterbenden Karl, Elsa, die ihm wie ferngesteuert mit ihrer Schürze den Mund zuhielt, Markus, der voller Panik mit seinem Sohn auf dem Arm hinauslief.

Ira drehte sich zu Markus: »Wir haben uns neulich mit Tante Sophie unterhalten. Sie erinnerte sich an einen Streit, den du mit deinem Vater hattest, in der Nacht bevor er starb.«

Markus sah sie entsetzt an. »Ja?«

Die Gespräche ringsum verstummten. Andy schaltete sofort. Er sagte: »Ja, es ging um etwas, das in einer Tasche war, die du bei dir hattest. Vater soll etwas herausgenommen haben und dann ausgerastet sein.«

Markus atmete scharf ein, schloss die Augen, ballte kurz die Fäuste. »Das scheint die Nacht der Geständnisse zu sein. Gut, dann soll es so sein. Vielleicht habe ich vierzig Jahre darauf gewartet, auch endlich ehrlich sein zu können.« Er schaute seinen Sohn an. »Julian, möchtest du lieber rausgehen?« Sein Sohn schüttelte den Kopf. Markus holte noch einmal tief Luft, und mit einem Seitenblick auf Linda sagte er: »Ich … bin … schwul.« Er wartete keine Reaktion ab, sondern sprach rasch weiter. »Ich hatte ein Verhältnis mit Richard Schäfer.« Es klang, als habe er die Sätze in Gedanken schon tausendmal geübt, um sie jetzt endlich aussprechen zu können.

Linda gab einen erstickten Ton von sich. Verkrampft saß sie auf der Sesselkante, die Finger ineinander verhakt, die Lippen fest zusammengepresst. Markus sagte: »Es tut mir leid, Linda. Ich hätte dir das nicht antun dürfen, ich hätte es dir von Anfang an sagen müssen. Vater hatte immer recht mit seinem Verdacht. Früher dachte ich, wenn ich seine Schläge aushalte, geht es vielleicht wieder weg, das Anderssein.« Und an seinen Sohn gewandt, sagte er: »Julian, was immer du von mir denkst … und wenn du mich jetzt noch mehr verachtest, dann muss ich damit leben. Aber eins sollst du wissen: Ich habe dich immer geliebt, und ich tue es noch.«

Kein Muskel bewegte sich in Julians Gesicht, es war zu einer Maske erstarrt.

Tessa, Thomas und Gundis verließen wortlos das Zimmer. Elsa drehte sich zur Wand. Linda saß reglos wie eine Puppe.

In dieser Nacht erzählte Markus denen, die dageblieben waren, seine Geschichte. Niemand unterbrach ihn, niemand kommentierte das Gesagte. Seine Mutter, seine Frau, sein Sohn, sein Bruder und Ira ließen ihn reden. Es war, als habe sich ein Ventil geöffnet, aus dem die Sätze nur so heraussprudelten.

Markus war etwa sechs Jahre alt gewesen, als er ein Gespräch seiner Eltern belauschte. Es ging um jemanden, der »vom andern Ufer war«. Das Wort »schwul« fiel. Markus wusste nicht genau, was das bedeutete, wusste aber: schwul zu sein war eine schreckliche Sache. Sein Vater hatte mal gesagt, diese Leute müssten weggesperrt werden, das sei eine schlimme Krankheit, die man behandeln müsse.

»Ich war ein Einzelgänger, immer schon, aber ich hatte einen Freund, Richard. Als er wegzog, weil er adoptiert wurde, lief ich von zu Hause weg.« Ira und Andy nickten, dieser Ausbruch hatte Dorfgeschichte geschrieben, und sie kannten diese Geschichte in mehreren Varianten.

»Vater hat mich fast totgeschlagen. Und dabei keuchte er die ganze Zeit: Du kleines dreckiges schwules Schwein, ich werd's dir schon austreiben! Da war ich sieben.«

Ira schlug sich vor Entsetzen die Hand vor den Mund. Julian hörte seinem Vater fassungslos zu. Elsa saß, bis zum Kinn in die Decke gehüllt, in der Ecke des Sofas und rührte sich nicht. Linda krallte ihre Finger noch tiefer in den Sessel.

»Als Vater all diese schrecklichen Wörter zu mir sagte, bekam ich die totale Panik, dass ich diese Krankheit hatte und weggesperrt werden musste. Aber wie er darauf kam, mich schwul zu nennen, das konnte ich mir überhaupt nicht erklären.« Markus raufte sich die Haare. »Ich wusste es einfach nicht.«

Als er ein Teenager war, erzählte einer der Jungs aus seiner Klasse, dass er in der Nacht einen Traum gehabt habe, einen tollen Traum von einer tollen Frau, die habe er in einem Auto vernascht, und sie habe einen unglaublich riesigen Busen gehabt. Die anderen Jungs berichteten von ähnlichen Träumen. Popsängerinnen kamen darin vor, Schauspielerinnen, Frauen aus der Nachbarschaft.

»Mir wurde schlecht. Jemand wühlte mit einem Messer in meinen Eingeweiden. Denn ich hatte auch Traumbilder. Aber sie waren alle männlich.«

Er sei verstört gewesen, hatte nur noch Angst, wollte abends nicht mehr schlafen gehen, weil er wusste, dass er dann wieder träumen würde. Und wenn er aufwachte, würde sein Laken feucht sein, er konnte es nicht steuern, konnte es nicht ändern. Er wusste jetzt mit Sicherheit, dass mit ihm etwas nicht stimmte, dass etwas anders lief als bei seinen Schulkameraden. Und er hatte panische Angst, dass er weggesperrt und behandelt werden musste und dass im Dorf alle hinter vorgehaltener Hand über ihn reden würden.

Markus begann zu kämpfen: Er versuchte, an Mädchen zu denken, kaufte sich Zeitschriften mit nackten Frauen, starrte sie an – und verzweifelte, denn seine Gedanken landeten immer wieder bei Männern. »Ich konnte das doch nicht zulassen, ich musste es bekämpfen, die Angst war einfach zu groß«, sagte er.

Immer wieder sei ihm sein Vater auf die Schliche gekommen, habe ihn dabei erwischt, dass er Dinge tat, die man als Junge nicht tun durfte. Er zog zum Beispiel einmal das gute Sakko seines Vaters an und posierte damit vor dem Spiegel. Er vergötterte die starken Männer, die zur Erntezeit auf dem Hof zupackten, und er fasste sich zwischen die Beine, wenn er deren Muskeln sah. Sein Vater beobachtete ihn einmal dabei und verprügelte ihn fürchterlich.

Markus besuchte die Realschule. Er war zwölf, da begegnete er Richard wieder, der nebenan aufs Gymnasium ging. Wieder wurden sie unzertrennlich.

»Mein ganzes Leben war eine Katastrophe. Und ich konnte mit niemandem darüber sprechen, außer mit Richard«, sagte Markus, und seine Stimme klang jetzt beinahe zärtlich.

Als die beiden ein Liebespaar wurden, waren sie fünfzehn und achtzehn Jahre alt. Doch irgendwann war die Schule zu Ende: Richard besuchte nach dem Abitur die Hotelfachschule, um später das Hotel seiner Eltern übernehmen zu können. »Mich hat Vater gezwungen, einen richtigen Männerberuf zu erlernen, so nannte er es.« Ohne ihn zu fragen, besorgte Karl Weyer ihm eine Lehrstelle als Autoschlosser bei Opel Hüttemann. Markus fügte sich.

»Ich hatte mir fest vorgenommen, ab jetzt normal zu leben.« Er suchte sich Freundinnen, schlief mit ihnen – aber er war nie glücklich. Dann musste er zum Bund, nach Rendsburg, weit weg von Eskendor und von Richard – und erlebte auch dort Demütigungen und Anfeindungen, nachdem ihn jemand als Schwuchtel bezeichnet hatte. »Ich hab gezeichnet, das reichte denen schon, um auf mir rumzuhacken …«

Bei jedem Heimaturlaub traf er Richard, schlich sich heimlich ins Hotel, trieb es mit ihm im Weinkeller, in leeren Gästezimmern, sogar im Bett von Richards Eltern.

Markus führte ein Doppelleben. Später war er tagsüber der ehrgeizige Karrieretyp, Aufsteiger bei Opel Hüttemann, nachts traf er sich heimlich mit Richard. So ging das jahrelang.

Markus sah seine Frau an. »Tja, und dann wurde Linda

schwanger, und wir heirateten. Sie war – es tut mir so leid, Linda, ich weiß, dass ich das nie hätte tun dürfen, aber du warst … eine Alibifrau.« Sie saß immer noch reglos im Sessel, mit durchgedrücktem Rücken, die Hände im Schoß, die Augen weit aufgerissen.

Markus stand auf, ging im Zimmer auf und ab, blieb dann am Fenster stehen, starrte in die Dunkelheit. Ira schaute auf die Uhr: Es war drei Uhr morgens.

Sie hörte Markus Stimme, die jetzt leiser geworden war. »Ich stand vor der Kirche. Die Tür war noch zu. Ich stand da mit der Frau in dem teuren Kleid und dem albernen Hut, ich trug einen teuren Anzug, den sie für mich ausgesucht hatte, und alles war schrecklich übertrieben. Und da dachte ich: Du darfst das nicht tun. Das ist nicht richtig, was du hier tust. Du solltest nicht heiraten, es ist ein großer Fehler!« Einen Moment lang hatte er den Impuls gespürt, einfach abzuhauen.

Er drehte sich langsam um.

Da standen die Gäste, hundert Menschen in festlichen Kleidern, mit erwartungsvollen Gesichtern.

Und dann öffnete sich die Kirchentür.

Der Moment war vorbei.

Sie zogen auf Eskendor zuerst in die große Wohnung im Haupthaus.

Julian wurde geboren. »Das war so ein Punkt, an dem ich mir immer und immer wieder geschworen habe, mich nie mehr mit Richard zu treffen. Ich wollte normal werden, hab an meiner Karriere gearbeitet und viel Zeit mit Julian verbracht. Und ich habe mit Linda geschlafen. Wie es sich gehört.«

Seinen Schwur, ohne Richard zu leben, konnte Markus nicht halten. Immer wieder fuhr er heimlich in die Stadt. Richard leitete das Hotel gemeinsam mit seiner Adoptivmutter Amelie inzwischen mit großem Erfolg. Sogar von einer Auszeichnung mit einem Stern in einem Hotelführer war die Rede. Doch dann betrog Richard Markus eines Tages mit einem Hotelgast. Ein One-Night-Stand im Suff.

»Es war ein dummer Zufall, dass ich ihn erwischt habe. Ich hab den Typen geschlagen, immer wieder habe ich ihm ins Gesicht geschlagen; der war so überrumpelt, dass er sich gar nicht gewehrt hat.« Der Gast reiste überstürzt ab – und vergaß eine Tasche.

»Tja«, sagte Markus, »und in dieser Tasche fanden wir Pornohefte.« Er schüttelte sich. »Pornos mit minderjährigen Jungs, mit Kindern.« Richard und Markus waren entsetzt. Der Seitensprung wurde zur Nebensache, die Tasche musste aus dem Hotel verschwinden, sofort, das Dreckszeug durfte dort niemand finden. Markus nahm die Tasche mit auf den Hof und wollte sie dort entsorgen. »Verbrennen, in die Jauchegrube werfen, was weiß ich.«

Doch genau in dieser Nacht lauerte sein Vater ihm auf. Er stellte Markus zur Rede, riss ihm die Tasche aus der Hand, öffnete sie und drehte beim Anblick der Hefte fast durch. Er drohte, ihm den Sohn wegzunehmen und ihn anzuzeigen und ins Kittchen zu bringen, wo er hingehörte. »Alles, wovor ich mich immer gefürchtet hatte, schien plötzlich wahr zu werden.«

17

Die ersten Vögel begannen zu zwitschern, als Ira und Andy endlich hinüber in seine Wohnung gingen. Die Luft war noch frisch und klar, aber man spürte, es würde wieder ein heißer Sommertag werden.

Bevor Julian das Zimmer verlassen hatte, war er vor seinem Vater stehen geblieben, hatte seine Hand auf dessen Schulter gelegt und ihn einen Moment wortlos angesehen. Markus griff nach der Hand seines Sohnes und drückte sie. Als Ira seinen Blick sah, kamen ihr die Tränen. So viel Schmerz, so viel Liebe.

Markus blieb noch bei seiner Mutter, wollte warten, bis sie eingeschlafen war. Sie fühlte sich nicht gut, wollte auf dem Sofa liegen bleiben, war erschöpft nach dieser langen Nacht der Beichten und Geständnisse.

Zuletzt hatten Mutter und Sohn miteinander geweint.

»Ich glaube, das waren Tränen der Erleichterung, bei beiden«, sagte Ira, als sie die Vorhänge zuzog und sich zu Andy unter die Decke legte. Er hatte die Arme hinter dem Kopf verschränkt und nickte. »Diesen Geburtstag werden wir wohl alle nie vergessen«, sagte er. Ira schmiegte sich eng an ihn, und sie schliefen fast gleichzeitig ein.

Die Schreie kamen aus der Wohnung in der ehemaligen

Scheune. Hastig stieg er in seine Jeans und rannte nach draußen, Ira schlüpfte in ihr Kleid und stolperte hinterher.

»Das ist Linda!«, sagte Andy.

Sie liefen los, barfuß, es waren nur ein paar Meter bis zur Haustür. Andy stieß sie auf, sie war nicht abgeschlossen, die Schreie wurden lauter, immer lauter, Andy stürmte die Treppe hinauf, zwei Stufen auf einmal nehmend, Ira blieb dicht hinter ihm, die Schreie schrillten irre, da, hinter dieser Tür. Andy öffnete sie. Er blieb stehen, erstarrte.

»Hör auf!«, brüllte Andy.

Dann war es still.

Ira trat neben ihn, und von der Schlafzimmertür aus starrten sie beide auf Linda. Sie kniete vor dem Bett, die Hände gefaltet, den Kopf weit in den Nacken gelegt, den Mund noch geöffnet. Ihr sonst so blasses Gesicht war jetzt eine hässliche rote Fratze. Aber sie schrie nicht mehr. Langsam wandte sie das Gesicht Andy und Ira zu, aber ihr Blick schien durch sie hindurchzugehen und verlor sich an einem Punkt hinter ihnen.

Das Bett war über und über mit Fotos von Markus bedeckt: Porträts, Schnappschüsse, Hochzeitsfotos, Urlaubsbilder. Dazwischen Bilder von Jesus, von Engeln, von Maria mit dem Kind, von irgendwelchen Heiligen. Andy und Ira wechselten einen Blick. Himmel, was war das denn?

Linda wollte offenbar etwas sagen, aber aus ihrer Kehle drang nur ein heiseres Krächzen. Sie räusperte sich, kniete immer noch mit gefalteten Händen vor dem Bett. Dann sagte sie, fast tonlos und mehr zu sich selbst: »Ich habe den Herrgott angefleht. Ich habe gebetet und gebettelt, dass er

Markus wieder gesund macht. Ich habe ihm meine Seele versprochen, wenn er ihn heilt. Er hat mich nicht erhört. Markus hat mich nie geliebt. Er hat mir ein Kind gemacht, obwohl er wusste, dass er abartig veranlagt ist. Ich habe mit ihm geschlafen.«

Sie löste ihre Hände und legte sie an die Wangen, ihr Blick war jetzt wild und voller Hass, mit verzerrtem Gesicht sagte sie: »Ich habe mit ihm geschlafen, nachdem er sein Ding in einen Mann gesteckt hatte!« Linda beugte sich plötzlich vornüber, würgte und erbrach sich auf ihre Hände und Knie. Sie sah den Schleim auf ihren Fingern an, warf sich aufs Bett und griff mit den beschmutzten Händen in die Bilder, zerknüllte sie, fegte einige vom Bett und heulte dabei wie ein Tier.

Ira und Andy fuhren zusammen, als Markus sie plötzlich zur Seite schob und das Schlafzimmer betrat, Linda ansah, auf das besudelte Bett mit den Fotos und den Heiligenbildern starrte.

Wortlos ging er zum Kleiderschrank, nahm ein paar Sachen heraus, stopfte sie in eine Tasche. In der Tür drehte er sich noch einmal um und sagte leise:

»Linda, es tut mir wirklich leid.«

Dann ging er hinunter. Er hatte kaum den Treppenabsatz erreicht, als Linda brüllte: »Ich bin so froh, dass Richard tot ist, so froh!«

Markus verharrte einen Moment reglos, drehte sich aber nicht um, ging dann die Treppe weiter hinunter. Kurz darauf hörten sie die Tür zufallen. Linda stand langsam auf, wischte sich die Hände an ihrem Kleid ab und legte sich aufs Bett, mitten in die Fotos. Zusammengekauert wie ein

Embryo, drehte sie ihnen den Rücken zu. Ira und Andy wechselten einen Blick, waren sich wortlos einig. Sie ließen Linda allein.

Am frühen Morgen standen sie wieder auf. Sie konnten einfach nicht mehr schlafen. Dic Sonne warf goldene Lichtflecken durch das Laub der Linden, Kastanien und Eschen, in deren Ästen noch die Girlanden und Lichterketten von gestern hingen. Zwischen der fröhlichen Geburtstagsfeier und diesem Morgen schien eine Ewigkeit zu liegen.

Ira war zu aufgewühlt, um sich noch einmal hinzulegen, sie würde sowieso nicht schlafen können. Andy ging es genauso. Er deckte den Frühstückstisch, während Ira duschte. Es hätte ein perfekter Tag sein können. Wetter wie aus dem Bilderbuch, das idyllische Anwesen, der schattige Hof, Geschirrklappern nebenan, der Duft von frischem Kaffee. Eigentlich wollten sie heute mit Tante Erna im Wiehengebirge wandern, Ira war seit Jahrzehnten nicht mehr an der Krausen Buche und beim Wilden Schmied gewesen. Daraus wurde nun nichts. Im Leben von Markus, Linda, Julian und Elsa war seit der vergangenen Nacht nichts mehr wie zuvor.

Andy bereitete Rühreier und Speck vor, der Tisch auf der Terrasse war für acht Personen gedeckt.

»Acht Gedecke? Wen erwartest du noch?«, fragte Ira.

»Wenn meine Mutter wach wird, soll sie hier mit uns frühstücken, ich will sie heute nicht alleine lassen. Und Tessa und Julian müssen ja auch was essen, oder?«

»Das sind nur fünf, mit uns beiden.«

Andy gab ihr einen Kuss auf die Stirn. »Vielleicht kommen Thomas und Gundis, ich rufe drüben an, und falls Markus kommen möchte …«

»Wo ist er denn? Sein Auto steht auf dem Hof, weggefahren ist er also nicht.«

»Ich denke, er ist bei Mutter in einem der Gästezimmer.«

Nach und nach trafen Elsa, Tessa und Julian bei Andy ein. Thomas hatte die Einladung am Telefon mit den Worten »Ich glaube, es hackt!« abgelehnt.

Die Stimmung war gedrückt, aber auf eine merkwürdige Art auch entspannt. Die schlaflose Nacht hatte in allen Gesichtern Spuren hinterlassen: verweinte Augen, dunkle Schatten darunter, ernste Blicke.

Besonders Elsa war sehr blass, sie nippte nur an ihrem Kaffee, hatte keinen Hunger. Markus war nach der Szene mit Linda tatsächlich in Elsas Wohnung gegangen und hatte seine Tasche in eines der Fremdenzimmer gestellt. Dann war er verschwunden und kam nun an der Terrasse vorbei, auf der die anderen bereits frühstückten. Er setzte sich dazu, sprach aber kaum.

Andy kümmerte sich rührend um alle: Immer wieder ging er in die Küche, kam mit frischem Toast und gebratenem Speck zurück, kochte Kaffee und Kakao, ließ sich nicht von Tessa helfen, obwohl sie es mehrmals anbot. Er schmierte Elsa einen Toast – den sie aber nicht aß.

In die Stille hinein sagte Markus mit schriller Stimme: »Richard wurde erpresst. Erpresst, versteht ihr das? Vielleicht hat er sich deswegen umgebracht? Wer hat das getan? Wer hat ihn in den Tod getrieben? Wer denn?«

Elsa war plötzlich aschfahl, Schweißperlen standen auf

ihrer Stirn. Sie rang nach Luft. »Mir ist so schlecht … ich … kriege … keine Luft …«, stöhnte sie mit weit aufgerissenen Augen. Sie atmete in kurzen, heftigen Stößen, der Schweiß lief ihr jetzt die Schläfen hinab,

Tessa schaltete als Erste und rief: »Notarzt! Schnell, wir brauchen einen Notarzt, ich glaube, Oma hat einen Herzinfarkt!« Sie sprang auf.

»Komm, Papa, wir müssen sie hinlegen!« Andy und Tessa hoben Elsa behutsam hoch und legten sie auf den Boden. »Mach ihr die Bluse auf, Papa«, sagte Tessa. »Alles wird gut, Omilein, hab keine Angst, der Arzt kommt sofort, alles wird gut, du musst keine Angst haben, sei ganz ruhig, wir sind bei dir …«

Ira war unruhig. Sie musste einfach irgendetwas tun und begann, das Geschirr in die Küche zu tragen. Sie schob Krümel und Speisereste mit einem Messer von den Tellern in den Mülleimer, stellte Tassen, Teller und Gläser in die Spülmaschine, wischte auf der Terrasse den Tisch ab, rückte Stühle, räumte auf. Die anderen waren offenbar in ihre Wohnungen gegangen, außer Julian und Tessa konnte sie niemanden sehen.

Für sie gab es hier im Moment nichts mehr zu tun. Sie steckte ihr Handy ein und nahm Tante Erna an die Leine. Gedankenverloren ging sie die Eschentorstraße links entlang, am Kriegerdenkmal vorbei, dann rechts herum, blieb ziellos, ging einfach, ohne etwas oder jemanden wahrzunehmen.

Sie musste das Chaos in ihrem Kopf unbedingt ordnen. Was für ein Tag, was für eine Nacht!

Hoffentlich überlebte Elsa, hoffentlich wurde sie wieder gesund. Diese Familie hatte doch schon genug mitgemacht. Es reichte wirklich, verdammt noch mal.

18

Elsa war noch ziemlich schwach, als sie die Intensivstation verlassen konnte und auf die Station für innere Medizin verlegt wurde. Sie würde noch etwa zwei Wochen im Krankenhaus bleiben müssen. Danach sollte sie in die Reha – für Elsa ein Grund zu großer Sorge: Jetzt, mit siebzig, würde sie ihre allererste Reise planen müssen. Sie war noch nie im Urlaub gewesen, die Idee zu verreisen, war ihr nie gekommen.

Andy und Ira hatten eine Liste von Elsa bekommen: Nachthemden, Unterwäsche, die rosa Strickjacke, Schlappen, Morgenmantel, Kulturbeutel und ihre Lesebrille.

Sie öffneten den Schlafzimmerschrank. Ira musste schmunzeln, als sie zwischen hautfarbenen Baumwollschlüpfern kleine Beutel mit getrockneten Lavendel- und Rosenblüten fand. Sie legten alles aufs Bett und gingen die Liste durch.

Andy öffnete einen weiteren Schrank, um den Morgenmantel zu suchen. »Guck mal, meine Mutter hat noch Schallplatten, die haben ja wohl Seltenheitswert«, sagte er und hob einen Stapel Langspielplatten hoch. Gemeinsam sahen sie sich die verblichenen Cover an. »Anneliese Rothenberger, Vico Torriani, Rudolf Schock, René Kollo. Ich kann mich überhaupt nicht daran erinnern, dass meine Mutter je

Musik gehört hat! Und sieh mal hier, Lale Andersen, René Carol, Hans Albers, ganz alte Dinger.«

Als er eine der Schallplatten näher in Augenschein nehmen wollte, fiel ein Umschlag aus dem Cover. Er war nicht zugeklebt, und Andy schaute hinein. »Fotos!« Neugierig nahm er einige heraus.

Dann setzte er sich ganz langsam auf Elsas Bett. Er starrte auf ein Foto, legte es beiseite, sah sich das nächste an, dann noch eins.

»Was zum Henker hat das zu bedeuten?«, murmelte er.

Ira nahm ihm ein Bild aus der Hand und betrachtete es. Ein junger Mann mit schulterlangen Haaren stand neben dem Kassenhäuschen eines Kettenkarussells. Sie schätzte ihn auf ungefähr zwanzig. Er war relativ klein, muskulös und braun gebrannt. In seinem Mundwinkel hing eine Kippe, in der rechten Hand hielt er eine Flasche Bier, die linke hatte er lässig mit dem Daumen in die Tasche seiner Jeans gehakt. Ira nahm das nächste Bild in die Hand. Derselbe Mann, dieses Mal stand er grinsend mit einem Schraubenschlüssel an einem halb aufgebauten Musik-Express. Es waren ungefähr dreißig Fotos, offenbar über einen Zeitraum von mehreren Jahren aufgenommen. Immer zeigten sie als Motiv denselben Mann, mal mit längeren Haaren, mal mit kürzeren. Es waren allesamt Schnappschüsse, der Mann schaute nie in die Kamera, es war offensichtlich, dass er nicht wusste, dass ihn jemand fotografierte. Auf einem Foto arbeitete er auf einer Baustelle, auf einem anderen saß er am Oeynhausener Busbahnhof zwischen den »Bahnhofspennern«.

Ira ließ die Fotos sinken. »Das ist Michel, oder?« Andy

nickte. »Was hat das zu bedeuten? Wer hat diese Bilder gemacht?«

»Meine Mutter wahrscheinlich, sonst lägen sie nicht versteckt zwischen ihren Schallplatten.«

Andy drehte ein Bild um. »Da ist ein Stempel drauf: Drogerie Busch, Gohfeld.« Sie sahen sich an.

»Ist es so, wie ich das jetzt vermute?«

»Ja, es sieht so aus, als sei Mutter Michel gefolgt und habe ihn über all die Jahre heimlich fotografiert. Und dann ist sie nach Gohfeld gefahren und hat die Bilder da entwickeln lassen. Aber warum?«

»Na ja, hier in Rehme kennt sie jeder – und Michel kannten ja auch alle. Wenn sie die Bilder in der Drogerie am Alten Rehmer Weg hätte entwickeln lassen … der alte Sieker hätte doch sofort geschaltet!«

Andy fuhr sich mit der Hand durch die Haare. »Aber warum hat sie ihn heimlich fotografiert und die Fotos versteckt?« Er überlegte. »Das heißt doch auch, dass sie immer gewusst hat, wo Michel gesteckt hat!«

Ja, Andy hatte recht. Aber woher hatte Elsa das gewusst? Iras Gedanken überschlugen sich. Okay, es war nicht so schwer gewesen herauszufinden, wann und wo Kirmes war und wann und wo welcher Schausteller gerade seine Fahrgeschäfte aufbaute. Aber wenn Elsa diese Bilder von ihrem angeblich verschwundenen Sohn gemacht hatte, warum hatte sie alle anderen immer in dem Glauben gelassen, dass niemand wisse, wo Michel sich aufhielt? Hatte sie mit ihm gesprochen?

Ira durchwühlte die Bilder. »Hier, sieh dir das an!«

Andy betrachtete die Fotografie, die sie ihm hinhielt.

»Das ist nachts aufgenommen worden. Wo steht er da?«

Ira beugte sich vor und zeigte auf eine verschwommene Leuchtschrift, die von Michels Statur zum Teil verdeckt wurde. »Wenn mich nicht alles täuscht, ist das die Diskothek im Werrepark, in der er zuletzt gearbeitet hat!«

Andy sagte: »Dann ist das Bild also relativ neu.«

Er lehnte sich zurück. »Sie ist ihm anscheinend nachgefahren, auch nachts! Können wir davon ausgehen, dass meine Mutter sogar wusste, wo Michel zuletzt gewohnt hat?«

Ira überlegte. »Wenn sie ihm die ganzen Jahre gefolgt ist und ihn offenbar überall gefunden hat, wäre es sehr merkwürdig, wenn sie ihn ausgerechnet hier in Bad Oeynhausen aus den Augen verloren hätte.«

Sie schwiegen, bis Ira schließlich sagte: »Andy, verdammt noch mal, ich habe keinen Schimmer, was das zu bedeuten hat.«

Andy schob die Fotos mit beiden Händen zusammen und steckte sie wieder zurück in den Umschlag. »Wir werden sie fragen. Sie wird es uns erklären müssen.«

»Ist sie dafür denn gesund genug? Wenn es so ist, wie wir vermuten, wenn wir auf der richtigen Spur sind und Elsa auf diese Fotos ansprechen, regt sie sich wahrscheinlich furchtbar auf – und das ist in ihrem Zustand sicher nicht gut.«

»Wir können das Ganze aber auch nicht auf sich beruhen lassen.«

Andy stand auf und begann im Zimmer hin- und herzulaufen. Viereinhalb Schritte waren es von einer Wand zur anderen. Viereinhalb Schritte hin, viereinhalb zurück.

»Weißt du, so langsam weiß ich überhaupt nicht mehr, wo mir der Kopf steht. Nichts ist mehr so, wie es mal war, jeder scheint ständig nur gelogen zu haben. Meine Mutter sagt, sie habe meinem Vater eine Schürze auf den Mund gedrückt – und glaubte jahrelang, daran sei er gestorben. Mein Neffe Julian ist ein völlig verstörter Mensch, weil er nie verarbeitet hat, was ihm als Kind in der Scheune passiert ist. Mein Bruder Markus ist schwul und hat nur geheiratet, um das zu verheimlichen. Und jetzt stellt sich auch noch heraus, dass der große Kummer meiner Mutter, nämlich das Verschwinden meines jüngsten Bruders, all die Jahre nur gespielt war.«

Andy setzte sich wieder aufs Bett und fuhr sich mit beiden Händen durch die Haare. Seine Stimme klang verzweifelt. »In meinem Leben ist kein Stein mehr auf dem anderen. Ich weiß nicht mehr, was und wem ich noch irgendetwas glauben kann.«

Ira nahm seine Hand. »Mir. Mir kannst du trauen«, sagte sie und küsste ihn auf die Wange.

Sie nahmen den Umschlag mit ins Krankenhaus. Elsa sah noch sehr mitgenommen aus. Als Ira und Andy hereinkamen, lächelte sie und schaltete den Fernseher aus.

Andy packte die Reisetasche aus. Ira stand am Fenster und sah hinaus in den Park. Schließlich nahm Andy sich einen Hocker und setzte sich neben das Bett.

»Wie geht es dir heute?«

Elsa erzählte, was der Arzt während der Visite gesagt hatte, dass sie ihr Leben umstellen müsse, dass sie anders essen solle, dass sie Alkohol vermeiden und sich regelmäßig bewegen müsse. Sie empörte sich ein bisschen: »Als wäre ich dauernd auf Trallafitti und würde mir die Kante geben, so hörte sich das an, als er das mit dem Alkohol gesagt hat. Davon ist mein Herzkasper aber nicht gekommen, das kann ich dir sagen, der ist von der ganzen Aufregung, das weiß ich nämlich besser.«

Andy nahm ihre Hand und sagte: »Mutter, ein bisschen Aufregung kann ich dir jetzt aber nicht ersparen.«

Elsa reagierte erschrocken: »Ist schon wieder was passiert?«

Andy schüttelte den Kopf. »Nein, alles ist so weit gut. Aber ich muss dich etwas fragen.«

Elsa schluckte. »Dann schieß man los.«

Andy nahm den Briefumschlag mit den Fotos aus der Reisetasche. Elsa erkannte ihn sofort. Sie wandte den Kopf zum Fenster und sagte leise: »Unrecht gut gedeihet nicht, das hat meine Mutter immer gesagt. Recht hat sie gehabt, irgendwann kommt doch alles raus.«

Sie drehte den Zipfel ihrer Bettdecke fest zusammen, ließ ihn wieder los, strich ihn glatt, drehte ihn erneut.

Michel war damals ohne ein einziges Wort verschwunden, sie hatte es einfach nicht begreifen können. Tagelang lief sie verzweifelt durchs Dorf, fragte überall, ob man ihn gesehen hätte, zeigte ein Bild von ihm herum, aber niemand konnte ihr etwas sagen. Sie rief in allen Krankenhäusern an, ohne Ergebnis, und sie konnte vor Kummer nicht mehr schlafen. Die Leute schüttelten mitleidig den Kopf, wenn Elsa vor ihrer Tür stand, natürlich wusste jeder von der Tragödie um Karl Weyer. Es gab lange keinen Hinweis. Bis Dorfsheriff Friese irgendwann dahinterkam, dass

Michel auf dem Rehmer Markt am Karussell gesehen worden war.

Elsa fand die Termine aller Jahrmärkte in der Umgebung heraus. Auf Eskendor bemerkte niemand, wenn sie mit ihrem VW Käfer losfuhr und ihren Sohn suchte. Es dauerte mehr als ein Jahr, bis sie ihn schließlich in der Nähe von Lübbecke beim Blasheimer Markt fand.

Michel sammelte im Musik-Express die Fahrchips ein, sprang während der Fahrt auf die Trittbretter der Waggons, schäkerte mit den Mädchen. Elsa stand schüchtern und verloren im Fahrtwind des Karussells und beobachtete ihn. Sie war so aufgeregt, dass sie sich nicht bewegen konnte.

»Irgendwann hat er mich bemerkt. Er hat mir ins Gesicht geguckt und einen richtigen Schreck gekriegt, das hab ich genau gesehen.« Elsa stockte.

Andys Stimme war heiser: »Und dann?«

Sie schüttelte den Kopf. »Nix. Er hat so getan, als ob er mich nicht kennt. Mein Junge, mein Sohn, mein eigenes Kind wollte nicht mal mit mir reden.«

Immer wieder suchte sie Michel, immer wieder fand sie ihn, aber sie versuchte nur noch ein einziges Mal, mit ihm zu sprechen. Er schob sie weg, als sei sie eine Fremde.

Danach fing sie an, ihn heimlich zu fotografieren.

»Ich weiß nicht, warum ich die Bilder gemacht habe. Eigentlich wollte ich nur wissen, ob er lebt, ob er gesund ist, und ich hab immer gehofft, dass er mich eines Tages anhört. Ich wusste doch gar nicht, warum er das tat! Warum er nicht mit mir sprechen wollte! Ich bin doch seine Mutter …«

Andy setzte sich auf die Bettkante und nahm sie in den Arm. Elsa legte ihren Kopf an die breite Schulter ihres

Sohnes und weinte. Ira verließ das Krankenzimmer und ließ die beiden alleine.

Die runde Lampe über der Tür zu Elsas Zimmer begann zu blinken, und lautes Summen durchbrach die Stille auf der Station. Zwei Krankenschwestern liefen zu Zimmer 306, rissen die Tür auf. Ira hörte Andys aufgeregte Stimme, die Tür wurde rasch geschlossen. Die Fahrstuhltür öffnete sich, ein Arzt lief mit wehendem Kittel zu Elsas Zimmer.

Kurz darauf kam Andy heraus. Er war kreideweiß im Gesicht. Schweigend warteten sie eine halbe Stunde, bis der Arzt endlich Elsas Krankenzimmer verließ und auf sie zukam. »Es ist alles in Ordnung, sie schläft jetzt. Ich habe ihr eine Spritze gegeben, sie ist stabil. Gehen Sie nach Hause, Sie können sie morgen wieder besuchen.«

Arm in Arm verließen sie die Klinik. Andy sagte noch immer kein Wort.

Als sie auf dem Parkplatz angekommen waren, hielt Ira es nicht länger aus. »Was ist denn passiert?«

Andy sah sie an. Er öffnete den Mund, schien etwas sagen zu wollen, blieb dann aber doch stumm.

Sie waren mit Iras Mini Cooper hergekommen. Als Ira die Tür öffnete, sprang Tante Erna heraus und führte einen Freudentanz auf.

»Wir müssen erst eine Runde mit dem Hund gehen, ist das okay für dich?«

Andy nickte. Sie gingen hinüber in den Park, am Museumshof vorbei, hinunter bis zur historischen Wassermühle. Dort setzten sie sich auf einen ausrangierten Mühlstein und sahen zu, wie die Pudeldame ganz undamenhaft im Mühlenteich herumplanschte und ein paar Enten im Uferdickicht aufscheuchte.

Ira beobachtete Andy aus dem Augenwinkel. Er starrte ins Leere, die Muskeln in seinem Gesicht angespannt. »Andy! Nun rede schon, was ist eben bei Elsa passiert? Hatte sie wieder einen Herzanfall? Hat sie sich zu sehr aufgeregt?«

Andy lachte auf, er klang verbittert: »Meine Mutter hat meinem Vater ihre Schürze aufs Gesicht gedrückt, als er im Sterben lag. Du erinnerst dich?«

»Natürlich erinnere ich mich, was soll die Frage, Andy?« Als ob sie diese Szene je wieder aus ihrem Gedächtnis würde löschen können.

Andy drehte sich jetzt zu ihr und sah ihr in die Augen. »Mutter hat uns vor ein paar Tagen erzählt, dass sie sich für eine Mörderin hielt. Weil sie meinem Vater diese Schürze auf den Mund gedrückt hat. So weit kannst du mir folgen, ja?«

»Andy! Was ist los?«

»Was los ist? Jemand hat sie dabei gesehen!«

Ira schlug sich vor Schreck die Hand vor den Mund. »Mein Gott. Wer?«

Andy stand auf, steckte die Hände in die Hosentaschen, ging auf das Wasser zu, kickte mit dem Fuß einen Stein hinein, kam zurück, setzte sich wieder.

»Michel. Er lag oben auf dem Kriechboden im Heu. Das war sein Versteck. Er hat von da aus alles mit angesehen.«

Ira fühlte sich wie unter Strom. Ihre Gedanken überschlugen sich. Deswegen war Michel also abgehauen? »Hat Elsa dir das gerade erzählt?« Andy nickte.

»Und woher wusste sie, dass Michel sie gesehen hat?«

»Er hat es ihr gesagt.«

»Wie bitte? Michel hat deiner Mutter gesagt, dass er sie beobachtet hat? Ich denke, sie hat nie wieder mit ihm geredet? Er hätte sie immer weggeschickt, das hat sie doch vorhin gesagt?«

»Schrei mich nicht an!«

Ira war gar nicht bewusst gewesen, wie hysterisch ihre Stimme klang.

Elsa hatte die Wahrheit gesagt. Ein paarmal hatte Michel sie gesehen, hatte sich aber jedes Mal auf dem Absatz umgedreht und war verschwunden. Aber einmal, ein einziges Mal sprach er mit ihr. Elsa hatte ihn am Busbahnhof aufgespürt, sie sah ihn alleine auf einer Bank neben dem Kiosk sitzen. Er war sehr betrunken. Sie nahm all ihren Mut zusammen, näherte sich ihrem Sohn unbemerkt. Er sah sie erst, als sie vor ihm stand und leise sagte: »Michel … Michel … bitte …«

Er sprang auf. Stellte sich ganz dicht vor seine Mutter. Zum ersten Mal seit vielen Jahren stand Elsa ihrem jüngsten Sohn gegenüber, sah seine glasigen Augen, das verfilzte Haar, die tätowierten Hände. Sie sah seine faulen Zähne, roch seinen schlechten Atem.

»Michel, bitte komm doch wieder nach Hause. Was tust du denn hier?«

Ein paar Tropfen Spucke spritzten in ihr Gesicht, als er sie anblaffte: »Was willst du von mir? Was?« Er äffte sie nach: »Nach Hause, nach Hause. In eure beschissene, verlogene Welt? Zu dir? Weil du meine Mutter bist?« Sein Blick war ohne jedes Gefühl. Er sagte: »Eine gottverdammte Mörderin bist du!«

Elsa wich zurück, hielt sich die Ohren zu. Michel folgte ihrem Schritt. »Das willst du nicht hören? Hä? Hältst dir die Ohren zu?« Er packte Elsas Hände, drückte sie grob herunter und sagte: »Ich habe dich gesehen. Ich war auf dem Kriechboden, da hab ich mich manchmal versteckt. Keiner wusste das, hat sich ja auch keiner für mich interessiert. Ich war eingeschlafen. Der Knall, der Schuss! Ich bin hoch. Ich habe Markus gesehen, meinen feinen Herrn Bruder, wie er hinter seinem Kind stand, als es keine Hosen anhatte, und ich hab dich gesehen, als du deine beschissene Schürze auf Vaters Gesicht gedrückt hast.«

Ira wurde kalt, sie spürte ihr Blut eisig durch ihre Adern fließen. Ein ungeheuerlicher Verdacht machte sich in ihr breit, so ungeheuerlich, dass sie Andy nichts davon sagen konnte. Sie mochte den Gedanken, der sich unaufhaltsam in ihrem Kopf entwickelte, nicht einmal zu Ende denken.

19

Auf Hof Eskendor war es jetzt ruhig. Markus hatte in der Firma Urlaub genommen und sich für ein paar Tage ausgeklinkt. »Ich muss alles irgendwie neu ordnen. Dazu brauche ich Zeit für mich selbst«, hatte er erklärt und ein Last-Minute-Ticket nach Malta gebucht.

Linda ließ sich nicht blicken, öffnete die Tür nicht und ging auch nicht ans Telefon. Andy hatte sich zuerst große Sorgen gemacht, aber da sie in ihrem BMW morgens pünktlich vom Hof fuhr und abends wieder zurückkam, vermutete er, dass sie ihren Tagesablauf wiederaufgenommen hatte und regelmäßig zur Arbeit in die Schönheitsklinik fuhr. Tessa war zurück nach Málaga geflogen, und Julian verbrachte die restlichen Semesterferien in seiner WG in Münster.

Elsa war am Tag zuvor zur Kur nach Bad Wildungen abgereist. Sie war zwar noch nie verreist gewesen, aber nach dem Geständnis, dass sie ihrem Sohn jahrelang heimlich hinterher gefahren war, hielt Ira sie bei Weitem nicht mehr für so unselbstständig wie zuvor. Dazu gehörte nämlich eine ganze Menge Mut und auch eine gehörige Portion Organisationstalent. Zusätzlich hatte Elsa all die Jahre auch schauspielerische Qualitäten bewiesen, wenn es um Michel und sein »spurloses« Verschwinden ging.

Ira hatte seit dem Besuch im Krankenhaus nicht mehr mit ihr gesprochen. Nach einigen verstörenden Albträumen, in denen sie Elsa als Mörderin ihres jüngsten Sohnes sah, wollte Ira dringend Abstand gewinnen. So schlimm dieser Gedanke war, sie konnte sich dennoch durchaus vorstellen, dass Elsa irgendwann ausgerastet war. Zuerst die Jahre mit Karl, dessen tragischer Tod, Michels plötzliches Untertauchen, sein unerklärliches Verhalten ihr gegenüber – und dann sein Hassausbruch, als er sie als Mörderin beschimpfte. Wie viel konnte ein Mensch aushalten? Die Szene, in der Elsa ihrem sterbenden Mann die letzte Luft zum Atmen genommen hatte, bekam aber jetzt eine ganz andere Bedeutung. Elsa war, und das stand für Ira fest, fähig, einen Menschen zu töten. Auch wenn Karl an den Folgen der Schussverletzung höchstwahrscheinlich sowieso gestorben wäre …

Ira wollte diese Bilder nicht in ihrem Kopf haben. Selbst wenn an diesem schrecklichen Verdacht etwas dran sein sollte – sie wollte auf keinen Fall diejenige sein, die Andy oder ein anderes Mitglied der Familie darauf hinwies.

Sie saßen auf Iras Balkon, jeder ein Glas Weißweinschorle mit Eiswürfeln in der Hand. »Meine Mutter hat früher immer gesagt: Wenn Rehmer Markt ist, wird es schon um halb neun dunkel. Dann kommt der Herbst.«

Andy sah auf die Uhr, es war kurz nach acht. »Wie kommst du jetzt darauf?«

Ira lachte. »Weil es gleich dunkel wird und weil vorige Woche der letzte Mittwoch im August war, den Rehmer Markt haben wir dieses Jahr komplett verpasst.«

Ira hatte einen Salat aus Lauch, Paprika, Mais und Schafskäse zubereitet – eines der wenigen Gerichte, die sie beherrschte.

Andy war zum ersten Mal in ihrer Wohnung. Er brauchte Tapetenwechsel, hatte er gesagt, Abstand von Hof Eskendor, Rehme und Bad Oeynhausen.

Jetzt stellte er sein Glas auf dem kleinen Balkontisch ab und sah sie an. »Am liebsten würde ich mit dir Urlaub machen, wegfahren, nach Paris oder Rom, irgendwohin, wo so viel Trubel ist, dass ich gar nicht mehr zum Nachdenken komme. Und ich würde auch gerne mal ein paar Tage mit dir alleine sein.«

Ira schüttelte den Kopf: »Könntest du jetzt wirklich abschalten? Ich kann es nicht – und es ist nicht mal meine Familie, sondern deine, um die es seit einem Dreivierteljahr geht.«

»Das ist ja mal ein Stichwort: Von dir weiß ich nämlich noch lange nicht genug.«

Ira kuschelte sich in den Korbsessel und zog die Beine an. »Was willst du denn wissen?«

»Warum trägst du zum Beispiel immer irgendwas Rotes?«

Sie dachte einen Moment nach. Vielleicht hing ihr Rot-Faible mit ihrem ersten Schultag und den roten Schuhen von Angela Scholz zusammen. Sie trank einen Schluck von der Schorle.

»Das ist eine lange Geschichte …«

»Erzähl sie mir, wir haben viel Zeit.«

Ira schloss für einen kurzen Moment die Augen. Sie erinnerte sich noch genau an diesen Tag.

»Einschulung, Zuckertüte. Rehmer Schulhof, Ostern 1966. Mädchen links, Jungen rechts.«

Andy unterbrach sie: »Stimmt! Ich war schließlich dabei.«

Ira nickte. »Hatte ich total verdrängt, dass wir zusammen eingeschult wurden, aber du hast recht. Also: erster Schultag. Ich musste Angela Scholz an die Hand fassen. Viele Mädchen trugen an diesem Tag rote Schuhe, aber Angelas waren die schönsten. Es waren Lackschuhe, tomatenrot, und sie hatten dicke Blockabsätze. Ich hatte noch nie im Leben solche Schuhe gesehen. Angela sah meinen Blick, hob ein Bein und drehte den Fuß hin und her, damit ich ihn besser betrachten konnte. Der Schuh glänzte wundervoll. Die sind jetzt modern, sagte sie. Und dann sah sie meine kuhscheißefarbenen Schnürschuhe. Sie zeigte mit dem Finger darauf und rief: ›Guckt mal, Ira hat Jungenschuhe an! Was sind das denn für scheußliche Dinger!‹, und alle Kinder guckten auf meine Schuhe und lachten mich aus. Ich umklammerte meine Zuckertüte und ließ Angelas Hand los, starrte auf den Boden.« Jetzt schmunzelte Ira über ihren kindlichen Kummer, aber damals war die Sache ernst.

»Ich hatte mich so sehr auf die Schule gefreut. Meine Oma sagte immer: ›Bücher sind Freunde.‹ Deswegen wollte ich lesen und schreiben können, wollte wissen, was in Büchern geschrieben stand, und ich wollte Freunde haben.«

Andy schmunzelte. »Solche Gedankengänge können auch nur kleine Mädchen haben, oder?«

»Also, meiner Oma hab ich jedes Wort geglaubt – und auch jedes Wort für bare Münze genommen. Sie sagte zum

Beispiel: ›Wenn du immer schön lernst und deine Schularbeiten machst, kann dir gar nichts passieren.‹ Ich wollte natürlich nicht, dass mir was passiert.« Ira musste lachen: »Aber was mir hätte passieren können – keine Ahnung! Gelernt hab ich allerdings trotzdem nicht. Ich wollte schön und klug werden, wenn ich erwachsen bin. Okay, doof bin ich ja nicht, aber mit der Schönheit hat das nicht so richtig geklappt.«

Andy wartete einen Moment, dann tat er erstaunt und sagte: »Oh, war das jetzt mein Einsatz? Den habe ich wohl verpasst. Okay, ich habe verstanden: Du siehst toll aus!«

Ira verschluckte sich am Wein, so sehr musste sie lachen.

Sie genoss es, dass Andy ihr so aufmerksam zuhörte. Sonst war sie immer diejenige, die Fragen stellte und zuhörte, das war schließlich ihr Job.

Sie erzählte weiter vom ersten Schultag. »Ich rannte nach der Schule nach Hause, lief über den Hof, streifte vor der Hintertür die kuhscheißefarbenen Schuhe ab und nahm die Treppenstufen mit Riesenschritten. Die Zuckertüte! Jetzt würde ich reingucken dürfen. Meine Mutter wischte sich die Hände an der Schürze ab, bevor sie mich fragte: ›Na? Wie wars?‹ Sie setzte sich auf die rote Eckbank in der Küche und zündete sich eine Zigarette an. Und dann legte ich los: ›Die Lehrerin heißt Frau Detering und hat Locken, und ich sitze neben Verena, die hat blonde Haare. Alle Mädchen hatten rote Schuhe an, nur ich nicht. Angela hat mich ausgelacht und gesagt, ich habe hässliche Jungenschuhe an, und ich habe eine Fibel, und was ist in meiner Zuckertüte?‹«

Andy lachte laut: »So hast du das gesagt? Du hast also als Kind auch schon so schrecklich viel geredet?«

Ira fischte mit den Fingern einen Eiswürfel aus ihrem Glas und warf ihn Andy an den Kopf.

Sie war das jüngste Kind der Schule gewesen, ein »Kann-Kind«, weil sie erst im Juni sechs wurde. 1966 waren die Einschulungen zum letzten Mal nach Ostern, danach begannen die neuen Schuljahre erst nach den Sommerferien. Zwei Kurzschuljahre überbrückten den Zeitsprung, die Kinder, die 66 eingeschult wurden, waren schon ein Jahr später in der dritten Klasse.

In Iras Zuckertüte waren Wachsmalstifte, Katzenzungen und Storck-Riesen gewesen. Und ein nagelneues Gummi für Gummitwist. Das hatte sie sich schon lange gewünscht.

»Nach dem Essen zog ich mein altes Zeug an und legte das gute Schulkleid ordentlich über den Stuhl. Die Mittagsruhe war um drei zu Ende, und ich durfte endlich raus. Ich nahm mein neues Gummiband, ging auf die Straße und wartete, bis die Nachbarskinder rauskamen. An dem Tag kam nur Susanne von gegenüber. Wir banden das Gummi einfach an einer Seite um den Ascheneimer. Es war noch ganz weiß und hatte nur einen einzigen Knoten. Nicht wie mein altes, das aus alten ausgeleierten Schlüpfergummis zusammengeknotet war und immer wieder riss, wenn man auf Oberschenkelhöhe sprang. Ich hatte meine Mutter irgendwann um ein neues Gummiband gebeten, aber sie sagte, wir hätten doch keinen Dukatenscheißer. Das fehle noch, dass man für das Frollein ein neues Gummi kaufe, bloß zum Spielen und zum Rumhopsen … Das war ihre Art, mich zu überraschen, schließlich bekam ich das neue Gummi.«

Andy schenkte Weißwein nach und sagte: »Bei den kleinen Mädchen waren also rote Schuhe und Schlüpfergummis die ersten Statussymbole!«

»Na ja, und bei euch waren es die Bonanzaräder, oder nicht?«

Sie redeten bis Mitternacht, vermieden dabei aber so lange wie möglich, über die Ereignisse in Andys Familie zu sprechen.

Auf dem Balkon war es inzwischen zu kühl geworden, und sie hatten sich ins Wohnzimmer gesetzt. Andy öffnete nun eine Flasche Rotwein. »Ich hätte nie gedacht, dass du so wohnst«, sagte er, während er den Wein in die bauchigen Burgundergläser goss. Er hatte vorhin schon angemerkt, dass er sich eine Wohnung, in der Möbel und Wände weiß waren, nie so gemütlich vorgestellt hätte. Ira besaß einige moderne Gemälde, die – natürlich weiß gerahmt – in der puristischen Umgebung besonders dekorativ wirkten. Und ungemütlich war das Appartement schon deshalb nicht, weil es viele Kissen, kuschelige Decken und üppige Vorhänge gab, weiß auch die, in verschiedenen Abstufungen. Andy grinste: »Du warst aber nicht konsequent.«

Er wies auf Tante Erna, die schon seit Stunden zusammengerollt in ihrem weißen Körbchen schlief und dabei leise schnarchte. »Schwarzer Hund in weißer Wohnung – hättest du ihn nicht Ton in Ton kaufen können?«

»Ein Kontrast geht schon. Ich mag diesen Stil, nichts lenkt mich ab, hier bekomme ich mein Chaos im Kopf meistens gut in den Griff.«

Andy saß in der Ecke des Sofas, hatte die Füße auf den

niedrigen Tisch gelegt, Ira lag mit dem Kopf auf seinen Beinen. Sie konnten nicht länger um den heißen Brei herumreden, das wussten sie beide. Andy machte den Anfang.

Andy setzte sich plötzlich gerade hin, schob Ira von seinen Beinen und stand auf. »Sag mal … woher weiß man eigentlich, dass Richard Verena umgebracht hat?«

Ira verstand nicht, was er meinte. Er ging langsam im Raum auf und ab. »Es hieß immer, dass Richard erst seine Frau vergiftet hat und dann sich selbst. Vielleicht war es gar nicht so. Vielleicht war es ja umgekehrt?«

Ira überlegte. Möglich, ja, vielleicht. Vielleicht war Verena endgültig dahintergekommen, dass ihr Mann schwul war? Vermutet hatte sie es ja schon lange. Vielleicht hatte es irgendein Ereignis gegeben, das ihr Gewissheit verschafft hatte? Ein Motiv wäre das schon. Was aber hatte verdammt noch mal Michel mit den beiden zu tun? Nach allem, was sie bisher wussten, war er ein ziemlich unangenehmer Typ gewesen.

Andy und Ira diskutierten weitere Varianten. Keine schien schlüssig. Michel war offiziell an Herzstillstand gestorben, Elsa hatte es ihnen gesagt. Es hatte auf seinem Totenschein gestanden.

Ira erinnerte sich an die Aussage von Kommissar Brück: »… eine gerichtsmedizinische Sektion würde nur dann von der zuständigen Staatsanwaltschaft beantragt werden, wenn es die Vermutung einer unnatürlichen Todesursache gäbe.«

Wenn, nur mal angenommen, Michel der Erpresser gewesen wäre, von dem Markus an dem Morgen nach Elsas Geburtstag gesprochen hatte, könnte sein Opfer, also Richard, ihn möglicherweise getötet haben? War Michel dann vielleicht doch nicht eines natürlichen Todes gestorben? Herausfinden konnte das niemand mehr, er war eingeäschert worden. Aber welches Motiv könnte er gehabt haben, Richard zu erpressen?

Ira schlug sich plötzlich mit der Hand vor die Stirn.

»Geld oder Sperma …«, murmelte sie. Andy sah sie verblüfft an, stellte das Glas auf dem Tisch ab und hob seine Hände.

»Ich ergebe mich! Sie können beides von mir haben, sofort, aber bitte tun Sie mir nichts!«

Ira stutzte kurz, dann grinste sie.

»Nein! Witzbold, du doch nicht, also, deins doch nicht.« Sie knuffte ihn in die Seite, als er einen Schmollmund zog. »Jetzt mal im Ernst«, sagte sie und erklärte, dass ihr vor Jahren mal ein Kommissar gesagt hatte, es gäbe eigentlich nur zwei Motive, nach denen man bei einem Verbrechen suchen müsse: Geld oder Sperma.

»Wenn das stimmt, bekommen wir Logik in die Sache!«

»Ich verstehe nur Bahnhof«, sagte Andy.

»Pass auf: Nehmen wir an, Verena hätte Richard erpresst, dann wäre das Motiv Sperma gewesen. Es ginge in dem Fall doch mit hoher Wahrscheinlichkeit um seine Homosexualität und ihre verschmähte Liebe. Also Sperma im weitesten Sinne. Jedenfalls ginge es nicht um Geld, Verena hatte selbst genug. Ich weiß aber nicht, warum er sie oder sie ihn dann umgebracht haben könnte.«

»Seelischer Druck? Ausweglosigkeit?«

»Keine Ahnung. Ich komm auch nicht drauf, was Michel mit ihnen zu tun haben konnte – bei dem wäre das Motiv in jedem Fall eher Geld gewesen. Aber: Welches Motiv?«

Andy stimmte ihr mit einem Nicken zu.

»Ich glaube, wir müssen bei den Anonymen Alkoholikern recherchieren«, fuhr Ira fort. »Dort haben Michel und Verena sich kennengelernt, ich bin mir da ganz sicher.«

20

Ira erfuhr von der Homepage der Anonymen Alkoholiker, dass in Bad Oeynhausen jeden Dienstagabend um halb acht ein sogenanntes offenes Meeting stattfand, an dem außer den Betroffenen selbst auch Familienangehörige, Freunde oder Interessierte teilnehmen konnten. Da die Anonymität natürlich eine große Rolle spielte und keine Mitgliederlisten oder Ähnliches geführt wurden, machte sie sich keinerlei Hoffnung auf eine Auskunft am Telefon. Sie musste also zu so einem Treffen fahren, wenn sie etwas herausfinden wollte.

An diesem Dienstagabend standen vier Frauen und drei Männer vor der Tür des Treffpunkts, einem kirchlichen Gebäude in der Bad Oeynhausener Innenstadt. Ein weiterer Mann kam hinzu, begrüßte die Wartenden und schloss die Tür zu einem Raum auf, in den ihm alle stumm folgten.

Sie bildeten einen Stuhlkreis. Eine Frau sagte zu Ira: »Nimm dir auch einen und setz dich einfach dazu.«

Ira setzte sich in die Runde der Besucher und sagte, bevor irgendwer das Wort ergreifen konnte: »Guten Abend zusammen, bitte entschuldigen Sie meine Aufdringlichkeit, aber ich brauche dringend Ihre Hilfe. Ich heiße Ira Wittekind. Meine Freundin Verena kam hierher, ich weiß es von ihrem Sohn und ihrer Schwiegermutter. Sie war Alkoholikerin.«

Ein Mann fiel ihr ins Wort: »Man bleibt immer Alkoholiker. Das geht nie mehr vorbei. Geheilte Alkoholiker gibt es nicht, nur trockene!«

Sein Sitznachbar nickte zustimmend und sagte: »Genau, dass Ihre Freundin Alkoholikerin *war*, kann also nicht sein.«

Ira sagte: »Doch, kann es. Meine Freundin *war* Alkoholikerin, denn sie ist tot. Sie wurde zweiundfünfzig Jahre alt und hinterlässt einen Sohn. Ihr Ehemann, so scheint es, hat zuerst sie und dann sich selbst umgebracht.«

Betretenes Schweigen.

Ira fuhr fort: »Ich vermute, dass Verena hier in dieser Runde jemanden kennengelernt hat, der ebenfalls Alkoholiker war – und auch hier ist das Wort *war* korrekt, denn auch er ist tot. Es handelt sich um einen Mann namens Michel. Er war der jüngste Bruder meines Freundes und wurde tot in seiner Wohnung aufgefunden.«

Sie beschrieb Michel und Verena, sah dann von einem zum anderen. »Weiß jemand von Ihnen, ob Verena und Michel sich hier kennengelernt haben?«

Niemand antwortete. Alle starrten auf den Fußboden.

»Ich verstehe. Wenn einer von Ihnen vielleicht doch mit mir unter vier Augen reden möchte – ich warte noch eine Stunde lang draußen vor der Tür in meinem Auto, einem gelben Mini Cooper.«

Sie nickte in die Runde und ging dann hinaus.

Es war schon dunkel, als die Frau, die Ira vorhin wegen des Stuhls angesprochen hatte, vor Iras Auto stand. Sie erschrak, als Tante Erna auf dem Rücksitz zu bellen begann, aber Ira beruhigte den Hund mit einer Handbewegung und stieg aus.

Die Frau hieß Monika und sah so durchschnittlich aus, dass Ira sie eine Stunde später auf der Straße wahrscheinlich schon nicht mehr wiedererkannt hätte.

Sie wirkte verlegen, zupfte ununterbrochen an ihrem Hals herum. »Schlimme Sache, das mit Ihrer Freundin. Hab gehört, dass sie tot ist.«

»Sie kannten Verena also?«

Monika nickte. »Ich kannte sie eigentlich von früher, aber als sie hier auftauchte, hab ich sie zuerst gar nicht wiedererkannt. Sie war dick geworden, total aufgedunsen, na ja, wie wir halt aussehen, wenn wir dabei sind, uns zu Tode zu saufen.«

Sie ließ die Hand sinken, und Ira sah, dass die Haut an ihrem Hals an mehreren Stellen gerötet und schorfig war. Monika sagte: »Ich habe Ihre Freundin mal erlebt, in einem geschlossenen Meeting. Sie hat in der Runde etwas erzählt, das klang übel, richtig übel.«

»Sind Sie sicher, dass es Verena war?«

»Ja, weil wir uns traditionell so vorstellen: Ich heiße Monika, und ich bin Alkoholikerin. Und sie sagte eben: Ich heiße Verena, und ich bin Alkoholikerin. Da hab ich genauer hingesehen und sie erkannt.«

»Okay? Sie kannten Verena. Woher?«

»Ich war nicht immer so, ich meine, ich war nicht immer eine Säuferin. Früher war ich die gut situierte Ehefrau eines gut verdienenden Mannes, mit Eigenheim im Dichterviertel und einem Mercedes als Zweitwagen. Meine Kinder nahmen

Klavierunterricht und spielten Tennis. Damals war ich Kundin im Salon von Verena Schäfer.«

»Tut mir leid, ich wollte Sie nicht nötigen, mir etwas Privates zu erzählen!«

»Schon gut. Ging ja auch nur darum, woher ich sie kannte.« Erneut wanderte ihre Hand zum Hals, wo sie die Haut zwischen Daumen und Zeigefinger nahm und wieder daran herumzupfte. Sie war ganz offensichtlich nervös.

»Sollen wir ein paar Schritte gehen? Mein Hund würde sich freuen«, sagte Ira.

Sie hatte mit ihrer Vermutung richtiggelegen: Michel hatte tatsächlich in der Runde gesessen, in der Verena aus ihrem kaputten Leben erzählt hatte. Monika erinnerte sich an beide, zögerte aber, darüber zu sprechen. Es gehöre zur Verpflichtung der Anonymen Alkoholiker, dass nichts, was in der Gruppe erzählt wird, jemals den Raum verlässt. Das sei Ehrensache, erklärte sie.

»Aber es geht um zwei Menschen, die tot sind, und um die dubiosen Umstände, unter denen sie gestorben sind!«, protestierte Ira. »Es geht um meine Freundin und den Bruder meines Freundes!«, fügte sie eindringlich hinzu.

Monika seufzte und kratzte sich erneut an ihrem schuppigen Hals.

»Jaja, versteh ich schon. Ich meine, wir sind alle immer am meisten mit uns selbst beschäftigt, jeder von uns hat seine eigene Suchtkarriere, seine besondere Geschichte. Aber als Verena erzählte, dass ihr Mann schwul ist und ein Verhältnis mit einem Kerl hat, ist mir das schon nahegegangen. Erst recht, weil sie früher im Salon immer so etepetete war, na ja, bevor sie alkoholkrank wurde jedenfalls. Und dann so was. Ich meine, wenn einer sich 'ne Jüngere sucht, kann man das vielleicht noch nachvollziehen, gehört inzwischen ja schon zum guten Ton, aber wenn dein Mann dich mit einem Kerl betrügt, ja, Scheiße, dann kannst du doch gar nichts mehr machen, dann kannst du ja nicht mal kämpfen. Wogegen denn auch …«

Iras Gedanken überschlugen sich.

»Und Sie sind sich ganz sicher, dass es der Mann war, den ich suche, und dass er diese Geschichte über die Homosexualität von Verenas Mann auch gehört hat?«

Monika nickte eifrig. »Ja, ganz sicher! Ich hab ihn in der Gesprächsrunde aus Versehen einmal Michael genannt, statt Michel, und da hat er mich ziemlich unfreundlich angeblafft.«

»Wissen Sie noch, wie er aussah?«

»Ja, er war ziemlich klein, kleiner als ich, hatte zottelige, lange Haare und trug eine alte, abgewetzte Lederjacke, auf der hinten ein Datum stand, in Rot, das fiel total auf.«

»Haben Verena und Michel sich öfter hier getroffen?«

Monika nickte: »Ja, die waren eine Zeit lang regelmäßig hier. Das muss letztes Jahr im Sommer gewesen sein.«

Ira kombinierte: Michel hatte Verena bei den Anonymen Alkoholikern kennengelernt. Sie erzählte dort von ihrem Kummer und dem Verdacht, dass ihr Mann eine Affäre hatte. Wenn Verena in Plauderlaune gewesen war und ihm gesagt hatte, dass der Kerl, mit dem ihr Mann sie ihrer Meinung nach betrog, Markus Weyer hieß, dann … Was dann?

Geld oder Sperma.

Sie bedankte sich bei Monika für deren Auskünfte.

Die sagte: »Da nicht für …«, und starrte auf ihre abgestoßenen Schuhspitzen. Ira verstand und gab ihr einen Zwanziger. Die Frau nickte knapp und schloss die Faust um den Geldschein. Dann ging sie mit schnellen Schritten davon. Ira sah ihr nach und stellte fest, dass sie dringend noch frische Luft brauchte, bevor sie sich wieder auf den Weg nach Bielefeld machte. Tante Erna freute sich ganz offensichtlich über einen kleinen Spaziergang.

Als sie sich eine gute Stunde später zu Hause vor ihrem Schreibtisch niederließ, vervollständigte Ira die Akte Eskendor um einige Fakten und etliche weitere Fragen.

Am 4. September kehrte Markus aus dem Urlaub zurück. Braun gebrannt und sichtlich entspannt, klopfte er abends an Andys Tür. Ira öffnete ihm und registrierte sein Lächeln.

Sein Händedruck war fest, als er sie begrüßte: »Freut mich, dass du jetzt so oft hier bist!«

Die Auszeit schien ihm gutgetan zu haben. Markus hatte um dieses Treffen gebeten: *Ich möchte bitte mit euch reden*, schrieb er Andy in einer SMS.

Andy hatte ostwestfälische Tapas zubereitet: Kleine Bratwürstchen auf Sauerkraut, Mini-Rinderrouladen in feiner Sauce, Kartoffelklößchen, nicht größer als eine Walnuss, schmale Streifen ausgebratenes Bauchfleisch mit Honig-Senf-Sauce.

Als Markus hinter Ira in die Küche kam, wischte Andy sich die Hände am Küchentuch ab und umarmte seinen Bruder. Einen Moment lang blieben sie so stehen, jeder eine Hand auf der Schulter des anderen, und sahen sich in die Augen.

Ira schenkte eisgekühltes Pils ein.

Als sie am Tisch saßen, wurde Markus ernst, und er blickte Ira und Andy abwechselnd an. »Danke, dass ihr euch die Zeit nehmt, mir zuzuhören. Ich habe lange darüber nachgedacht, ob ich noch mehr von mir preisgeben möchte. Die Reise hat mir gutgetan. Mir ist vieles klar geworden, woran ich vorher nicht mal im Ansatz zu denken gewagt habe. Abstand zu gewinnen kann durchaus auch etwas mit Entfernung zu tun haben. Vielleicht hätte ich viel eher mal wegfahren sollen. Ich bin froh, dass das Versteckspiel endlich vorbei ist.« Er machte eine Pause. »Aber da ist noch etwas.«

Ira lehnte sich zurück und beobachtete Andys Bruder. Er schien sich genau überlegt zu haben, was er sagen wollte, seine Worte wirkten mit Bedacht gewählt.

»Es ist so: Michel wusste, dass Richard und ich ein Paar waren. Er war es, der Richard erpresst hat.« Markus machte eine Pause, sah erst Andy an, dann Ira. »Das muss man sich mal vorstellen: Mein eigener Bruder erpresst den Mann, den ich liebe!«

Ira dachte sofort an den Tag, an dem Elsa den Herzinfarkt hatte: Sie hatten auf der Terrasse gesessen, und Markus hatte mit schriller Stimme gesagt: »Richard wurde erpresst. Erpresst, versteht ihr das? Vielleicht hat er sich deswegen umgebracht? Wer hat das getan? Wer hat ihn in den Tod getrieben? Wer denn?« Und jetzt behauptete er plötzlich, es sei Michel gewesen? Hatte er damals gelogen, oder log er jetzt?

Sie entschloss sich, sich ihre Zweifel nicht anmerken zu lassen, und sagte: »Ob du es glaubst oder nicht, genau den

Verdacht hatte ich seit ein paar Tagen auch schon.« Dann berichtete sie von ihrem Besuch bei den Anonymen Alkoholikern und dem Gespräch mit Monika.

Markus atmete schnaubend aus. »Ja, da warst du schon nah dran. Michel, der verlorene Sohn der Familie Weyer, von dem jahrelang niemand weiß, ob er überhaupt noch lebt, marschierte eines Tages ins Hotel Schäfer und ging schnurstracks auf Richard zu. Richard stand an der Rezeption, zufällig alleine, niemand war in seiner Nähe. Michel sagte ihm ins Gesicht: ›Sie sind Herr Schäfer.‹ Und als Richard nickte, sagte er: ›Sie sind der Lover von Markus Weyer, und darüber reden wir beide in genau einer Stunde. Ich erwarte Sie im Bahnhof auf Gleis zwei, ich sitze auf der letzten Bank.‹ Drehte sich um und ging raus. Richard stand da wie vom Donner gerührt.«

»Das kann ich mir vorstellen«, murmelte Andy.

»Richard ist also pünktlich auf Gleis zwei. Michel sitzt, eine Kippe in der einen und ein Bier in der anderen Hand, auf der Bank und grinst ihn an. Und dann sagt er: Sie kaufen mir ein Handy, so eins, das man nirgends anmelden muss. Ein Prepaid-Handy?, fragt Richard. Ja, sagt Michel, ein Prepaid-Handy. Und dann speichern Sie Ihre Handynummer da ein, und dann kriege ich dieses Handy. Ich hole es morgen Abend um sechs im Hotel ab. Dann rufe ich Sie an. Ich rate Ihnen dranzugehen. Steht auf und geht. Mein verschollener kleiner Bruder Michel.«

Markus schüttelte den Kopf, als könne er seiner eigenen Erzählung kaum glauben. Richard kaufte also das Handy. Am nächsten Tag hat er Michel auf der Straße vor dem Hotel abgefangen. Michel sagte zu Richard: Zwanzigtausend, oder die ganze Welt erfährt, dass Sie eine Schwuchtel sind, dass Ihr Lover – damit meinte er mich – kleine Kinder fickt – damit meinte er Julian – und dass seine Mutter eine verdammte Mörderin ist. Damit meinte er unsere Mutter.«

Ira nickte automatisch. Natürlich. Wenn Michel damals auf dem Kriechboden gelegen und gesehen hatte, wie Elsa ihrem Mann die Schürze aufs Gesicht presste, dann hatte er auch gesehen, dass Markus hinter seinem Sohn stand, der keine Unterhose anhatte. Das konnte er missverstanden haben. Aber er musste auch gesehen haben, dass der alte Karl nach dem Schuss sowieso nicht mehr zu retten war?

In Andys Gesicht stand das pure Entsetzen. »Ich bin mir nicht sicher, ob ich das Geld nicht auch gezahlt hätte. Du kannst so einem Menschen doch nichts erklären, oder?«

»Nein«, sagte Markus, »der reagierte nach dem Motto: Wer sich verteidigt, klagt sich an.«

Ira behielt einen klaren Kopf. »Wie hat Richard ihm denn so viel Geld übergeben? Bar? Soviel ich weiß, ist nichts auf Michels Konto gewesen. Eure Mutter hätte das doch erzählt, sie war seine Erbin.«

Andy starrte sie verständnislos an. »Worauf willst du hinaus?«

»Hat Richard also die zwanzigtausend gezahlt? Wie und wo? Überweist man erpresstes Geld? Wohl kaum. Also war das Geld irgendwo in Michels Wohnung? Das wäre logisch gewesen, oder? Aber, soviel wir wissen, wurde dort außer Dreck und Müll und seiner verwesten Leiche nichts gefunden!«

Ira dachte noch weiter, diese Gedanken sprach sie jedoch nicht aus. Wer hatte außer Markus, Michel und Richard noch von dieser Erpressung gewusst? Sollte Richard wirklich gezahlt haben – was bisher nicht bewiesen war –, musste dieses Geld irgendwo zu finden sein. Es blieb auch immer noch die Frage: Warum hatte auch Verena auf dem Handy von Michel angerufen? Hatte sie von der Erpressung gewusst? Wenn in Michels Wohnung kein Geld gewesen war, war die Geldübergabe vielleicht gescheitert? Oder hatte jemand das Geld an sich genommen, bevor die Leiche gefunden worden war? Und, diesen Gedanken dachte sie besonders ungern: Seit wann hatte Markus eigentlich gewusst, dass es sich bei dem Erpresser um seinen vermissten Bruder handelte?

21

Patrick Schäfer erklärte sich sofort zu einem Treffen bereit, als Ira ihn am Sonntag anrief und darum bat. »Es gibt wichtige Neuigkeiten zum Tod deiner Eltern«, hatte sie am Telefon gesagt.

Nun nahmen sie im Foyer des Hotels Platz, Patrick legte seinen Laptop und sein Smartphone auf den Tisch und schaute Ira erwartungsvoll an. Die war zuvor mit Tante Erna eine Stunde marschiert, erschöpft suchte der Hund sich eine gemütliche Ecke und schlief sofort ein. Amelie Schäfer ließ sich wegen starker Kopfschmerzen entschuldigen. Komisch, dabei hatte Ira gar nicht nach ihr gefragt. Die Auskunft, die sie haben wollte, konnte ihr wohl nur Patrick geben.

Sie hatte ihn im April zuletzt gesehen, aber erst jetzt fiel Ira die große Ähnlichkeit mit Verena auf. In den vergangenen Monaten schien er viel erwachsener geworden zu sein, als es für sein Alter gut war. Seine Umgangsformen waren ausgezeichnet, er war höflich und freundlich und somit perfekt geeignet fürs Hotelgewerbe. Ira erzählte ihm, was sie und Andy inzwischen herausgefunden hatten, berichtete von Michel, von dessen Bekanntschaft mit seiner Mutter Verena, und sie erwähnte zuletzt auch die Erpressung.

»Es ist mir immer noch ein absolutes Rätsel, warum deine Mutter auf dem Handy des Erpressers angerufen hat.

Eigentlich hatte Michel dieses Handy verlangt, um mit Richard kommunizieren zu können. In der Anrufliste war aber auch die Handynummer von Verena.«

»Aus meiner Mutter wurde schon lange keiner mehr schlau, und ihre Kontakte waren mehr als fragwürdig.«

»Patrick, ich kannte deine Mutter, seit wir Kinder waren. Ich kann und will es mir eigentlich nicht vorstellen, aber ich muss wissen, ob sie an der Erpressung in irgendeiner Weise beteiligt gewesen sein könnte. Was denkst du?«

Patrick sah sie mit einem unergründlichen Blick an, klappte seinen Laptop auf und loggte sich bei der Sparkasse ein. Konzentriert blätterte er durch die virtuellen Kontoauszüge seiner Mutter. »Wann wird diese Transaktion gewesen sein?«

»Vermutlich kurz vor dem Tod deiner Eltern. Verena und Michel haben sich wohl im Spätsommer letzten Jahres kennengelernt, das hat mir jedenfalls die Frau von den Anonymen Alkoholikern erzählt.«

Patrick schüttelte den Kopf. »Nein, auf Mutters Konto gibt es keine Abbuchungen, die nicht zuzuordnen sind. Und auch keinen so großen Betrag. Aber warum fragst du nur nach ihrem Konto? Warum fragst du nicht nach dem meines Vaters? Er hat schließlich die Entscheidung getroffen, dass beide sterben müssen, er hat das getan, nicht meine Mutter!« Seine Stimme klang emotionslos und gefasst, als würde er über irgendein unwichtiges Thema reden. Sie passte nicht zum tragischen Inhalt seiner Worte.

Patrick tippte weiter auf seiner Tastatur, biss sich dabei auf die Unterlippe; seine Augen wanderten suchend über den Bildschirm, dessen Licht fahl auf sein Gesicht schien.

Dann schob er den Laptop so herum, dass Ira auch darauf sehen konnte. Er deutete mit dem Finger auf eine Zeile. »Hier, da sind sie, die zwanzigtausend Euro. Abgehoben vom Privatkonto meines Vaters am Dienstag, den 23. Dezember, um zehn Uhr morgens.«

Ira lehnte sich zurück. Okay. Das war ein Beweis. Aber vorläufig bedeutete es lediglich, dass Markus die Wahrheit gesagt hatte. Zumindest in einem Punkt: Richard war ganz offensichtlich erpresst worden, und es ging tatsächlich um die Summe von zwanzigtausend Euro. Dass Michel der Erpresser gewesen war, schien zwar naheliegend, war aber noch immer nicht bewiesen.

»Ist dir diese Transaktion nicht aufgefallen? So eine Summe? Ich meine, du schaust doch nicht zum ersten Mal auf das Konto, seitdem deine Eltern gestorben sind?«

Er zuckte die Achseln. »Nein. Ich habe nicht drüber nachgedacht. So selten war das auch nicht, dass mein Vater größere Summen ausgab, sie müssen nur mal in den Garten schauen und sich die Skulpturen ansehen.«

»Ehrlich gesagt, Patrick, ich weiß gar nicht mehr, wo mir der Kopf steht.« Ira sah ihn ratlos an. Er erwiderte ihren Blick.

»Frag mich mal«, sagte er und klappte den Laptop zu. »Meine Eltern haben sich kurz nach Weihnachten so schrecklich gestritten wie noch nie – und das will was heißen. Bei uns flogen häufig die Fetzen, und es ging verdammt oft unter die Gürtellinie. Aber an diesem Sonntag nach Weihnachten war es besonders schlimm. Mama war total betrunken und redete lauter wirres Zeug. Meine Großeltern halten ja einiges aus, aber an dem Abend sind sie vom Esstisch aufgestanden und gegangen.«

»Worum ging es in dem Streit?«

Patrick zuckte mit den Achseln: »Wie immer. Darum, dass Papa sich nicht genug um sie kümmerte, dass sie zu dick, zu alt, zu hässlich und zu einsam wäre, dass sie für Papa alles aufgegeben hätte, dass er sie nur belügen und betrügen würde, dass keiner sie liebte, dass alle sie immer nur ausnutzen würden, dass sie genau wüsste, was er heimlich treibt, dass das alles bald ein Ende haben würde ... was sie halt immer so erzählte.«

Ira war erschüttert über den lakonischen Ton seiner Aufzählung. Ihr schlechtes Gewissen meldete sich wieder. Sie hätte sich um Verena kümmern müssen, sie hätte die frühen Warnsignale hören und die Verzweiflung auffangen müssen. Es zumindest versuchen müssen.

»Hätte, müsste, wäre, wenn ...«, murmelte sie.

»Wie bitte?«, fragte Patrick.

»Ach nichts. Das heißt, doch, natürlich mache ich mir Vorwürfe, dass ich nicht für deine Mutter da war. Wir waren schließlich mal enge Freundinnen. Vielleicht würde sie noch leben, wenn ich ...«

»Unsinn!«, sagte Patrick in hartem Ton. »Sie war erwachsen, und sie war für sich selbst verantwortlich. Keiner hat sie gezwungen zu saufen, sie hätte es auch lassen können!«

»Aber das hat sie doch versucht, sonst wäre sie nicht zur Therapie und danach zu den Anonymen Alkoholikern gegangen.«

»Versucht, ja, versucht. Sie hätte es aber auch durchziehen müssen! Sie hat doch immer herumlamentiert, dass sie alles so lange alleine machen musste, dass sie den Salon alleine aufgebaut hat, dass sie ein Vermögen angespart hatte, dass sie jahrelang mit mir alleine war, bevor Papa und sie endlich geheiratet haben. Sie war doch stark, aber am Ende hatte sie nichts anderes mehr im Kopf als sich selbst und diese verdammte Sauferei!« Er holte tief Luft. »Tut mir leid, aber manchmal halte ich das alles einfach nicht mehr aus.«

»Das kann ich wirklich gut verstehen. Sag mal, Patrick, hast du vielleicht ein Foto von deinen Eltern? Ein neueres?«

Er schüttelte den Kopf, schien dann aber noch einmal zu überlegen. »Doch, Moment, an meinem Geburtstag letztes Jahr haben wir Fotos gemacht, auf einem sind wir alle drei drauf.«

»Kann ich es bitte mal sehen?«

Patrick öffnete seinen Laptop wieder, suchte eine Weile, fand das Bild. Ira beugte sich vor.

»Oh, mein Gott«, entfuhr es ihr. Ihr Herz klopfte heftig, als sie in Verenas Gesicht sah. Das war eine fremde Frau. Sie hatte mit der hübschen Blondine, die Ira selbst nach ihrer Begegnung in Köln immer noch vor sich sah, wenn sie an Verena dachte, nicht mehr das Geringste zu tun. Ihr Haar war viel zu hell gefärbt, es wirkte strohig und ausgelaugt, Tränensäcke und Schlupflider verengten die Augen zu schmalen Schlitzen, ihr aufgesetztes Lächeln verzerrte das Gesicht zur Fratze. Richard schaute ernst in die Kamera, er sah wirklich gut aus. Ira hatte ihn nicht so attraktiv in Erinnerung gehabt. Zwischen den beiden posierte Patrick, lächelte sichtlich bemüht, und obwohl er das blonde Haar und die hellen Augen seiner Mutter geerbt hatte, war auch die Ähnlichkeit zwischen ihm und seinem Vater frappierend. Zum ersten Mal bemerkte Ira, dass Patrick dunkle Augenbrauen hatte. Sie sah auf das Bild, schaute dann Patrick an und sagte: »Du siehst irgendwie beiden unglaublich ähnlich, aber auf diesem Bild wirkst du wie dein Vater – in jung und blond.«

»Mein blonder Latino, so hat meine Mutter mich früher manchmal genannt … warum wolltest du das Bild sehen?«

»Kannst du es mir auf mein Handy schicken? Ich möchte es jemandem zeigen. Hier ist meine Nummer.« Sie schob Patrick ihre Visitenkarte zu.

»Zeigen? Wem denn?«

»Den Nachbarn von Michel.«

Patrick runzelte die Stirn. »Ich verstehe. Du willst wissen, ob einer der beiden bei diesem Asozialen in der Wohnung war.«

Ira nickte.

»Kann ich mitkommen?«

Sie überlegte einen Moment. »Klar, warum eigentlich nicht.«

Es war inzwischen halb sechs, noch nicht zu spät, um in die Richterstraße zu fahren und die Bewohner zu fragen, ob sie Verena oder Richard irgendwann im Haus gesehen hatten.

Sie hatten Glück. Im Erdgeschoss öffnete ein Mann auf ihr Klingeln hin die Tür. Ira stellte Patrick und sich selbst vor und fragte: »Erinnern Sie sich an den Verstorbenen, der im Januar in der dritten Etage gefunden wurde?«

»Das werd ich mein Lebtag nicht vergessen. Es wird ja nicht jeden Tag 'ne verweste Leiche im Haus entdeckt, nicht wahr?«, sagte der Mann und strich sich mit der Hand über seine spiegelblanke Glatze.

»Ja, da haben Sie natürlich recht. Wissen Sie zufällig, ob der Verstorbene je Damenbesuch hatte?«

Der Mann kratzte sich am Kinn. »Eigentlich nicht. Jedenfalls nicht, dass ich wüsste. Aber, da war mal so eine Blonde …«

Ira hörte, wie Patrick scharf die Luft einzog. Sie hielt dem Mann ihr Handy hin und zeigte ihm das Bild. Umständlich zog er eine Brille aus der Brusttasche seines karierten Hemdes.

»Warten Sie, ich kann es größer machen«, sagte Ira und zoomte mit zwei Fingern so weit, dass nur Verena auf dem Foto zu sehen war.

»Nein, die habe ich noch nie gesehen, so ein Brummer wäre mir aufgefallen. Hier war mal eine, aber das war eine ziemlich dürre Ziege.«

»Das wissen Sie genau?«

Der Mann nickte eifrig. »Ja, die sah eigentlich ganz gut aus, so 'ne Schicke im Kostüm. Ich weiß das noch, weil ich mich schwer gewundert habe, zu wem so eine Frau wohl hier im Haus wollte. Die ist dann ganz nach oben gestöckelt. Bei der Thenhausen war sie nicht, das hätte die mir erzählt.«

»Wissen Sie noch ungefähr, wann das war?«

Der Mann überlegte. »Das muss zwischen Weihnachten und Silvester gewesen sein. Die war nämlich tagsüber da, ich hatte Urlaub. Sonst hätte ich sie ja gar nicht gesehen.«

Ira verkleinerte das Bild wieder und zeigte auf Richard.

»Und diesen Mann, haben Sie den schon mal gesehen?« Der Nachbar beugte sich vor und starrte auf das Handy.

»Den älteren nicht, aber den Blonden kenn ich irgendwo her!«

Ira musste lachen. »Na, der steht ja auch vor Ihnen.«

Verdutzt schaute der Mann erst Ira an, dann Patrick, der einen Meter weit entfernt am Treppengeländer lehnte. Der Mann schlug sich mit der Hand vor die Stirn und grinste. »Da sehen Sie mal, wusste ich doch, dass ich den schon mal gesehen habe.«

Ira bedankte sich bei dem Nachbarn und fuhr mit Patrick ins Hotel zurück. Auf Patricks Frage, wer die dürre Ziege gewesen sein könnte, zuckte sie nur mit den Schultern. Sie wollte nicht aussprechen, welcher Name ihr bei dieser Beschreibung sofort in den Sinn gekommen war: Linda.

Ira stand im Halteverbot in der Nähe des Hotels. Patrick blieb noch im Mini sitzen, während sie laut nachdachte: »Nehmen wir mal an, es sei bewiesen, dass Michel deinen Vater erpresst hat. Er erzählt es seinem …« Sie stockte und sah Patrick fragend an.

»Ja, seinem Lover, ich bin schon erwachsen, und ich bin auch nicht blöd. Außerdem war es das Dauerthema meiner Eltern.«

»Okay. Ich wollte es vorhin nicht sagen, aber als der Mann die Worte ›dürre Ziege‹ benutzte, habe ich sofort an Linda Weyer gedacht. Kennst du sie? Vielleicht von der Beerdigung?«

Patrick schüttelte den Kopf. »Ich kann mich nicht erinnern. Da waren so viele Leute.«

Ira legte ihre Stirn auf das Lenkrad, umklammerte es mit

den Händen und rüttelte frustriert daran. »Ich werde noch wahnsinnig mit dieser ganzen Geschichte!«

Plötzlich hob sie den Kopf und setzte sich wieder gerade hin. Sie sah Patrick an, blickte ihm direkt in die Augen.

»Weißt du was?«

»Nein?«

»Ich habe etwas vernachlässigt. Einen Gedanken habe ich vergessen weiterzuverfolgen. Verdammt. Hat es wirklich keinen Abschiedsbrief gegeben?«

Patrick starrte sie einen Moment an, sagte nichts. Verwirrt wiederholte Ira die Frage. Aber Patrick blieb weiter stumm, stieg aus, knallte die Tür zu und verschwand in der Drehtür des Hotels.

Was war denn das jetzt?

Kurz entschlossen stieg Ira ebenfalls aus und folgte ihm.

Im menschenleeren Foyer blieb sie stehen. Die Rezeption war gerade nicht besetzt, Patrick war nirgends zu sehen. Leise Musik dudelte aus versteckten Lautsprechern, irgendwo klapperte Geschirr.

Ira sah, dass die Tür hinter dem Empfangstresen nur angelehnt war. Sie hörte Stimmen, gedämpft, zischend, ging auf die Tür zu, die in diesem Moment aufgerissen wurde. Patrick, aschfahl im Gesicht und mit zusammengepressten Lippen, stürmte heraus, rannte Ira fast über den Haufen, sah sie für den Bruchteil einer Sekunde irritiert an und lief zur Treppe.

»Patrick, bleib stehen. Komm wieder her.« Amelie Schäfer stand hinter dem Tresen, schwer atmend stützte sie sich mit einer Hand ab, mit der anderen griff sie sich ans Herz.

Als sie Ira sah, stieß sie hörbar die Luft aus. »Sie? Auch das noch …«

Patrick rief von der Treppe aus: »Was denn noch, Oma?«

Amelie winkte ihn zu sich heran, er kam zögernd die Stufen herunter. Dann wandte sie sich an Ira. »Kommen Sie auch mit, kommen Sie, es hat ja doch alles keinen Sinn.« Die alte Frau wirkte unendlich müde.

Sie drehte sich um und ging wieder in das Büro hinter dem Empfang. Patrick und Ira tauschten einen Blick und folgten ihr.

Amelie wies mit einer Handbewegung auf die Gobelin-Stühle vor dem antiken Schreibtisch. Sie setzten sich.

Mit langsamen Bewegungen nahm Patricks Großmutter einen Schlüssel aus einem hölzernen Kästchen auf dem Schreibtisch, schloss eine Schublade auf, holte ein schmales, in Leder gebundenes Buch heraus. Dann ließ sie sich seufzend ebenfalls auf einen der Stühle sinken. Sie legte ihre Hand auf das Buch, sah erst Patrick an, dann Ira, zögerte einen Moment und sagte dann:

»Es gibt einen Abschiedsbrief. Ich habe ihn an mich genommen. Er ist an dich adressiert, Patrick.« Sie senkte den Kopf und flüsterte: »Aber ich habe ihn gelesen.«

Mit zitternder Hand nahm sie ein Kuvert aus dem Buch und hielt es ihrem Enkel hin. Es war an der Längsseite aufgerissen, und die Tinte, mit der die Worte »An meinen geliebten Sohn Patrick« geschrieben waren, war zerlaufen.

Ira sah den Schmerz in den Augen des jungen Mannes.

»Oma, warum hast du das getan? Warum gibst du ihn mir erst jetzt?«

»Ach, Patrick, es tut mir so leid. Ich weiß, ich hätte das

nicht tun dürfen. Aber als ich deine Eltern gefunden habe, konnte ich keinen klaren Gedanken fassen. Da lag der Brief, direkt neben Richards Kopf lag er. Und ich ahnte doch schon, was drinsteht, ich wusste es doch.« Amelie suchte offensichtlich nach Worten. »Dein Vater war … er war … also, ich wusste es schon lange, er war …« Sie straffte ihre Schultern und sagte: »Dein Vater war homosexuell, Patrick. Deine Mutter hatte recht. Sie hatte die ganze Zeit recht.«

Patrick sprang auf, drückte den Brief an sich und rief: »Als ob ich das nicht gewusst hätte! Ihr haltet mich alle für ein dummes Kind, oder?«

Hinter ihm knallte die Tür so laut ins Schloss, dass Amelie und Ira gleichzeitig zusammenzuckten.

Schweigend saßen sie einander gegenüber. Die Uhr an der Wand tickte.

Schließlich räusperte sich Amelie und sagte, mehr zu sich selbst als zu Ira: »Ich weiß, dass ich den Brief nicht hätte an mich nehmen sollen. Aber er war doch mein Sohn.« Sie schluchzte auf. »Er konnte nicht mehr. Mein Richard. Mein schöner, kluger Junge. Wie mein eigenes Kind habe ich ihn geliebt, liebe ich ihn noch. Aber er hat mir nicht vertraut.« Sie sah auf. »Sein ganzes Leben lang habe er nur einen einzigen Menschen geliebt, das schreibt er in diesem Abschiedsbrief, und das sei ein Mann gewesen. Er hat seinen Namen nicht genannt. So diskret war er, mein Richard, noch im Tod wollte er seine große Liebe schützen.« Sie schüttelte den Kopf. »Dabei habe ich es doch immer gewusst. Aber wahrhaben wollte ich es wohl nicht.«

Ira hörte stumm und reglos zu, ließ Amelie reden.

»Ich hätte ihm eine Brücke bauen müssen, ihn ermuntern müssen, darüber zu sprechen. Aber ich konnte es einfach nicht. In seinem Brief hat er dann diesen Albtraum ganz genau geschildert, vielleicht, damit wir verstehen, wie grauenvoll die Situation für ihn war.«

In diesem Moment öffnete sich die Tür, leise, langsam. Patrick trat ein, das Haar wirr, der Blick müde, die Schultern gebeugt. In seiner zitternden Hand hielt er die eng beschriebenen Seiten des Briefes.

Seine Stimme klang völlig tonlos. »Ich kann mich an diesen Sonntag erinnern. Wie könnte ich ihn vergessen. Papa war weggefahren, nachmittags. Als Mama aufwachte, hat sie ihn gesucht, erst in der Wohnung und dann im Hotel. Sie war immer noch besoffen, oder schon wieder, was weiß ich. Papa kam nach Hause, da war es schon dunkel. Ich saß in meinem Zimmer und habe gelernt.«

Patrick erzählte, Verena habe am Fenster gestanden, hatte gelauert, mit der Flasche in der Hand, wie immer. Als Richard die Wohnungstür aufschloss, stürzte sie sich wie eine Furie auf ihn und schrie: »Wo warst du? Hä? Wo, sag es mir! Du Arschloch, ich weiß, wo du warst, oder denkst du, ich bin blöd?«

Patrick war aus seinem Zimmer gekommen. Sein Vater stand mit hängenden Armen in der Diele, seine Mutter trommelte mit den Fäusten gegen seine Brust, auf seine Schultern, versuchte, sein Gesicht zu treffen. Immer weiter wich er zurück, bis sie schließlich im Wohnzimmer standen. Verena schrie, ihre Stimme überschlug sich und wurde immer schriller: »Sag es doch! Du warst bei deinem Stecher! Ich weiß doch, dass du wieder diesen Bauernsohn gefickt hast!«

Patrick rief: »Mama, hör doch auf!«

Verena schlug immer fester auf Richard ein, er wand sich unter ihren Fausthieben.

Ein Handy fiel aus seiner Tasche.

Verena bemerkte es sofort, reagierte blitzschnell, hob es auf, rannte damit aus dem Wohnzimmer, knallte die Tür hinter sich zu und schloss sie ab.

»Sie hat Papa im Wohnzimmer eingeschlossen …«, sagte Patrick. Amelie Schäfer war aufgestanden und um den Schreibtisch herumgekommen. Sie griff nach seinem Arm, aber er schob sie weg.

»Mama ist dann in mein Zimmer gelaufen. Sie saß auf dem Bett und hielt in jeder Hand ein Handy. Seins und ihres.«

Sie sah sich die letzte Nummer an, die auf Richards Handy gewählt worden war, gespeichert unter dem Buchstaben M.

Patrick sagte: »Sie unterdrückte ihre Nummer und hat dann mit ihrem Handy dort angerufen.«

Dann schien sie es sich anders zu überlegen, legte auf, nahm kurz entschlossen Richards Handy und drückte auf die Wahlwiederholung. Es ging sofort jemand dran. Verenas Augen weiteten sich, wurden ganz groß. Sie ließ den Hörer sinken. Eine Stimme quäkte darin. Patrick nahm ihr das Handy aus der Hand, lauschte, sagte: »Hallo?«

Jemand lallte. Ein Mann. Er sagte: »Willst du es noch mal hören? Ja? Extra für dich, zum Mitschreiben: Hast du das Geld, Lockenköpfchen? Hast du es? Ohne Moos nix los, mein hübscher Schatz. Morgen. Morgen ist der letzte Termin.«

Er legte auf.

Jetzt kamen Ira ernsthafte Zweifel, dass Verena zuvor von

der Erpressung gewusst hatte. Es konnte gut sein, dass sie diese Worte für die eines Liebhabers gehalten hatte.

»Am nächsten Morgen ist Papa ganz früh weggefahren. Ich kann die Straße von meinem Fenster aus sehen. Mama folgte ihm.«

Wahrscheinlich hatte Richard bemerkt, dass seine Frau ihm nachfuhr. Es dauerte jedenfalls nicht lange, bis beide Autos wieder hintereinander in der Einfahrt geparkt wurden, erzählte Patrick. Und dann, eine Stunde später vielleicht, sie hatte schon wieder »ordentlich nachgetankt«, habe Verena erneut eine Szene gemacht.

Wo Richard gewesen sei, ob er bei seinem Stecher war, warum er sie abgehängt habe, dass sie schon noch rauskriegen würde, wohin er am Morgen hatte fahren wollen.

»Danach war Eiszeit. Sie sprachen gar nicht mehr miteinander, sie stritten sich nicht mal mehr.«

Ira hakte nach. »Steht über den Erpressungsgrund auch etwas in dem Abschiedsbrief?«

Amelie sagte: »Ja. Dieser Kerl, der Michel, hat zu Richard gesagt, sein Lover sei ein Kinderschänder. Und wenn er nicht zahlen würde, ginge er zur Polizei.«

Ira runzelte die Stirn und wandte sich an Patrick: »Du lässt mich den Brief nicht lesen, oder?«

Er schüttelte heftig den Kopf und presste die Blätter des Briefes an seine Brust. Ira ließ aber dennoch nicht locker. »Eigentlich gehört er in die Hände der Polizei. Das ist dir doch klar, oder?«

»Pah. Wozu denn? Meine Eltern sind tot, und der Erpresser ist auch tot.«

Ira schwieg einen Moment. »Patrick, bitte, dann musst du mir wenigstens sagen, was noch in dem Brief steht.«

Wieder zögerte er, bevor er schließlich zustimmte. »Ja, aber ich kann ihn dir nicht geben. Das ist meiner, er ist nur für mich. Mein Vater schreibt, dass er zuerst nicht zahlen wollte. Er hat dem Typen nicht geglaubt, dass sein Freund ein Kinderschänder ist. Aber dieser Michel hat ihm immer wieder mit Presse und Polizei gedroht, und dann hat er eine Anzeige aufgegeben.«

»Wer?«

»Na, der Erpresser.«

»Er hat ihn angezeigt?«

»Nein«, Patrick zog eins der Blätter hervor. Auf dem Blatt war eine ausgeschnittene Zeitungsanzeige aufgeklebt. Er reichte es Ira. Sie las laut vor:

> »Richard Hasenherz, wer damals im August die Flinte sah, ist schuldig!«

Amelie sagte: »Ich habe diesen Satz immer wieder gelesen, aber ich habe ihn nicht verstanden. Jetzt wird mir einiges klar ...«

Ira nickte. »Ja, langsam sehe ich auch klarer. Als dieses schreckliche Unglück auf Hof Eskendor geschah, bei dem Julian seinen Großvater erschossen hat, war Markus Weyer dabei.« Sie schilderte den Nachmittag, erklärte, dass Markus seinen Sohn mit dem Gewehr auf dem Dachboden erwischt und ihm vor Schreck eine Ohrfeige gegeben hatte, dass der Junge sich daraufhin in die Hose machte und Angst vor der Reaktion seiner Mutter bekommen hatte. »Und dann ließ

Markus das Kind Hose und Unterhose ausziehen, um sie am Fenster zum Trocknen aufzuhängen. In dem Moment kam der Großvater dazu.«

Amelie nickte. »Den Rest weiß ich aus der Zeitung: Der Großvater schimpfte, das Kind erschrak, fiel gegen das Gewehr – und dann war es passiert.«

Ira fuhr fort: »Vor Kurzem haben wir zufällig herausgefunden, dass Michel in der Scheune ein Versteck gehabt hat, von dem aus er das Geschehen beobachten konnte. Vielleicht sah es aus seiner Sicht so aus, als habe Markus sich an Julian vergangen?« Sie dachte einen Moment nach, dann sagte sie leise: »Oder er war einfach ein böser Mensch.«

»… und als er Jahre später erfuhr, dass dieser Bruder einen gut situierten Liebhaber hat, wollte er daraus Kapital schlagen?«, fragte Amelie.

»So sieht es nach Lage der Dinge aus. Er ist ein paar Tage nach der Beerdigung seines Vaters abgehauen. Und die Familie wusste erst, wo er war, als sie im Januar von seinem Tod erfuhr.« Von den Fotos in Elsas Schrank sagte Ira nichts. Sie behielt auch für sich, dass Elsa ihrem Sohn jahrelang nachgereist war.

Patrick holte tief Luft. »Als dieser Michel tot aufgefunden wurde, warst du dabei?«

Ira nickte. »Ja, das war allerdings reiner Zufall, ich wollte eine Reportage über die Nachtschicht bei der Polizei schreiben, und ausgerechnet da wurde er gefunden.«

»Woran ist er gestorben?«

Ira zuckte die Schultern. »Das konnte man nicht mehr feststellen, er war schon ziemlich … sagen wir mal, unkenntlich, als wir ihn fanden.« Sie ahnte, worauf Patrick hinauswollte, sie hatte den gleichen Gedanken gehabt.

»Wann wurde er gefunden?«

Ira wusste das Datum noch auswendig: »Am 24. Januar.«

»Und wann ist er gestorben?«

»Etwa drei bis vier Wochen vorher.«

Amelie stieß einen kurzen Schrei aus, und in Iras Nacken und auf ihren Unterarmen stellten sich die feinen Härchen auf.

Sie sahen sich an. Es schien, als dächten sie alle drei dasselbe.

Richard Schäfer hätte zweifellos ein Motiv gehabt, Michel zu töten. Vielleicht war die Geldübergabe an diesem Sonntag Ende Dezember gar nicht gescheitert?

Aber wenn er ihn getötet haben sollte, wohin wollte er dann am Morgen danach fahren? Oder hatte er an dem Tag eine weitere Verabredung mit Michel platzen lassen, als er merkte, dass Verena hinter ihm herfuhr?

Was hatte Patrick vorhin gesagt, als er den großen Streit an diesem Sonntag erwähnte? Verena hätte gesagt »... dass das alles bald ein Ende haben würde ... was sie halt immer erzählte«.

Was hatte sie damit gemeint?

Ira konnte sich kaum noch konzentrieren. Plötzlich war jeder verdächtig.

Und Amelie? Ira schaute sie an. Die alte Frau schien ihre Gedanken lesen zu können. Sie sagte leise: »Nein. Ich war es nicht.«

Iras Blick wanderte zu Patrick, der den Kopf in die Hände gestützt hatte und schwer atmete. »Patrick, deine Eltern sind in der Silvesternacht gestorben. Was ist vorher passiert?«

Er putzte sich umständlich die Nase, wischte sich mit dem Handrücken über die Augen.

»Streit. Natürlich. Ganz schrecklich. Diesmal schrie Mama nicht. Diesmal sagte sie es so, dass es nicht nur nervte, sondern dass es mir richtig Angst machte.«

Amelies Stimme war belegt: »Angst?«

»Ja, Angst. Sie sagte, sie wüsste, dass er sie wegen dieses Mannes am Telefon verlassen wollte. Das hätte sie nicht verdient. Immer habe sie gewartet, die ganzen Jahre auf ihre große Liebe gewartet, auf alles verzichtet, nur gewartet. Alles habe sie für ihn getan, immer so mitgespielt, als sei alles in Ordnung, habe gehofft, dass er zur Besinnung kommt, immer nur für ihn gelebt.«

Patrick machte eine abwinkende Handbewegung. »Das hatte sie schon oft gesagt, ich konnte diese Leier mitsingen. Aber an dem Tag, da klang es irgendwie anders. Sie meinte, morgen sei Neujahr. Dann würde sich alles ändern. Alles.«

Er konnte kaum noch weitersprechen, Plötzlich rief er: »Ich hätte es wissen müssen! Ich hätte es verhindern müssen!«

Patrick hörte, dass seine Eltern aufgehört hatten zu streiten. Sie brüllten nicht mehr, sie redeten tatsächlich miteinander. Und Richard konnte seine Frau beruhigen. Er bat sie, den Silvesterabend mit ihm zu verbringen. »Wir müssen reden, Verena, du hast vollkommen recht. Wir dürfen uns nicht mehr streiten. Lass uns heute Abend zusammen was trinken. Es ist alles nicht so, wie du denkst. Ich kann dir einiges erklären. Wir wollen das neue Jahr in Ruhe beginnen, bitte, ohne Streit, und im nächsten Jahr, ab morgen, wird alles anders. Ich verspreche es dir.«

Verena stimmte zu. Auch als Richard sagte, er müsse noch eine wichtige Besorgung machen, blieb sie ganz ruhig.

Er sagte: »Mach dir keine Sorgen, Verena, ich bin bald wieder da, hier, bei dir. Es wird alles gut. Leg dich ein bisschen hin, ruh dich aus.«

Richard hatte Verena zum Sofa gebracht, sie zugedeckt. Dann klopfte er an den Türrahmen zu Patricks Zimmer, die Tür hatte die ganze Zeit offen gestanden.

Er sagte: »Was ist, Sohnemann, feierst du heute Abend mit deinen Freunden ins neue Jahr?«

Patrick sagte: »Ja, wir haben uns bei Lutz verabredet. Ich helfe Oma im Hotel bis zehn, und dann geh ich feiern.«

Richard nickte, nahm drei Hunderter aus seiner Brieftasche, gab sie Patrick, strich ihm übers Haar. »Guten Rutsch, mein Junge!« Es waren die letzten Worte, die er zu seinem Sohn sagte.

Es dauerte lange, bis Patrick sich beruhigt hatte. Amelie hielt ihn fest, hielt sich an ihm fest, auch ihr liefen Tränen über das faltige Gesicht. »Ich weiß doch, was du fühlst, mein armer lieber Junge, ich weiß es doch«, murmelte sie immer wieder.

»Ich sollte jetzt gehen«, sagte Ira leise. Amelie nickte ihr stumm zu. »Darf ich bitte nur noch eine Frage stellen?«

Patrick fuhr sich mit dem Ärmel über die Nase und sah sie an. »Ja?«

»Steht in dem Brief vielleicht, womit er Verena und sich … wie er es gemacht hat?«

Patrick heulte auf. »Er hat ihr ein Medikament gegeben, das ihr eigentlich beim Entzug helfen sollte. Difirasul oder so ähnlich. Dreißig Tabletten und dazu eine ganze Flasche Wodka. Er hat den Brief erst geschrieben, als sie schon tot war.«

Ira nickte. »Danke.«

Sie war schon an der Tür, als Patrick sagte: »Meine Mutter wollte ihn nicht gehen lassen.«

Ira drehte sich wieder um. »Das steht also auch in dem Brief? Dass Verena ihn zwingen wollte, bei ihr zu bleiben?«

»Ja.«

Amelie senkte den Kopf. Ira starrte sie einen Moment lang an. Dann wandte sie sich ab und verließ das Hotel.

22

Sie konnte nicht mehr nach Bielefeld fahren. Es war fast Mitternacht. Ira war so aufgewühlt, dass sie überhaupt nicht fahren konnte. Sie rief Andy an, er holte sie ab. Er fragte nicht, was sie dermaßen aus der Fassung gebracht hatte, sondern brachte sie wortlos nach Eskendor, fütterte den Pudel und setzte Teewasser auf.

Ira hatte geduscht, sich in einen seiner Schlafanzüge gekuschelt und es sich in der Ecke des Sofas gemütlich gemacht. Von dort aus berichtete sie Andy in allen Einzelheiten von den neuen Erkenntnissen. Immer wieder musste sie weinen. So viele Lügen, so viele unglückliche Menschen, so viele Dramen.

Andy war ganz ruhig. Er sprach kaum, aber Ira kannte ihn inzwischen gut genug, um zu wissen, wie nah ihm alles ging.

Sie blickte auf ihr Smartphone. »Da! Disulfiram, das muss es sein!«

»Wie bitte?«

»Patrick sagte, Richard habe Verena ein Medikament gegeben, das ihr eigentlich beim Entzug helfen sollte. Er hat es falsch ausgesprochen, aber ich hab den Wirkstoff gefunden, er heißt Disulfiram. Wenn man das Zeug unter Aufsicht einnimmt, führt es dazu, dass man keinen Alkohol mehr verträgt. Trinkt man während der Einnahme dieses Zeugs trotzdem was, kann es tödlich sein. Es löst sich gut in Wasser auf und schmeckt nach nichts. Wenn Verena davon wirklich dreißig Stück intus hatte – und dazu eine Flasche Wodka, dann hatte sie keine Chance.«

»Das hieße doch aber, dass Richard alles schon länger geplant hat«, warf Andy ein. »So wie Patrick es erzählte, hatte ich aber eher den Eindruck, der Tod der beiden sei eher eine Kurzschlusshandlung gewesen?«

Ira überlegte. »Wenn Verena dieses Zeug irgendwann mal verschrieben bekommen und nicht genommen hat, lag es vielleicht schon lange bei denen im Medizinschrank. Im Internet steht, dass man es nicht einnehmen darf, wenn man weniger als zwei Wochen vor der ersten Einnahme noch Alkohol getrunken hat. So wie es aussieht, war Verena zu der Zeit aber ständig betrunken.«

»Und er, ich meine Richard, hat er dasselbe Medikament genommen?« Ira erinnerte sich an den Beipackzettel der Adumbran-Tabletten, den sie gesehen hatte, als sie mit Amelie im Schlafzimmer gewesen war.

Andy fuhr sich mit der Hand über das Gesicht. »Das ist doch auch schräg: Da gibt er Verena dieses Teufelszeug, wartet ab, bis sie tot ist, und schreibt dann ganz in Ruhe einen langen Abschiedsbrief. Saß er dabei neben seiner toten Frau? Hat sich seine Mutter eigentlich strafbar gemacht, weil sie den Brief unterschlagen hat?«

»Wo kein Kläger, da kein Richter.« Ira überlegte. »Meinst du, Richard war dann doch bei Michel und hat das erpresste Geld gezahlt?«

»Tja. Er fährt am Silvesternachmittag weg, kehrt irgendwann später nach Hause zurück und nimmt sich und seiner Frau das Leben. Er schreibt einen Abschiedsbrief, in dem er minutiös schildert, was geschehen ist und wie und womit er seine Frau umgebracht hat, und er verrät nicht, wer seine große Liebe war.«

»Das macht durchaus Sinn. Eigentlich hat Richard auf allen Ebenen klar Schiff gemacht. Und seinen Liebsten hat er beschützt. Über den Tod hinaus.«

Sie gingen ins Bett. Ira kuschelte sich an Andys Schulter und versuchte abzuschalten. Aber obwohl sie total erschöpft war, konnte sie nicht einschlafen. Irgendwas stimmte noch nicht an dieser Geschichte, irgendwas hatte sie nicht bedacht.

Es war halb sechs Uhr morgens, als sie hochschrak. Siedend heiß war ihr plötzlich etwas eingefallen: Der Nachbar in dem Mietshaus, in dem Michel gefunden wurde, hatte gesagt, er habe eine dürre Ziege gesehen, und sie hatte dabei spontan an Linda gedacht. Warum hatte sie diesen Gedanken nicht zu Ende gedacht? Es war einfach zu viel passiert an diesem Tag.

Ira drehte sich zu Andy und rüttelte ihn an der Schulter. »Andy, wach auf!«

Er brauchte einen Moment, um zu sich zu kommen, und sah sie irritiert aus halb geöffneten Augen an.

»Zieh dich sofort an!«

Sie sprang aus dem Bett, trat Tante Erna versehentlich auf den Schwanz, die jaulte auf und machte entrüstet einen Satz zur Seite.

Erst als sie beide in Jeans und Pulli neben dem Bett standen, fragte Andy: »Was ist eigentlich los? Wohin müssen wir denn so schnell?«

Ira schlüpfte in ihre Schuhe und zog ihn am Arm. »Rüber, zu Linda, bevor sie zur Arbeit fährt. Was auch immer ich sage: Tu bitte so, als wäre es wahr!«

Der Hof lag noch im Dunkeln, aber bei Linda brannte schon Licht.

Ira klopfte an die Tür und klingelte gleichzeitig Sturm. Drüben im Haupthaus ging in einem der Gästezimmer Licht an. Der Lärm hatte offenbar Markus aufgeweckt.

Die Haustür wurde aufgerissen, und Linda stand in einem weißen Bademantel vor ihnen. Über ihrer Stirn baumelte ein dicker Lockenwickler. Als sie Ira und Andy vor sich sah, riss sie erschrocken die Augen auf und wollte die Tür wieder zuschlagen, aber damit hatte Ira gerechnet und vorsorglich ihren Fuß in die Tür gestellt.

»Lass uns rein.«

Linda stieß einen zischenden Laut aus. Ira zeigte auf die umliegenden Gebäude. Bei Thomas und Gundis war jetzt auch Licht an, die Gardinen bewegten sich. Im Haupthaus lief Markus die Treppen hinunter, machte am Fenster auf halber Treppe halt, sah durch die Scheibe zu ihnen hinüber. »Wir können auch zu viert reden …«, sagte Ira und nutzte den Moment, um die Tür ganz aufzudrücken und sich an Linda vorbei ins Haus zu drängeln. Andy schloss die Tür hinter sich.

Ira verlor keine Zeit. »Linda, du wurdest in der Richterstraße gesehen. Was hattest du da zu suchen?«

Linda wurde blass. »Richterstraße?«, flüsterte sie. Ihre Stimme klang heiser.

»Ja. Du wurdest gesehen. Wir haben einen Zeugen, und er kann beschwören, dass du Ende Dezember dort gewesen bist.«

Ira warf Andy einen eindringlichen Blick zu. Er verstand. Er sagte, ganz langsam und leise, aber bestimmt: »Ja, Linda.«

Es klopfte heftig an der Tür. Ira öffnete.

Markus sah von einem zum anderen, wollte etwas sagen, aber Ira legte den Zeigefinger auf ihre Lippen.

Die plötzliche Stille dröhnte geradezu in Iras Ohren. Andy schob Linda in die Küche, ihre Schultern fielen nach vorn, sie sank in sich zusammen.

Markus zog einen Stuhl heran und setzte sich. Erst jetzt fragte er: »Was ist hier los?«

Ira sagte: »Linda wurde Ende Dezember in der Richterstraße gesehen, also in dem Haus, in dem Michel gewohnt hat.«

Markus runzelte die Stirn. »Wovon redest du?«

Mit offenem Mund starrte er sie einen kurzen Moment an. Dann wandte er sich an Linda. »Aber warum … was wolltest du denn da?«

Linda schloss die Augen und presste die Lippen fest zusammen.

Ira sagte: »Es gibt einen sehr ausführlichen Abschiedsbrief, den Richard an seinen Sohn Patrick geschrieben hat. Amelie Schäfer hatte ihn an sich genommen, als sie die beiden tot in ihren Betten fand.«

Markus sah sie mit traurigem Blick an. »Einen Brief?«

Ira ahnte, dass er sich fragte, warum er von Richard keinen Abschiedsbrief bekommen hatte. »Er hat deinen

Namen nirgends genannt. Er wollte dich schützen«, sagte sie mit sanfter Stimme.

»Mich schützen? Und in diesem Brief steht, dass Michel der Erpresser war? Deswegen hat Richard sich umgebracht? Wegen zwanzigtausend Euro?« Markus schlug die Hände vors Gesicht und schüttelte den Kopf.

Andy sagte: »Nein, das Geld spielte sicher keine so große Rolle. Michel hat ihm gedroht, dich als Kinderschänder anzuzeigen. Damit hat er ihn erpresst.«

»Heiliger Vater im Himmel«, entfuhr es Linda.

Ira erzählte, was sie vom Inhalt des Abschiedsbriefes wusste. Fassungslos hörten Markus und Linda ihr zu. Als sie geendet hatte, schwiegen sie minutenlang.

Dann sagte Markus: »Und was hat Linda damit zu tun? Was ist das hier für ein Theater? »

Linda stand auf. Sie schlurfte zum Küchenschrank, öffnete eine Dose und nahm einen Umschlag heraus.

»Hier!«, sagte sie und warf Markus das Päckchen an den Kopf. Hunderteuroscheine segelten auf den Fußboden.

Linda setzte sich wieder, nahm ein Päckchen Zigaretten aus der Tasche ihres Bademantels und zündete sich mit zitternden Fingern eine an. Tonlos sagte sie: »Verena Schäfer hat mich angerufen. In der Firma. Total besoffen war sie. Hat nur rumgelallt. Sagte, wenn ich meinen Mann besser im Griff hätte, müsste ihr Mann nicht seit Jahren mit ihm fi… Ordinäre Person, vulgär, widerlich.« Linda zog so lange an der Zigarette, bis sich ein Drittel in Glut verwandelte.

»Sie hat gesagt: Mein Mann und dein Mann sind seit Jahren ein Paar. Pah. Als ob ich das nicht längst geahnt hätte.«

Linda schaute Ira an, schien sie aber gar nicht zu sehen.

»Natürlich habe ich die Schreierei mitbekommen, damals, in der Nacht vor Karls Tod. Sie standen doch unter meinem Fenster. Eine Tasche voller Pornohefte hatte Markus dabei, und mein Schwiegervater flippte fast aus.« Sie inhalierte tief, behielt den Rauch lange bei sich, blies ihn dann langsam und geräuschvoll aus. »Ich hab es immer geahnt, immer. Aber wer es war, mit wem er mich die ganzen Jahre betrogen hat, das wusste ich wirklich nicht.«

Sie sprach von Markus, als sei er gar nicht anwesend.

»Der Herrgott hat mein Flehen nicht erhört. Aber dann gab er mir einen Hinweis.«

»Wer, der Herrgott?«, fragte Ira spontan und bereute den Ausruf sofort. Linda sah sie verächtlich an und fuhr fort: »Dieses Weib rief mich also an. Verena Schäfer. Das Hotel ist nur ein paar Minuten von der Schönheitsklinik entfernt. Ich bin mit einer Kollegin zum Mittagessen hingegangen. Da stand er im Foyer, der feine Herr, der Latin Lover meines Gatten.«

Ira versuchte, in Markus' Gesicht zu lesen, aber er verzog keine Miene.

Linda drückte die Zigarette aus und zündete sich eine neue an. »Jetzt wusste ich, wie er aussah. Herauszufinden, welches Auto er fuhr, war nicht schwer. Ich bin ihm ein paarmal gefolgt, er hat es gar nicht gemerkt. Wie auch. Er kannte meinen Wagen ja nicht. Ich weiß gar nicht, ob er mich kannte, ob er wusste, wie ich aussah, ob er überhaupt wusste, dass es mich gab. Dass wir einen Sohn haben. Oder wusste er all das, und es war ihm egal? Er gab den braven Geschäftsmann. Ich bin ihm immer wieder gefolgt, zum Großmarkt, zur Brauerei, zum Tennisplatz, und einmal habe ich sogar beim Arzt draußen auf ihn gewartet.« Sie sprach Markus jetzt direkt an: »Ich habe euch nie erwischt.«

Markus reagierte nicht, saß da wie betäubt und starrte auf Lindas schmalen Lippen.

»Und dann, Ende Dezember, ein paar Tage nach Weihnachten, bin ich ihm wieder gefolgt. Ich hatte vormittags in der Stadt zu tun gehabt und bog in die Richterstraße ein. Da war er plötzlich in seinem Wagen vor mir. Richard Schäfer. Ein Wink des Schicksals.« Sie lachte höhnisch.

»Als er anhielt und ausstieg, habe ich direkt hinter ihm geparkt. Er kannte sich dort aus, das sah man, er ging schnurstracks auf das Haus zu und drückte auf die oberste Klingel, ohne vorher auf das Namensschild zu schauen. Ein ordinäres Mietshaus in einer billigen Gegend, eine ziemlich schäbige Adresse für ein Liebesnest.«

Sie machte eine Pause, niemand wagte es, dazwischenzureden, dann flüsterte sie: »Ich wollte hineingehen, euch in flagranti erwischen, aber ich hatte nicht den Mut dazu. Fast eine halbe Stunde lang habe ich in meinem Auto gesessen und konnte mich nicht rühren. Ich habe mir vorgestellt, was ihr da oben macht, im Bett oder sonst wo. Was hätte es schon bewirkt, wenn ich reingegangen wäre. Aber dann kam der feine Herr auch schon wieder heraus, setzte sich in sein Auto und fuhr davon.«

Markus räusperte sich. Ira griff nach Andys Hand, sie war eiskalt. Sie wusste, dass die beiden Brüder jetzt dasselbe dachten wie sie. Richard hatte Michel getötet, während Linda draußen im Auto gesessen hatte. Und weil er mit dieser Schuld nicht leben konnte, brachte er sich und Verena in der Silvesternacht um. So musste es gewesen sein.

Linda sagte: »Nachdem er weggefahren war, bin ich wie ferngesteuert ausgestiegen, bin zur Haustür gegangen und habe auf den obersten Klingelknopf gedrückt. Die haben da keine Gegensprechanlage. Es dauerte ziemlich lange, bis endlich der Summer ertönte und ich die Tür öffnen konnte.«

Ira fuhr innerlich zusammen. Wenn jemand oben die Tür geöffnet hatte, konnte Michel zu diesem Zeitpunkt noch nicht tot gewesen sein.

Linda warf den Kopf in den Nacken. Sie klang trotzig: »Ich dachte, mein Mann wäre in dieser Wohnung, malte mir in allen Einzelheiten aus, wie Markus hier auf seinen Liebhaber gewartet hatte. Ich konnte keinen klaren Gedanken fassen. Oben war die Tür offen. Es stank bestialisch. Ich ging hinein, drinnen war alles voller Müll. Widerlich. So einen Dreck habe ich noch nie gesehen.«

Ira erinnerte sich nur zu gut. Sofort war die grauenhafte Szenerie in dieser Wohnung wieder präsent. Sie hatte das Gefühl, den Leichengestank auf der Zunge zu schmecken.

»Dann stand dieser abscheuliche, besoffene Typ mitten in seinem Müll und glotzte mich an, grinste mit faulen Zähnen in seinem offenen Maul. Ganz dünn war er, klein, ging mir vielleicht bis zum Kinn, ein grässlicher, stinkender Zwerg, ausgemergelt, riesige irre Augen hatte er, und dieses Grinsen …« Sie schüttelte sich. »Und dann sagt dieses hässliche Monster meinen Namen!« Linda blickte der Reihe nach alle an. »Versteht ihr das denn nicht? Er kannte mich! Diese Missgeburt wusste, wer ich war! Er sagte: Linda!

Und dabei drohte er mir mit dem Zeigefinger wie einem kleinen Kind. Er sagte: Linda, Linda, die widerliche sadistische Rabenmutter, vor der mein kleiner Neffe Julian solchen Schiss hatte, dass er sich immer wieder in die Hose pissen musste. Er sagte: Linda, Linda, sie ist schuld am Tod meines Vaters, sie ist schuld an der Schuld meines verkorksten Neffen Julian, sie ist schuld daran, dass ihr Mann es mit Männern treibt. Er sagte: Linda, Linda, diese karrieregeile Schlampe, die sich in ihrem bürgerlichen Leben gemütlich eingerichtet und drauf geschissen hat, dass ihr Mann eine schwule Sau und ein Kinderschänder ist.«

Linda stand auf, stellte sich mitten in die Küche. Sah wieder von einem zum anderen. »Ich habe ihn nicht erkannt. Ich wusste nicht, wer er war. Er hörte einfach nicht auf, sagte immer wieder diese schrecklichen Sachen und lachte dabei, und ich dachte, das ist der Teufel, der Teufel in Menschengestalt, ein Mensch kann das alles nicht wissen, was diese Kreatur da von sich gibt, es muss der Teufel sein. Und dann habe ich etwas nach dem Teufelszwerg geworfen, ich weiß nicht, was es war, er machte einen Schritt zurück und wollte ausweichen, und dann ist er gestolpert und aufs Bett gefallen, das war auch voller Dreck und Müll, und er hat gelacht und gelacht, und ich bin auf ihn zugestürzt und habe irgendwas gegriffen und auf sein Gesicht gedrückt, ganz fest, einfach ganz fest gedrückt, bis der widerliche Zwerg nicht mehr gelacht hat.«

Wahrscheinlich war Michel zu betrunken oder zu überrascht gewesen, um sich zu wehren. Oder beides, dachte Ira.

Totenstille in der Küche.

»Ich habe das, womit ich sein Lachen erstickt habe, weggeworfen. Es war eine Decke, ein Lumpen, ich weiß es nicht genau, es stank.« Linda sah Markus an, dann Andy. Ihre Stimme war nur noch ein Flüstern. »Und dann hat er sich noch mal bewegt. Ich habe das Kissen genommen, das neben seinem Kopf lag, und habe es ganz fest auf diese widerliche Visage gedrückt. Da war plötzlich dieser Umschlag. Neben seinem Kopf. Er hatte unter dem Kissen gelegen. Ich habe hineingeschaut und ihn mitgenommen. Dann bin ich ins Büro gefahren. Ich musste mir unbedingt die Hände waschen, konnte gar nicht aufhören, bis sie ganz rot waren.«

Ira dachte, dass Linda dem Toten das Kissen vom Gesicht genommen haben musste, sonst hätte sie im Blitzlicht diese gruseligen Augenhöhlen nicht sehen können. Aber das war jetzt nicht mehr wichtig.

23

Es war einer dieser Sonntage, an denen Bad Oeynhausen sich von seiner schönsten Seite zeigte. Ira und Andy hatten den Weg durch den Kurpark gewählt, und wieder war Ira fasziniert von der beeindruckenden Architektur. Sie nahm die Postkartenidylle des noblen Ensembles der historischen Bauwerke in sich auf, als sähe sie alles zum ersten Mal: das im Stil der Neorenaissance erbaute Badehaus II, die mondäne Wandelhalle mit dem imposanten Säulengang, gegenüber das elegante Theater im Park, das klassizistische Badehaus I und hinter der großen Fontäne das Kaiserpalais mit seiner weithin sichtbaren Kuppel. Die Blätter der Bäume leuchteten in kräftigen Herbstfarben, mehrere Kleinbauten und Tempel, Skulpturen und Teiche fügten sich in die herrliche Park- und Gartenlandschaft ein. Ira liebte diesen Ort.

Auf einer Bank nahe der Fontäne legten sie eine Pause ein und genossen die Atmosphäre um sich herum.

»Ich bin so froh, dass alles vorbei ist. Ein bisschen Alltag und Ruhe wären jetzt schön.«

Andy streichelte ihren Arm. Sein Gesicht war in den letzten Monaten hager geworden, die Fältchen um die Augen hatten sich vertieft. Sie hatten im Café Finselbach mit einem Glas Sekt angestoßen, aber außer einem Spaziergang und einem Abendessen zu zweit stand heute nichts auf dem

Programm. Es war ein schreckliches Jahr gewesen, dessen Tragödien erst einmal verdaut werden mussten.

Linda hatte sich nach ihrem Geständnis in der Küche der Polizei gestellt. Der Prozess würde im nächsten Jahr beginnen.

Thomas und Gundis hatten Elsa aus der Kur in Bad Wildungen abgeholt – und sie fast nicht wiedererkannt. Braun gebrannt und einige Kilo schwerer war sie heimgekommen. Die Nachricht, dass ihre Schwiegertochter ihren Sohn Michel getötet hatte, erschütterte sie zutiefst, dennoch kam sie erstaunlich gut damit zurecht. Gundis hatte Andy zugeraunt, dass sie glaube, Elsa habe in der Kur jemanden kennengelernt.

Thomas tat, als sei überhaupt nichts passiert, und kümmerte sich noch eifriger um Hof und Laden.

Tante Friedchen und Tante Sophie saßen an den letzten warmen Tagen paffend auf der Bank vor ihrer Kate und genossen offensichtlich jede einzelne Minute.

Julian hatte die Nachricht vom Geständnis seiner Mutter wortlos und mit starrer Miene aufgenommen. Sein Vater war nach Münster gefahren, um es ihm persönlich zu sagen.

Markus ließ die Wohnung, in der er mit Linda gelebt hatte, renovieren. Er wollte nicht mehr dort leben, sondern von Eskendor wegziehen, nach Bielefeld vielleicht oder nach Hannover, sich dort eine Wohnung kaufen und von vorn anfangen.

»Jetzt ist mein Leben endlich meins«, hatte er gestern zu Ira gesagt.

Sie hatten sich viele Gedanken darüber gemacht, warum Verena sterben musste, warum Richard sie mit in den Tod nahm, er hätte alleine gehen können, wenn er das alles nicht mehr aushielt. Vielleicht wussten Patrick und Amelie Schäfer etwas darüber, vielleicht hatte Richard ihnen seine Beweggründe in seinem Abschiedsbrief erklärt. Wenn sie darüber nicht reden wollten – Ira konnte es verstehen. Vielleicht würde Patrick eines Tages die Kraft haben, dem alten Friese seine Fragen zu beantworten, vielleicht.

Andy legte den linken Arm um ihre Schultern, Ira kuschelte sich an ihn und nahm seine rechte Hand in ihre. »Es heißt, es gäbe nichts Schlimmes, das nicht auch eine gute Seite hätte«, murmelte sie.

»Wie meinst du das?«

Sie strich mit dem Zeigefinger über seine Hand, zeichnete die Adern nach, fuhr über die Fingerspitzen und wieder zurück. »Ich habe eben wieder an die vergangenen Monate gedacht. Sie waren wie ein Horrorfilm, für dich natürlich noch viel mehr als für mich. Du und deine Familie, ihr müsst irgendwie mit dieser Tragödie fertigwerden.«

Andy nickte und hielt ihre Hand fest. »Und was ist das Gute an der schlimmen Geschichte?«

»Na, wir!«, sagte sie und lächelte. Er löste sich aus der Umarmung und rückte ein Stück von ihr ab, um ihr ins Gesicht sehen zu können. »Wir hatten viel zu wenig Zeit für uns, konnten ja gar nicht zur Ruhe kommen. Und wir haben trotzdem zueinandergefunden …«

Sie unterbrach ihn. »Jawoll. Unser erstes Date war auf einer Beerdigung. Coole Sache.«

Andy lächelte verschmitzt. »Nicht cool und schon gar keine Sache. Du willst doch mit diesen burschikosen Tönen nur davon ablenken, dass du unsterblich in mich verliebt bist und dir ein Leben ohne mich gar nicht mehr vorstellen kannst.« Ira schnaubte, aber er legte sofort sanft seine Hand auf ihren Mund. »Hör auf«, sagt er leise. »Du musst keine Angst vor der Zukunft haben, Zukunft heißt nicht Ewigkeit. Und wenn ich dein Gesicht sehe, lese ich darin, dass du denkst: Geh mir weg mit diesem romantischen Gefasel!« Er griff in ihren Nacken. »Also Schluss mit dem Gesülze. Küssen, aber sofort!«

Thomas Krüger

»Besser als Thomas Krügers Krimi sind höchstens noch seine Sonette!«
Harry Rowohlt

978-3-453-41152-4

978-3-453-41769-4

978-3-453-41876-9

Leseproben unter **www.heyne.de**

HEYNE

Luis Sellano

Sonne, Mord und Portugal

978-3-641-17854-3

978-3-641-17852-9